鍋奉行犯科帳

お奉行様のフカ退治

田中啓文

集英社文庫

目次

本文デザイン／原条令子
挿絵／林　幸

鍋奉行犯科帳　お奉行様のフカ退治

第一話

ニシンを磨《みが》け

1

奉行所の奥中之間《おくなかのま》に寝間着のまま寝そべりながら、大坂西町奉行大邉《おおなべ》久右衛門《きゅうえもん》は叫んだ。

「面倒くさい!」

「なにが面倒くさいのです」

用人の佐々木喜内《ささききない》が久右衛門の羽織を衣紋《えもん》掛けに吊《つ》るしながら言った。いかめしく髭《ひげ》を生やし、戦国武士の面影のある面構《つらがま》えをしているが、いたって好人物である。

「わかっておろうが。城に参るのが面倒なのじゃ」

今日は、大坂城代が四天王寺《してんのうじ》に参詣するというので、非番である西町の久右衛門がその案内役を務めねばならぬのだ。大坂城まで迎えに行き、参詣のだんどりから昼食の手配りまですべてを町奉行が仕切るのである。

「なにゆえ、あの男の寺参りにわしがついていかねばならぬのだ。くだらぬ。勝手に行って勝手に帰ればよいではないか」

「まあ、そうおっしゃらず。これは決まりごとでございますゆえ」

「なにが決まりごとじゃ。町奉行にはやらねばならぬことが山のようにある。多忙なのじゃ。城のなかでのほほんと老中からの書状を待っておるだけの城代とはちがうのじゃ」

身動きが取れぬほど肥え太った久右衛門は、寝そべったまま脇腹をバリバリと掻《か》いた。まるでトドかオットセイのようだが、案外、これで素早い動きも見せるのだ。たいがいは食い物がからんだときだが。

「日頃、ごろごろしておられるのだから、こういうときぐらい働きなさりませ」

「ふん……！」

久右衛門は鼻を鳴らすと寝返りを打った。

「そろそろお支度なさらねば間に合いませぬぞ」

しかし、応えはない。

「困ったお方だ……」

そのとき、廊下から取り次ぎ役の声がした。

「ご用人に申し上げます。ただいま同心村越《むらこし》の母すゑなるものよりお頭《かしら》へ届け物がございましたが、いかがはからいましょうや」

「なに……？」

久右衛門はがばと起き上がった。

「すゑ殿からの届け物とな？　すぐに持ってまいれ」

しばらくして運び込まれた上品な風呂敷包みを解いてみると、重箱である。

「ふむ……」

久右衛門はじっと重箱の蒔絵《まきえ》を見つめていたが、

「昆布《こぶ》の煮物じゃな」

そう言いながら蓋を取った。はたして、入っていたのは昆布巻きである。

「ようおわかりになられましたな」

喜内の言葉に久右衛門はにやりとして、

「匂いでわかる」

箸でひとつつまみ、

「見よ、昆布が透き通っておる。煮方が上手いのじゃ」

ぱくりと食べて、目を細めると、

「うむ。ニシンの昆布巻きじゃ。身欠《みが》きニシンの戻し方もむずかしゅうてな、手間がかかるだけでなく、コツがいるものだが、そのあたりの塩梅《あんばい》も見事なものじゃ」

ぱくり。

「味の含ませ方もけっこう。昆布が柔らかくとろとろに煮えておるゆえ、歯がすんなりと入っていき、ニシンがほろりと崩れる具合も良い」

ぱくり。

「なにより、ニシンにあるかないかの渋味が残っておるのが大事なのじゃ。むむ……この渋味は酒が欲しゅうなるのう」

久右衛門は盃《さかずき》を持ち上げる仕草をしたが、喜内は怖い顔でかぶりを振り、

「なりませぬ。いまからお城へ参られるのでございましょう」

「待て。――もしや、すゑ殿はここに来ているのか？　それとも家僕が持参したのか」

取り次ぎ役が、

「村越の母が参りました。まだ、控えにおるはずですが……」

「それを早《はよ》う申せ！　こちらへお連れせよ！」

「ははっ」

そのあと、久右衛門はハッとおのれの恰好《かっこう》を見て、

「なにをしておる、喜内。着替えさせぬか」

「はいはい」

久右衛門が寝間着を脱ぎ、襦袢《じゅばん》を替えているときに、すゑがやってきた。

「御前《ごぜん》さま、ご無沙汰しております」

すゑは部屋のまえで指を突いて頭を下げた。

「お、お、おお……文鶴《ふみつる》、ではなかった、すゑ殿。じつは徹夜で仕事をしたあとでな、起きるのが遅うなって今頃着替えておるのじゃ。見苦しいところを見せてしもうて……」

「わかっておりますよ」

すゑは立ち上がり、すっと部屋に入ってくると、喜内の手から着物を受け取り、久右衛門に着せかけた。

「ふふふ……昔はよう、こうして身づくろいをしてもろうたのう」

「そうだすなあ。懐かしいわあ」

村越勇太郎《ゆうたろう》の母すゑは、かつて難波新地《なんばしんち》一の美妓《びぎ》と言われた芸子《げいこ》である。今でも、顔立ちや立ち姿は若いころとほとんど変わらないし、そこにいるだけであたりが明るくなるような色香をたたえている。

「ところで、今日はなにゆえの差し入れじゃ」

座り直した久右衛門が言うと、

「久しぶりに昆布巻き炊いたら、思いのほか上手にでけましたんで、ふと御前のことを思い出しましたんや。お味はどないだした?」

「世辞抜きに美味《うま》かった。また腕を上げたのう」

「ほほほほ……昆布巻きだけでおますわ。ほかの料理はあきまへん」

「そんなことはない。乾物が上手に扱えるならば、なんでもできるはずじゃ」

「そうだすなあ。戻すのは手間かかるし、なかなかむつかしいけど、乾物は安うて、滋養があって、美味《おい》しゅうて……お金のないときにはこんなありがたいもんはおまへん。近頃は、分厚うて質のええ利尻《りしり》の昆布もおますけど、高《たこ》うて高うて……。安い昆布でも、上手に戻したらけっこう使えまっせ」

「なるほど。乾物は町の衆の味方というわけか」

もうひとつぱくりと食べて、

「美味い。これほどの昆布巻きは料理屋でも食えぬぞ」

「おっほほほほ……」

すゑは白い喉を見せて笑い、

「褒めてもなんにも出まへんえ」

喜内が久右衛門の脇腹を肘でつつき、絞りに絞った小声で、

「御前……そろそろ……」

久右衛門は渋面を作り、

「うるさい。酒を持ってまいれ」

「なりませぬ」

「せっかくすゑ殿が来ておるのだ。今日は休む」

「馬鹿も休み休み……」

すゑはにっこりと笑い、

「ほな、私はこれで……」

「まだ、よいではないか。ゆっくりしていけ。わしも今日は暇なのじゃ」

「ほほほほ……私もこれで忙しゅうおますねん。また煮たら持ってまいります」

そう言うとすゑは廊下を去っていった。ほれぼれとその背中に見惚《みと》れながら久右衛門は、

「あの歩み方、立ち居振る舞い、それにわしらの様子を見てすぐに身を引く機転……あれが寡婦とは惜しいのう」

「惜しゅうございますなあ」

「ほう、珍しく考えが合《お》うたな」

「そんなことを申しておるときではございませぬ。早うお出かけを……」

そのとき、丸顔で人のよさそうな五十がらみの与力《よりき》が廊下から顔を出した。

「お頭、馬の支度が整いましてございます」

同心支配方与力の近藤尚三《こんどうしようぞう》である。彼が、今日の城行きのお供なのである。

「おう、近藤か。おまえも昆布巻きを食うてみるか」

「――は？」

久右衛門は重箱を指差し、近藤はわけもわからずに蓋を取った。

「これを、ちょうだいできますので？」

「うむ。ひとつだけじゃぞ」

近藤はひとつを口に放り込み、

「おお、よい昆布でございますなあ。分厚くて旨味《うまみ》があって……それをこれぐらいとろとろに煮るというのはなかなかもって……うむ、美味い」

「そうであろう、そうであろう」

「うちのせがれがことのほか昆布巻きが好きでございましてな、これを食わせてやったらさぞ喜びましょう」

「そうか。もう三つしか残っておらぬゆえ、今度、するめ殿が持ってきてくれたらおまえにも分けてやろう。——せがれ殿は幾つになられた」

「十六でございます」

喜内が、

「聞くところでは、たいそう頭の良いご子息だと……」

「おかげさまで、学問のほうはしっかり身につけさせておりますが、金がかかりましてなあ……」

久右衛門は、近藤とともに部屋を出たが、すぐに喜内を振り返り、

「昆布巻きは食うてはならぬぞ。わしが帰るまで置いておけよ」

「わかっております。では、行ってらっしゃいませ」

喜内は頭を下げたが、内心、ひとつ食べてやろうと思っていた。それほどすゑの昆布巻きは美味そうだったのだ。

◇

「おい、なんで入られへんのや」

「せっかく来たったんやないか。上がらせんかい」

「銭は持っとるで。見せたろか」

夕暮れ迫る新地の茶屋「丸寿《まるじゅ》」の玄関で、三人連れの若い男が怒鳴っている。相手をしているのは茶屋の若い衆である。若い衆といっても頭の禿《は》げた四十歳ぐらいの男だが、こういう店では幾つになっても「若い衆」である。

「まあああまああ、上がっていただきたいのはやまやまだすねんけどな、今日は貸し切りになっとりまんのや。せっかくお出ましいただいたところをまことに申し訳おまへんのやが、また今度お願いいたします」

「今度？　おまえ、それが客商売の言いようか。新地にもぎょうさん店あるで。そのなかで、おまえとこの店に上がりたい、そう思てわざわざ足運んどるんやないかい。それを今度てなんやねん。知らんのやったら教えといたるわ。こういうときは、本日は貸し切りになっとりますが、せっかくうちを名指しでお越しいただいたものをむげにお帰しするわけにはいきまへん。あんさん方のこってすさかい、たとえ叱られても、この私が責めを負います。どうぞ上がっとくなはれ。そのかわり、座敷はちょっと隅のほうの小さい部屋になるかもわかりまへんが、そこでご辛抱いただけるんやったら……という具合に、客に恥かかせんよう工夫するのが若い衆の腕やないかい」

「そら私も長年の『若い衆』だすさかい、よう存じております。けど……今日はそういうわけにはまいりまへんのや」

「なんでやねん。わしら、一見《いちげん》やないで。顔知っとるやろ」

「へえ、雑喉場《ざこば》の小さいお店《たな》の番頭さんとお手代衆でんな。いつもご贔屓《ひいき》いただいとります」

「小さいだけよけいじゃ。そこまでわかっとるんやったら……なあ、上げてえなあ。ちゃんと銭もあるで。なにが不足やねん」

「それがその……貸し切ってはるのがただもんやおまへんので」

「ただもんやない、ゆうたかて太閤《たいこう》さんでもお天子さまでもないやろ。どれだけえらいひとか知らんけど、そのひとも遊びたいわしらも遊びたい。遊びたい気持ちはおんなじやないかい。——かまへんがな。こそっと、なあ、内緒ごとで……頼むわ」

「あきまへん。今日はよそでお遊びあそばせ」

「なんやと？　よそへ行け？　おうおうおう、わしら、この店を名指しで来とるねん。それを、よそへ行け、ゆうのは商売人の仁義に外れとるんやないのか。よっしゃ、わかった。そこまで言うんやったら、こっちも引き下がれんわ。なんぼ小さい店ゆうたかてな、雑喉場には雑喉場の面目ゆうもんがあんのや。おのれの店、雑喉場を敵に回して喧《けん》嘩《か》する根性あるんかい」

「そうじゃ、言うたれ言うたれ」

「おお、言うたるわい。その『ただもんやない』やつをここへ連れてこい。耳の穴にでかい声でド性根に入るようにわしが言うたる。貸し切りにしたいんやったら、新地まるごとおのれが買い上げろ、とな」

「困りましたなあ……」

「なにが困るねん」

「今日のお客さん……もしかしたらほんまに新地まるごとお買い上げになれるかもしらんぐらいのお方ですねん」

「はあ？　この世にそんなやつがおるわけないやろ。おるとしたら鴻池《こうのいけ》か住友《すみとも》、あとは和泉《いずみ》の食《めし》の旦那か……」

若い衆はうなずいて、

「そうです。その食の旦那ですねん」

「――えっ！」

　三人は絶句した。

「ほ、ほんまか……」

　大声でいきまいていた男が、今度は蚊の鳴くような小声で、

「和泉の暴れ旦那、食の佐太郎《さたろう》旦那の貸し切りか……。それはしゃあないな」

「こちらに連れてきたら、耳の穴にでかい声で言いなはるか」

「そ、そ、それは堪忍して。わかった、わかった。よその店行くわ。大声出してすまなんだなあ」

「いえいえ、大事《だいじ》おまへん」

「せやけど……おまえのとこも随分儲《もう》かるんとちがうか。なにしろ、食の旦那の使いっぷりゆうたらとんでもないらしいやないか」

「そらもう……へっへへへへ」

　若い衆は笑いながら、二階をちらと見た。そこから、派手な三味線、太鼓の音が驟《しゅう》雨《う》のように降ってくるのだ。

◇

「丸寿」の二階の大座敷はとんでもないことになっていた。広い部屋の畳のうえに敷き

詰められている白いものは、何千丁ともしれぬ大量の木綿豆腐であり、茶色いものはこれまたとてつもない量のおからであった。そこに、何十人もの大勢の芸子、舞妓《まいこ》が着物の裾を高くたくし上げ、腰を折って尻を突き出し、三味線に合わせて手に持った熊手でおからを掻いている。そのまわりで幇間《ほうかん》が数人、歌を歌って囃《はや》し立てている。つまりこれは、豆腐を海、おからを砂浜に見立て、広間で潮干狩りをしようという趣向なのである。亭主柱を背にして座り、盃を重ねながら大笑いしているのは品の良い老人だった。結城《ゆうき》の着物に上等の博多帯《はかたおび》という粋な装いである。

「ひょほほほほ……尻が、尻がずらりと並んでおるわい。まさしく潮干狩りじゃ。面白い面白い」

こどものようにキャッキャッキャッと声を上げている。豆腐やおからはすでに、芸子・舞妓たちの足で踏みつぶされ、ぐちゃぐちゃになっている。

「旦那、あいかわらず無茶なさりますなあ」

太鼓持ちのひとりが笑いながらそう言った。

「なにが無茶じゃ、繁八《しげはち》。他愛もない年寄りの冗談《てんご》やないか」

「けど、これではあとで掃除しようにも、つぶれた豆腐が畳の目に入り込んで、畳がわやになってしまいまっせ」

「ほほほほ、そこにぬかりはないわい。もう、畳屋に言うてなあ、畳替えの手配りはすんどるのや」

「うへえ、さすがは食の旦那や」

「それに、つぶれた豆腐もおからも捨てはせんで。豆腐はちゃんと集めて、大きな土鍋でカラ炒《い》りして、炒り豆腐にするのじゃ。そうしたら日持ちもするし、毎日のおかずになるがな。おからはから煎りして上手に炊いたらこんな美味いもんはない。芸子も舞妓も、足の裏はきれいに洗《あろ》うとけ、て言うたあるさかい、炒ったら汚いことないで」

「いやいや、きれいな若い女子《おなご》の足で踏まれた豆腐やおからやったら、銭出して食いたいゆう連中ぎょうさんいてまっせ。わても食べたいわ。――けど、それやったら旦那とこは、当分、炒り豆腐とおからのおかずでんな」

「おまえ、わしのとこ、どれだけ雇い人やら出入りのもんがおると思とんのや。これぐらいの豆腐やおから、一日二日であっというまにはけてしまうがな」

「こら失礼《ひつれい》いたしました。そらそうですわな。紀州《きしゅう》の殿さまとご家来衆が雨宿りなさったとき、即座に千人分の冷や飯を振舞《ふるも》うた、ちゅうて評判になってたのを忘れとりました」

「ひょほほほほ、温飯《ぬくめし》なら炊いたらなんぼでも出せるが、冷や飯はそうはいかんさかいな」

「けどなあ……これだけの大広間。畳替えの代だけでもどえらい額につきゃしまへんか」

「繁、野暮なことは言わんもんじゃ。そもそもこの店一軒貸し切るのになんぼほどかかると思うとる。それに、潮干狩りしとる芸子や舞妓の数見てみい。新地中の置屋が空になっとるわ。畳代なんぞしれとるがな」

「そらまあそうだっけど……無駄な銭やと思いますけどなあ」

「そない言うたら、繁、おまえら太鼓持ちに払う銭が一番無駄やないかい」

「ひえっ、それだけは払《はろ》うていただかんと……」

「なあ、繁。おまえらはこんなアホなことしてほんまに無駄使いや、ちゃんと貯《た》めといたらええのに……と思うとるかもしれんけどな、人間ちゅうもんはたまさかこういう図抜けたアホなことをせんと、つぎの商売の糸口が見えてこんのじゃわい。大きな商いをするには、大きゅう使うこっちゃ。そうやって世の中回っとるのや。それに、考えてみ、この世に無駄なことなんぞひとつもないのやで」

「そうだっか」

「そらそうや。わしがこの店で豆腐とおからを畳に敷き詰めて潮干狩りの真似《まね》をさせる。まず、この店が儲かる、芸子や舞妓、おまえら幇間が儲かる、豆腐屋が儲かる、畳屋が儲かる、酒屋が儲かる……。もしわしが散財せなんだら、銭はわしのふところに仕舞われたままで、だれにも回っていかんやろ」

「ははあ、そういうことだっか。けど……」

「まだ、得心《とくしん》がいかんのか」

「いえ、得心はいっとりますが、これだけ使《つこ》うたら稼ぐほうが追いつきますやろか」

「ひょほほほほほ。そんな気遣いは無用じゃ。うちには、銭だけは売るほどあるわい」

「それを聞いて安堵《あんど》しました。——おおい、皆、貝掘りや貝掘りや。もっとしっかり三味線弾かんかい！」

　そう言うと繁八はねじり鉢巻きを締め直し、大声で、

「なんとー住吉のなごの浜辺にあさりしてー」

と貝掘り歌を歌いはじめた。老人——食の佐太郎は満足げに盃をなめている。

　食家は、和泉国の大豪商である。代々の当主は佐太郎を名乗り、つねに長者番付の上位を占めている。百隻を超える数の北前船《きたまえぶね》を持ち、大坂から米や味噌《みそ》、塩、酒、油、煙草《たばこ》などを奥州《おうしゅう》や蝦夷《えぞ》に運び、帰りは昆布や身欠きニシン、干鰯《ほしか》、塩鮭《しおざけ》、棒ダラ、ナマコ、アワビなどを大坂に運び入れる大きな商いを行っているが、北前船は一隻がだいたい千石で、なかには三千石を上回るほどの巨大なものもあり、一隻あたりの利は千両にのぼったという。廻船《かいせん》問屋だけでなく、大名貸しなどによって巨利を得、今では鴻池や三井《みつい》、銭屋《ぜにや》などと並ぶ天下の分限者《ぶげんしゃ》である。和泉の佐野《さの》のあたりには「いろは四十八蔵」と称される食家の蔵が道の左右に建ち並び、さながら食という大名家の城下町のご

とくだという。

「すんまへん……すんまへん」

階段を上がってきた「丸寿」の女将《おかみ》が佐太郎に声をかけた。

「旦《だん》さん、下に旦さんにお会いしたいゆうお方が参っておられます。どないしまひょ」

繁八が血相を変えて、

「あかんあかん。今日は旦那の貸し切りや。ほかにだれが来ても上げたらあかんて言うといたやないか」

「そらそうだすけど……」

「どこのどいつが来よったんじゃ。わてが追い返したろか」

「それが……辛松屋《からまつや》の旦さんですねん」

「辛松屋ちゅうたら、菅原町《すがわらちょう》の乾物屋やないかい。食の旦那と一座したいやなんて身の程知らずもええとこや」

「一座したいわけやのうて、なんやお話があるとか。今日はどなたにもお会いになりまへんて申しましたんやけど、どうしてもとおっしゃいますねん。お断り申しましたら、お楽しみが終わるまで夜中でも明日の朝まででも待たせてもらう、ゆうて……。うちの上得意でもおますので、あんまりきつうは言いにくいし……どないしたらよろしいやろ」

佐太郎はしばらく考えていたが、

「わかった。女将の顔もあるさかい、会おか」

　繁八が驚いて、

「旦那、よろしゅおまんのか」

「そのお方は乾物屋はんじゃろ？　うちの商いの半分は、昆布や身欠きニシン、棒ダラに干し鮭、アワビにナマコなんぞの乾物を扱《あつこ》うとる。わしは知らんが、おそらくはおつきあいのあるお店やろうな。せやさかい会うのはかまわんが……ただし、ちょびっとだけやで。――女将、その辛松屋はんちゅうのはどんな御仁じゃな」

「へえ……どんな、というたら……その……」

　女将はもじもじしながら口を濁している。

「かまへん。ここだけの内緒ごとや。だれにも言わんさかい、腹蔵のう言うてみ」

「まえはそれほどやなかったんだすけどな、近頃、急にお店を大きゅうしはって、えろう勢いのあるお方でおます。乾物仲間にも入りはって、菅原町でも顔がきくようにならはったそうでおますけど、あくどい商いをなさる、ゆうて、評判はええことおまへんわ」

「ふーん、そうかいな。乾物仲間に入った、ゆうことは、随分と金も使うたのやろなあ」

　どの商売でもそれぞれに「株仲間」がある。同業のものが集まり、公儀に冥加金《みようがきん》を払うことでその特権を公に認められている組合である。人数は決められており、その商売を彼らだけで独り占めできるのだ。それゆえ、仲間に新しく加わるには厳しい評定があるうえ、公儀の認可も必要であり、容易なことではない。佐太郎が「随分と金も使うた」というのはそこである。

「そらそうだっしゃろな。うちへもたびたび来てくれはりますけど、遊び方がせせこましいし、お金の使い方が汚らしいさかい、うちの子ぉらも皆、辛松屋はんとのお座敷は、ゲジゲジが来た、ゆうて嫌がりますわ。——あ、えらいこと言うてしもた。これはほんまに内緒ごとだっせ」

「ひょほほほほ……ゲジゲジか。わしも陰ではどんなこと言われてるやわからんな。気ぃつけとこ」

「そんな……旦さんはお金使いもきれいやし、優しいし、面白いし、毎日でも来てほしおますわ」

「お世辞がきついのう」

「お世辞やおまへん。ほんまだす」

「ほな、そういうことにしとこか。——部屋はどこや」

「今、ご案内します」

老人は、よっこらしょと立ち上がった。

◇

「お初にお目にかかります。辛松屋善兵衛《ぜんべえ》でございます」

　善兵衛は嫌味なほど深々と頭を下げたあと、ゆっくりと顔を上げた。佐太郎は、思わずぷっと噴き出しそうになった。

（ゲジゲジ眉毛やなあ……。あだ名通りやがな）

　四十半ばか、白くて大きなのっぺりした顔にゲジゲジ眉毛、水ぶくれのような太りかたをしている。狡猾《こうかつ》そうな男やな、と佐太郎は思った。

「へえへえ、こちらこそよろしゅうに。――ほんで、今日はなんの用件かいな。あんたと会うために、せっかくの酔いが中途で醒《さ》めてしもた。よほどの用事やないと承知でけへんで」

「それは失礼いたしました。それやったら、手前どもで今日の支払い、半分持たせていただきます」

「全部持ってもろたかてかまへんで。――ひょほほほほ、それは冗談やけどな。主《あるじ》がおらんと座敷がさびしかろう。早う戻らんとならんので、話ちゅうのを聞かせてもらおか」

「えらいすんません。手前が持ってまいりましたのは、食の旦那さまがいっとうお好きなものの話でございます」

「わしのいっとう好きなもん……？　なんやろな。サバの生《き》ずしか？」

「アホなことを……。旦那さまのお好きなもんというたら、あれでおます。ほれ……」

善兵衛は声を落とすと、

「言わずと知れた、金儲けでおますがな」

「ほう……わしがいっとう好きなもんは金か」

「そらそうだすやろ。商人《あきんど》で金儲けが嫌いなものはいてまへんわ」

「ふーん、それで？」

「じつは今度、手前《てまえ》の入っております乾物仲間の寄り合いがございましてな、そこでつぎの行司を決めますのや」

行司というのは、株仲間の総代のことである。

「釈迦《しゃか》に説法でもございましょうが、細かい店を数え立てると、大坂の乾物問屋は靫《うつぼ》と天満《てんま》に何百軒もございますが、うちらの仲間に入ってるのは北前船から買い付けてそういった店に卸しているような大手ばかりでございます。つまり、大坂の乾物すべてを我々十二店で動かしとるのですわ」

「たいそうな勢いやな」

「これまでは長年、金沢屋《かなざわや》はんが行司をしてはりましたのやが、もう歳《とし》ですさかいな。そろそろ引退していただいて、我々若いもんに譲っていただいたほうがええのやないか、と手前はそう思とりますのや。行司もしんどい役目やさかい、これは金沢屋はんのお身体《からだ》を思うてのことでおます」

　金沢屋六郎右衛門《ろくろうえもん》は、佐太郎も知っている。大坂の乾物屋のなかでは一番の大店《おおだな》で、創業はたしか関ケ原《せきがはら》の合戦よりもまえのはずだ。まだまだ達者で、とても行司役を退くとは思えない。

「どうにも親切なこっちゃな。金沢屋は承知しとるんかいな」

「それが、我々に気を遣《つこ》うてか、まだやる、と言うてはりますのや。手前は、金沢屋はんがご無理をなさり、ご病気でもなさらんかと案じられてなりまへん。そこで、食の旦那さまにお出ましいただきたいのでございます」

「わしが言うたかて、あの男はうんとは言わんで」

「わかっとります。意固地な、いや、ものごとを他人任せにせんところがおますからな。

――今のところ、つぎの行司に名乗りを挙げるのは、手前と金沢屋はんのふたりになるはずだす。手前もなあ、金つかましたり脅したりすかしたり……いろいろ手をつくしましたんやが、なかには頭の固い、古臭ーい考えの連中もおりましてどうしても首を縦に振りよらんやつがおりますのや。今のところちょうど半々に分かれるはずで……そこで白黒をつけるために手前が考えたのは、乾物料理での勝負でございます」

「は？　なんのこっちゃ」

　辛松屋善兵衛の言うには、金沢屋と辛松屋がそれぞれ乾物を使った料理を作り、食通で知られる食の佐太郎がどちらが美味いかを食べ比べする。もちろん、美味い料理を出したほうがつぎの行司になるのだ。

「けったいなことを思いついたな。けど、おまはん、かならず勝つゆう算段はできとるんか」

「それはもう……江戸から八百善《やおぜん》の花板やった弥平次《やへいじ》という板前をすでに呼び寄せとりますのや。あとは、旦那さんに乾物勝負のことを向こうにお知らせいただくだけでおます」

佐太郎の目の奥に、いたずらっぽい光が灯《とも》った。

「なるほど……おもろい趣向かもしれんな」

「そうだっしゃろ！　北前船で大坂に乾物を運んではるのは食の旦那さんでおます。その旦那さんに言われたら、金沢屋はんも勝負を断る、とは言えまへんやろ」

辛松屋は揉《も》み手をした。たしかに佐太郎は大坂の乾物屋にとって頭の上がらぬ人物であろう。そして、乾物商ならば乾物料理のことを知り尽くしていて当然である。もし料理勝負で負けたら、引き下がらざるをえないだろう。

「もし、手前が乾物仲間の行司になったら、旦那さんにも随分とええことがおまっせ」

「そうかいな」

「そらもう……」

辛松屋は佐太郎ににじり寄ると、嫌らしい笑いを浮かべながら耳もとでなにやらささやいた。

「というのはどうでおます」

「ひょほほほほ……ほんまかいな」

「当てにして待っとくなはれ」

おのれが乾物仲間の総代になり、大坂の乾物商を牛耳ろうというのだ。大坂は、日本の乾物取り引きの中心である。昆布をはじめ、あらゆる乾物が全国から集まってくる。そこで動く金の高《たか》は甚大だ。もし、辛松屋と組めばそれはそれは美味い汁が吸えることだろう。

「あまり力ずくでことを運ぶと物騒やで」

「そのあたりも万事飲み込んどります。頼りになる相方を見つけてからこっち、力ずくには慣れとりますさかい」

どうやら血なまぐさいことになったとしても、すでに手は打ってあるようだ。

「よっしゃ、わかった。好いたようにしたらええがな」

「ありがとさんでおます」

辛松屋は大仰に頭を下げた。

「話はこれでしまいやな。ほな、わしはこれで……」

立ち上がろうとする佐太郎の袖を辛松屋は引っ張り、

「そんなお急ぎにならんかて、今ここに酒肴《しゆこう》を運ばせますよって……」

「いや、けっこう。座敷になんぼでもある」

「そ、そうだっか……」

辛松屋は鼻白んで、

「ほな、また近々おもてなしさせていただきます。これからは持ちつ持たれつで、よろしゅうお願いいたします」

佐太郎は小部屋を出ると、廊下ですれちがった女中に言った。

「わし、今から大座敷に戻るけど、ちょっと塩を持ってきてもらえるかいな」

「旦さん、塩ですか」

「そや」

佐太郎はそう言うと、階段を上っていった。

◇

「物干し竿《ざお》?」

勇太郎が言った。

「はい、それはもう長い長い刀です」

小糸《こいと》の口調は感嘆を通り越して呆《あき》れているようだった。大坂西町奉行所定町廻《じようまちまわ》り同心村越勇太郎は、剣術の師である岩坂三之助《いわさかさんのすけ》の屋敷の座敷で小糸が淹《い》れた茶を啜《すす》っていた。師匠のご機嫌伺いに訪れたのだが、三之助は出稽古のために不在であった。勇太郎はおのれが持参した茶菓子をみずから食べる羽目になっていたが、病がちだった師が出稽古をつけるまでに回復したことは喜ばしかった。

「どのぐらいの長さですか」

「刃渡りだけで三尺はあります。柄《つか》を足すと四尺にもなるかと」

若い男女が向き合っているというのに、話題は剣術の話である。

「まさに佐々木小次郎《こじろう》ですね」

佐々木小次郎は二百年ほどまえ、剣豪宮本武蔵《みやもとむさし》と船島《ふなじま》で雌雄を決した武芸者である。物干し竿と称される長刀を使い、燕返《つばめがえ》しという華麗な技を用いて、武蔵に敗れるまで向かうところ敵なしだったという。

「その御仁は、幾日まえからご逗留《とうりゅう》されておられるのです」

「昨日からです。父の古い友人のご子息だと聞いております。為永新次郎《ためながしんじろう》とおっしゃる方で、二年におよぶ諸国武者修行の途上に立ち寄ったとうかがいましたが、詳しいいきさつはなにも聞いておりませぬ」

昨夕、ふらりと現れたが、道場で夜通し独り稽古をしていたらしく、深夜になっても素振りをする音が聞こえていたという。

「木剣も、刀と同じく長さ四尺ほどのものをお持ちなのです」

さぞかし重いだろう、と勇太郎は思った。宮本武蔵が船の櫂《かい》を削って作ったという木剣を思わせるではないか。

村越勇太郎は、現在二十歳《はたち》過ぎの同心である。村越家は代々、大坂西町奉行所の定町廻り同心を勤める家柄で、父親の柔太郎《じゅうたろう》の病死を機に彼が跡目を継いだ。家族は、母のすゑと妹のきぬ、それに家僕の厳兵衛《げんべえ》の三人である。父の代から岩亀三郎兵衛《いわがめさぶろべえ》の下で薫陶を受けており、そのせいでかつては真面目《まじめ》一本のカタブツ男だったが、大邉久右衛門が赴任してからというもの、身にまとっていたはずの堅さが失《う》せ、今では相当崩れてきている。だが、当人もそのことを好ましく思っていた。酒は好きだが家で飲むぐらいで、食べものにもとりたてて興味のなかった彼が、今では居酒屋の梯子《はしご》をしたり、料理をあれこれ詐したりするようになったのだ。

「その御仁、お歳は幾つぐらいです」

「たぶん三十歳をひとつ、ふたつ出たぐらいだと思いますが……」

となると、小糸とは釣り合うことになる。勇太郎はにわかに気を揉みはじめた。

「そのお方はどこにおられます」

「道場におられると思いますが……どうしてです？」

「え？　あ、いや……稽古を拝見したいと思いまして」

「では、参りましょうか」

勝手知ったる屋敷内を、勇太郎は小糸とともに道場に向かった。今日は師匠の三之助も留守ゆえ、門人たちも朝稽古のあとはそれぞれ帰宅して、道場はその男のほかだれもいなかった。

「ええいっ……！　ええいっ……！」

端正だが気合いのこもった掛け声とともに、男は壁に向かって素振りを繰り返していた。無人だというのにもろ肌を脱ぎ、たくましい筋骨を見せつけるようにして、木刀を振り続ける。そして、彼が振っている粗削りの木剣は、小糸の言葉どおり、異様な長さのものだった。男はそれを、竹刀《しない》でも扱うかのように軽々と打ち振っている。よほど膂《りょ》力《りょく》があるのだろう。

「たまげたな……」

勇太郎がそうつぶやくと、小糸も応えて、

「そうでしょう」

そのやりとりが聞こえたのだろう、男は稽古をやめてこちらを向いた。浅黒く日に焼けた顔が、長年の廻国修行を物語っていた。薄い眉、鷲鼻《わしばな》、一文字に引き結ばれた唇。たかだか素振りをしていただけなのに、その両眼はまるで真剣の果たし合いに臨む剣客のようにぎらついていた。

「お手前、今、笑《わろ》うたな」

まるで喧嘩腰の口調に勇太郎はややうろたえ、

「大坂西町奉行所の同心村越勇太郎と申します。稽古ぶりを拝見しただけで、笑うてはおりません」

「町同心だと？　不浄役人ではないか。許しもなくひとの稽古を覗《のぞ》き見るとは失礼千万だ」

小糸がまえに出て、

「村越さまは不浄役人ではございませぬ。清廉なお方であり、父の門人でもあります。それに、こちらに案内したのは私です。当家の道場に門人が入るのになにか不都合がございますか」

「ほほう、岩坂殿のご門人か。それならばここに入るのは大事ないが、それがしを見て笑うたのはなにゆえか」

まるで因縁をつけるヤクザである。だが、木剣があまりに長いので笑いましたとは言えぬ。勇太郎は仕方なく、

「だから……笑うてはおりませぬ」

「いや、笑うた」

「笑ってないって」

「笑うた」

「しつこいな」

「どちらがしつこいのだ。それがしはおぬしがわが長剣を見てくすりと笑むところをたしかに見た」

「俺は笑うていないというし、あなたは笑うたという。どうすればいいのです」

「勝負せよ」

「――は？」

「それがしと立ち合え」

「なにを馬鹿なことを……」

「馬鹿とはなんだ！」

為永新次郎は木剣に、ぶん！　と素振りをくれた。それだけで太刀風《たちかぜ》が勇太郎の顔に吹きつける。

「武士に向かって馬鹿と申したな。許せぬ。さあ、立ち合え。逃がしはせぬぞ、腰抜けめ」

小糸が真っ青になって、

「為永さま、当道場で勝手な振る舞いはおやめください。父が戻るまで暫時お待ちいただき……」

勇太郎は小糸をさえぎった。

「為永殿、これは正式な試合ですか」

「むろんだ」

「ならばお受けしましょう。おたがい、勝っても負けても遺恨を残さず、正々堂々の立ち合い……ということでよろしいですか」

「うむ」

小糸が震える声で、

「勇太郎さま、もうまもなく父が帰ってまいります。なにとぞそれまで……」

「大丈夫です。為永殿も正式な試合だと申しておられます。それに……」

勇太郎は、壁に掛かっていた木刀を一本手にすると、

「俺は腰抜けではありません。検分役をお願いします」

そう言うと、道場の中央で為永と対峙《たいじ》した。双方が正眼《せいがん》に構えたが、為永の木刀はやはりかなり長く、勇太郎の木刀は相手に届きそうにない。

「いざ、参るぞ」

為永は正眼の構えを崩すことなく、少しずつすり足でまえに出る。勇太郎には、為永の全身の毛穴から殺気が細い糸のように噴き出しているのが見えた。なによりもその両眼がまったくまばたきをせず、こちらをにらみ殺すかのように勇太郎の目を凝視してい

るのが不気味だった。その凄《すさ》まじい「気」に押されて、勇太郎はじりじりと後ずさりした。えらそうな口を叩《たた》いて試合に臨んだものの、蛇ににらまれた蛙《かえる》のように勇太郎はなにもできず、ついには壁に背中がついてしまった。こうなると長刀のほうが有利である。ここにいたって、ようやく為永は木刀を少し振りかぶった。

（来るぞ……！）

と勇太郎は思った。

（来る……籠手《こて》か、面か、それとも……）

焦りとともに相手の出方をはかっていると、

「やあああっ……！」

裂帛《れっぱく》の気合いとともに長大な木剣が振り下ろされた。勇太郎は壁に背中をつけたまま横に逃げ、その打ち込みをかろうじてかわしながら左手に握ったおのれの木刀で受けた。しかし、手がじーん……としびれ、勇太郎は木刀を取り落とした。からから……と羽目板のうえを木刀が転がっていくのを彼は呆然《ぼうぜん》と見つめた。

「ああっ……！」

小糸の悲鳴にも近い声がした。

（そうだ……小糸殿が見ているのだ）

無様な真似はできぬ。勇太郎はおのれの背筋に鉄の棒が入ったかのように、気持ちを取り直した。第二撃が来るかもしれないと思ったが、落ち着いてゆっくりと木刀を拾い上げ、ふたたび正眼に構え直す。息を深く整えながらあらためて為永の構えを見る。

(——あれ?)

今しがたとは見え方がまるでちがう。異常な殺気と異形の得物《えもの》に惑わされていたのかもしれないが、今見ると、

(構えが隙だらけだ……)

どういうことだろう。これは罠《わな》なのか。俺を誘っているのか。ちら、と小糸を見る。真剣なまなざしでふたりを見つめている。

(よし……)

誘いなら、それに乗るのもひとつの手だ。勇太郎は腹をくくった。いくら物干し竿といっても槍《やり》よりは短い。ならば……。

「ええいっ!」

勇太郎は、相手が打ちかかってくると同時におのれも打って出た。間一髪で長刀をかいくぐると、あとは楽だった。間合いを詰めながら打ち込んでいくと、

(やはり、そうか……)

長すぎる刀は攻めには有利だが、防ぐにはよほどの巧みさを要する。敵にふところに飛びこまれると、長刀は途端に扱いにくい邪魔な道具と化すのだ。勇太郎が右、左、左、

右、右……と緩急をつけて攻めたてると、為永は防戦一方になった。今度は彼が後退していく。とうとう壁まで追い込まれた為永に、勇太郎は鋭い籠手を見舞った。小気味よく決まったが、為永は顔をしかめただけで「参った」とは言わなかった。勇太郎もさっき木刀を落としてしまったのでおあいこだ。

「くそっ、殺してやる！」

為永はそう叫ぶと長い木刀を薙刀《なぎなた》のように振って勇太郎の胴を狙ったが、どうしても弧を描くような動きになるので遅い。その間に勇太郎はもう一度籠手を打ったあと飛びしさりざま、右手首を返すようにして為永の横面を打った。

「それまで！」

背後から声がかかった。振り向くまでもない。師である岩坂三之助だ。外出《そとで》の恰好のままだ。玄関からまっすぐ道場に来たのだろう。勇太郎も為永も、すぐにその場に正座して頭を下げた。

「なにごとだ。わしの留守にかかる真似をいたすとは……」

勇太郎が顔を上げ、

「為永殿に一手教えていただいたのです。正式な試合だと為永殿も申しておられました」

「試合？　わしには果たし合いかなにかのように見えたぞ。殺すとか殺さぬとか……おのれを高めるべき神聖な道場にあるまじき言葉ではないか」

岩坂は小糸に向かって、

「おまえがいながらなんというざまだ。新次郎はわしの門弟ではない。いわば他流試合だ。とめるべきではないか」

「申し訳ありません……」

「小糸殿を責めるのはおやめください。俺が検分役をお願いしたのです」

岩坂は耳を貸さず、それまで一言も発していない為永を見据えると、

「だいたいのことは察しがつく。おまえがまた喧嘩をふっかけたのであろう。苛立《いらだ》つのもわかるが、おのれを抑えることを学ばねば生涯腕は上がらぬ。壁は超えられぬぞ」

「………」

「おまえがしておるのは武者修行とはいえぬ。ほうぼうの道場へ参り、そこにいる門弟と試合をして勝ったの負けたのと申しておるだけだ。普段、稽古をさぼっておる村越に負けるようでは、望みを叶《かな》えることなどとうていできまい」

為永はうつむいて肩を震わせている。泣いているらしい。

「大の男が泣くのか。泣いて腕が上がるならいくらでも泣くがよい」

勇太郎は、いつもは温厚な岩坂三之助の冷酷ともいえる言葉に驚いた。三之助は為永に背を向けると道場を出ていった。勇太郎と小糸は顔を見合わせると、そのあとに続いた。

◇

着替えを終えた三之助が、勇太郎の座する部屋に現れた。

「すまぬことをしたな」

「いえ……」

「あれはな、わしの竹馬《ちくば》の友であり先年死去した為永新太郎《しんたろう》の次男でな……」

そのとき、小糸が茶を運んできた。

「小糸、おまえも座れ」

三之助はふたりをまえにして話しはじめた。

「新次郎は、剣術で身を立てようと三河吉田《みかわよしだ》の長岡森羅斎《ながおかしんらさい》の道場に入門した。森羅斎殿は『今巌流《いまがんりゅう》』と称される長剣の遣い手でな、わしも会《お》うたことはないが、いまどき珍しいほどの剣術に真摯《しんし》な人物らしい。長刀、短刀それぞれに一利あれど、戦場《いくさば》にては長刀が寸分勝るなり、と若い時分から長刀の技を工夫し、ついに極意を会得したそうだ。新次郎は次男坊ゆえほかに立身の道もなく、もともとの真面目さもあって、師のもとでひたすら熱心に修行した。森羅斎も目をかけていたのだろうな、剣術指南役を務めておられた三河吉田七万石松平《まつだいら》家に推挙し、山林方《さんりんがた》として出仕が決まった。また、ひとり娘りくの婿にとも考えておられたらしい……」

師の娘との縁談も整い、あとはおのれの腕を磨くだけ……というところで、思わぬことが起きた。

松平家出入りの茶器商人間垣屋伊右衛門《まがきやいえもん》が、ひとりの武芸者を森羅斎の道場に連れてきた。名前は、大須賀仁十郎《おおすがじんじゅうろう》。富田《とだ》流の流れを組む東軍《とうぐん》流を学んだとのことで、歳は三十歳ぐらいである。浪人だが、伊右衛門が旅先で腹痛を起こして難渋しているときにたまたま通りかかって、印籠《いんろう》の薬をくれたのだという。腹痛は治り、伊右衛門が、三河吉田に来るようなことがあればぜひお訪ねくだされ、と言ったのを覚えていてやってきたのだ。

「松平信明《のぶあきら》さまに剣術指南役としてお仕えしたいというお気持ちがおありのようで、わたくしも世話になりましたゆえ、ぜひお取り持ちしたいのですが、肝心の剣術の腕前がわたくしではわかりかねます。そこで、先生にそのあたりをおたしかめ願いたいのですが……」

松平家ほどの石高だと家来も多く、剣術指南役も幾人もいる。そのなかに加わりたいのなら、腕を見きわめねばならぬ。もっともな話だと、その日のうちに門人数人と立ち合わせてみたが、なかなかの技量である。剣術をもって仕えていた主家が取り潰しにあって以来の浪人暮らしだそうだが、疲弊が感じられず、目に熱い輝きがある。それを志の顕《あらわ》れだと思った森羅斎は、

「これならばよろしかろう」

と間垣屋に推挙を許した。すると、大須賀が言った。

「森羅斎先生にお願いの儀がございます。仕官が叶うや叶わぬやの裁量が出るまでのあいだ、こちらに逗留させてはいただけませぬか」

「かまわぬが、間垣屋のほうがなにかと行き届くのではないかな」

「商家では剣術の稽古ができませぬゆえ……」

そこで、大須賀は森羅斎の道場に住み込むことになったのだが森羅斎の娘のりくが父親に、

「父上……あの方が恐ろしゅうございます」

「なにゆえだ。なにかされたか、言われたのか」

「いえ……ですが、いつもわたくしのことを嘗《な》め回すような目で見るのです」

「はははは、おまえの気のせいだろう。剣術遣いというものは、どうしても眼力が強うなるものだ。わしや為永とて同じこと。そろそろ慣れてもらわねばのう」

そう言って取り合わなかった。

数日後、番方兼剣術指南役としてめでたく新規召し抱えが決まり、大須賀仁十郎は吉田城内の長屋に住まうことになって道場を出たが、そのすぐあと、りくはこっそりと為永新次郎に耳打ちした。

「あの方……出ていってくれてホッといたしました」

「じろじろ見るからですか」

「いえ……廊下ですれちがうときに、気に入ったぞ、わしの嫁になれ……とか、そこの松林で今晩待っておるぞ、とか申されるのです。父上の耳に入ったらきっとお怒りになり、なにをなさるかわからないので、なにも申しておりませぬが……」

たしかに森羅斎の潔癖さからして、娘に向かってそんなことを言ったと知ろうものなら、刀を抜いて斬りつけかねない。

「大須賀殿も冗談が過ぎますな。まあ、もう会うこともありますまい。ご安堵なされよ」

新次郎は、りくにはそう言ったが、腹の底は煮えくり返っていた。大須賀仁十郎は、りくに彼という許嫁《いいなずけ》があると知っているのだ。新次郎は、りくを言葉で汚されたような思いになり、大須賀という人物への嫌悪が彼のなかに宿った。

そして、数か月はなにごともなく過ぎたが、ある日のこと、新次郎と大須賀はともに宿直《とのい》の番についていた。十数人の家士たちが長い夜をなにをするでもなく手持ち無沙汰に過ごすのだ。飲酒は公然とは許されぬが、こっそりと持ち込むものも多い。そのうちに、飲みたいものは車座になって酒盛りをはじめた。肴《さかな》は味噌や身欠きニシンである。新次郎は酒は一滴もたしなまぬゆえその輪には入らぬが、大須賀仁十郎は茶碗《ちゃわん》でがぶがぶと飲んだ。

「森羅斎殿の道場では、酒は修行の妨げなどと固いことを申してまるで飲めなんだ。それがしに言わせれば、多少の酒で乱れるような剣なら、修行が足りぬのだ。飲めば飲むほど技が冴《さ》えるようでなければならぬ」

その言葉も、新次郎は師や自分へのあてこすりのように聞こえた。夜が更けるにつれ、酒飲みたちは次第に酔い崩れてきた。なかでも仁十郎は悪い酔い方だった。

「森羅斎殿は松平家の剣術指南役筆頭だが、それがしの目から見れば、まだまだだな」

新次郎は耳を疑《あ》った。おのれの推挙に一役買い、寝泊まりまでさせてもらった恩義を忘れ、悪しざまに言うとは許せぬ。彼は、酒盛りの輪に乗り込んだ。

「為永殿、わが師のどこがまだまだなのです」

「弟子のくせに気がつかぬのか。森羅斎殿は戦場においては長刀が寸分勝る、と言うておられるが、長すぎる刀は小回りが利かず、戦場においてもかえって得物に振り回される。ましてや今は泰平の世だ。どこに戦があろう。道場での試合においては長刀に利なきことは疑いないではないか。それなのにいまだ長刀にこだわるのは笑止」

「笑止……？　聞き捨てならぬ。長刀に利なきとはなんの証拠をもってのお言葉か。わが師を愚弄するのもたいがいになされよ」

「愚弄ではない。真実を申しておる。ご貴殿、宮本武蔵と佐々木小次郎の船島の戦いをご存知かな」

新次郎は言葉に詰まった。そうなのだ……長刀の話をすると、かならずといっていいほど佐々木巌流の逸話が語られることになる。

「師である富田勢源《せいげん》の小太刀に反目して物干し竿なる長刀にこだわった巌流の末路は、あのとおり、宮本武蔵によって頭蓋を叩き潰されることであった。お手前は森羅斎殿の弟子ゆえ、師を立てるのはしかたないが、世間はそうは見ておらぬ。長刀は時代遅れであり、手頃な短い刀に利があることは巌流と武蔵の故事に照らしても明らかではないか。なにが『今巌流』だ。そのうちだれぞに頭を割られるのが落ちであろう」

「なんと……！　大須賀殿はわが師が頭を割られると申されるのか。憎きその雑言、許せぬ。取り消されよ」

「まことのことゆえ、取り消しはいたさぬ」

一触即発の気を感じて、同僚たちがあいだに入った。

「まあまあ、大須賀氏《うじ》も酒が過ぎて口が滑ったのであろう。為永氏もここは穏便に……」

しかし、大須賀はなおも言いつのった。

「酒は過ぎてはおらぬ。ああ、もしここでおぬしと立ち合えれば、長刀・短刀どちらに利があるか即座にわかるものを……残念でござる」

露骨な挑発だが、頭に血がのぼっていた新次郎には判別がつかなかった。

「わかり申した。立ち合いましょう」

「ほう、やるのか。ならば、この場にては殿にはばかりあり。道場に参ろう。ここにおられるご一同が検分役だ。よろしいな」

ほかのものがなだめたが、今度は新次郎が頑として引かなかった。どうしても立ち合うと言い張り、先に立って城内の中庭にある道場へと向かった。しかし、大須賀はいつまで経《た》ってもやってこない。新次郎が苛立ちを募らせていると、ようよう現れた大須賀は、

「お待たせした。ちと、小便がしとうてな。よう出たわ」

その言葉にまたしてもカッとした新次郎は、

「早う支度をなされよ！」

「やれやれ、若いものは心持ちにゆとりがのうて困る。待たせたほうが勝つのだ。武蔵と小次郎の故事を忘れたか」

新次郎は、いつも道場に預けてあるおのれの木刀を取り、素振りをくれた。師ゆずりの長い木刀である。大須賀は短めの木刀を手にすると、にやにや笑いながら構えた。

「ここならば音も漏れず、存分に立ち合えるわい。ご一同、ただいまそれがしがこの頑迷な若人《わこうど》を打ち据えてみせまするゆえ、よう見ておられよ」

馬廻り役の家士が行司を務めることになった。両者は向かい合い、木刀を構えた。

「なんだ、大口を叩いておったわりにはそんな腕か」

大須賀はあざけった。

「両胴がガラ空きではないか。お、囲ったな。今度は籠手が空いておるぞ。それがし が今ひと打ちすればおぬしの負けだぞ。ふふふ……籠手を囲ったな。いつまでも囲うてばかりでは試合にならぬぞ」

その言葉に釣り出されるように新次郎は踏み込んだ。つぎの瞬間、新次郎は脳天をしたたかに打たれてその場に膝を突いた。

「ま、参った……」

「なんだ？　聞こえぬぞ」

大須賀は、木刀を振り下ろした。新次郎は右肩を押さえてうずくまり、

「卑怯《ひきょう》な……参ったと申したのに」

「聞こえぬと申したのだ」

つまり、聞こえているのだ。

「先刻、貴様、戦場と抜かしたが、戦場での斬り合いに参ったとか待ったがあるのか。貴様のような未熟ものが、わしと試合しようなどとは片腹痛いわ。おのれの分を知り、二度と大言吐けぬようにこうしてくれる」

大須賀は、新次郎の頭や背中や肩や胸を何度も何度も執拗《しつよう》に打ち据えた。

「よいか、世の中、うえにはうえがいるということをようわきまえよ。貴様のごときカ

ラ下手は剣術を学ぶには向かぬ。やめてしまえ」

さすがにまわりのものがとめたが、そのときには新次郎の顔面は青黒く腫れ上がり、鼻や口からは血が滴り、全身に痣《あざ》や傷ができていた。大須賀はやっと木刀をおろし、

「貴様の師匠も不運よのう。物干し竿などというくだらぬしろものがいかに役立たずか、弟子によって公に示されてしもうたのだからな。わしを悪う思うなよ。負けた貴様が悪いのだ」

そう言うと、大須賀は新次郎の頭に唾を吐きかけ、

「酒が醒めてしもうたわい。それがしと立ち合うなどと大言壮語いたすものだからもう少しできるかと思うていたが、ご一同にはとんだ茶番をお見せしてしもうた。戻って飲み直すといたそう。それがしのおごりじゃ」

出て行こうとする大須賀の背中に向かって、新次郎がつぶやいた。

「これが……戦場ならば……真剣であれば……」

大須賀は足をとめ、

「なんだと……?」

しかし、ほかの皆が、

「まあまあまあまあ、あのようなやつのたわ言は放っておいて、飲み直しじゃ飲み直しじゃ」

と半ば強引に彼を道場から連れ出してしまった。途端、新次郎は気を失った。

身体のあちこちの痛みで目が覚めたときは、一刻《いっとき》（約二時間）ほどが経っていた。数人の同僚が手当てをしてくれていた。涙があふれてきた。大須賀が言ったことは正しいのだ。彼は、おのれの未熟さ、弱さから師の名前を汚してしまったのだ。

（立ち合うのではなかった……）

大須賀仁十郎の挑発に乗ってしまったのだ、ということがようやくわかってきたが……もう遅い。彼は負けた。しかも、無様すぎるほど無様に。

「宿直頭さまにはわしらが言うておくゆえ、おぬしは早う帰って、家できちんと手当てをしてもろうたほうがよいぞ。骨は折れてはいないと思うが、朝になったら医者にも診てもらうがいい。念のためじゃ」

「かたじけない。そうさせていただきます」

木刀を杖《つえ》替わりに立ち上がり、道場を出た。だが、森羅斎のところには戻れぬ。このまま帰ったら、様子をひと目見て、なにがあったのかと問われるだろう。師の顔に泥を塗ってしまったことを告げるのは怖《おそ》ろしかった。

（とにかく……恥辱を雪《そそ》がねばならぬ……）

彼は、門に向かうふりをして三の廓《くるわ》にとどまった。そこには大須賀の住む長屋があるのだ。夜が白々明けるころ、大須賀がひとりで戻ってきた。よほど酔っているらしく、

足もとがふらついている。新次郎は彼のまえに飛び出すと、

「大須賀仁十郎！　よくもわが師とわが流儀を誹謗《ひぼう》したな。なれど、さきほど後れを取ったるは道場での試合ゆえだ。真剣ならば一毛の差でそれがしが勝つ。勝負せよ」

「なに？　性懲りもなく、此度《こたび》は真剣での勝負を望むというのか。よかろう。真剣だろうが負けはせぬ」

大須賀は腰のものを抜こうとしたので、

「早まるな。今ではない。貴公は酩酊《めいてい》しておいでだ。後刻もしくは後日、改めて勝負をしたいのだ」

「なにを……抜かす。わしが……酔うておるだと？　おお、酔うておる。酔うてはおるが、これぐらいの酔いで貴様ごときに勝ちを譲ろうや。後刻だの後日だの七面倒だ。今ここで……」

大須賀は抜刀していきなり新次郎に斬りかかった。

「無体《むたい》な……！」

「なにが無体だ。真剣勝負を所望したのは貴公ではないか。――抜け！　抜かぬなら……」

泥酔した大須賀は刀をめちゃくちゃに振り回す。右へ左へとかわすが、腕のある相手なので酔っていても新次郎が避けた方に切っ先が飛んでくる。このままでは斬られてし

まう。しかたなく新次郎は刀を抜き払い、大須賀の剣を受けた。

「こらっ、なにをしておる！」

　さっき宿直をしていた連中が、斬り合いを見つけて駆け寄ってきた。新次郎がなにか言うより早く、大須賀が叫んだ。

「こ、こやつがそれがしを待ち伏せしておって、いきなり斬りかかってきたのだ。道場で敗れたことを根に持ってのことだろう。城内にて抜刀するのは罪とは知れど、背に腹は代えられず、やむなく抜き合わせたが……」

「酔ったところを襲うとは武士の風上にも置けぬふるまい」

「負けたのはおのれのせいだというに、大須賀殿を逆恨みするとは」

「ちがう……ちがうのです。それがしは……」

「言い訳は見苦しいぞ」

「言い訳ではないのだ。なにとぞそれがしの申し条《じょう》も……」

　新次郎は皆に訴えようとしたが、たちまち取り押さえられてしまった……。

「理不尽な話ですね。それから、どうなったのです」

　じっと聞いていた勇太郎が言った。

「結局、城内で抜刀したことについては喧嘩両成敗で、きつく叱り置くというだけで双方にお咎《とが》めはなかったが、新次郎は森羅斎殿に破門された」

「――えっ？」

「師に無断で真剣での試合を行おうとしたためだ。それは他流試合でもあり、果たし合いでもある。そして、森羅斎殿は松平家の剣術指南役を退かれた。松平家の重臣たちも引きとめようとなされたそうだが、森羅斎殿の気持ちは固かった。新次郎と大須賀の試合によって、長刀が小太刀よりも劣るということになってしまったので仕方なかったのだ。その説をくつがえすには、森羅斎みずからが大須賀を破らねばならぬが、それはおのれの弟子の仇《あだ》を師が討つことになり、逆さまごとになってしまう」

親が子の仇を討つ、兄が弟の仇を討つ、主人が家来の仇を討つ、師が弟子の仇を討つ……そういうことは許されぬのだ。

「森羅斎殿はじっと耐えるしかなかった。門を閉ざし、みずから蟄居《ちっきょ》なされた」

「それで、為永殿は？」

「はじめは腹を切ろうとしたようだが、森羅斎殿の娘御に、父を救うにはあなたが腕を上げて大須賀に試合で勝ち、長刀の利を天下に示すしかない、と諭され、諸国武者修行に出たのが二年前のことだ」

三之助は茶を一口ふくみ、

「なんとかして一刻も早う強くならねばならぬ、という一念のもと、必死に修行をした甲斐《かい》あって、たしかに技量は上がっておる。だが、焦りゆえかあのとおり、攻めることのみに心を砕き、守ることを忘れておる。あれでは勝てぬ。おまえにも負けるぐらいだからな」

「はあ……」

「小糸は、なんと見た」

「私は……」

「遠慮せず申せ」

「はい。――廻国修行でつらい思いをされておられるせいかもしれませぬが、お気持ちが乱れておられるかと……」

「そのとおりだ。他人が信じられなくなり、すぐにののしったり、喧嘩を吹っかけたりする。腕の鍛錬も大事だが、心の鍛錬ができておらぬから、あのように格下のものにも後れを取るのだ」

「格下……」

　勇太郎はがっかりしたが、なるほど、為永の振る舞いや目つきから受けたなにかに取り憑《つ》かれたような狂気……あれは、恥辱を雪がねばならぬという激烈な思いからくるものだったのだ。

「左様。剣術の腕でいえばおまえは為永にはまだ及ばぬ。だが、腹はおまえのほうがずっと据わっておる。おそらく御用を務めるなかで肝が練れてきたのだろう。町奉行所の同心にとっての武芸はそれでよい。なれど、剣客はちがう。剣で身を立てようとするなら、心技体のすべてを整え、高みに保たねばならぬ。あの男にはそれができておらぬのだ。心が落ち着けば、守る術《すべ》もおのずとわかるだろうに……」

「どうすれば心を鍛えることができるのでしょう」

「わからぬ。座禅をし、滝に打たれ、深山に籠ろうと、できぬものには生涯できぬだろう。また、できるものには市井《しせい》に住み暮らしていても容易《たやす》くできる。わしも口を酸っぱくして、攻めるだけでなく守りを固めよと申したのだが、ひとに千度万度言われても、当人が覚《さと》らぬかぎりわかったことにはならぬのだ」

勇太郎は頭《こうべ》を垂れた。師から久々に深い教えを賜ったように思ったのだ。小糸が茶を淹れ替えながら、

「では、森羅斎さまは今でも三河吉田の道場で門を閉ざしておられるのですか」

「いや……それがだな……」

三之助は眉根を寄せ、

「大須賀仁十郎が道場に現れたのだ」

「まあ……」

森羅斎に代わって指南役筆頭に昇進した大須賀は森羅斎に開口一番、

「森羅斎殿も、あの痴《し》れ者のせいでとんだ災難でござったな。それがしも随分と迷惑い

たした。なれど、武士の堪忍はここだと水に流すつもりでござる」

　と言った。

「それにしても、門人のしでかしたことで剣術指南役を退かれるとは解せませぬ。師としての責めを負うたのでござろうが、それがしに言わせれば森羅斎殿はとんだ不忠ものでござる」

「不忠？　わしが殿に不忠だと申すか」

「左様。森羅斎殿ほどの武芸者が、指南役を辞めて引き籠ってしもうては、家中の侍たちの武術の腕が落ちまする。これ不忠なり。森羅斎殿は指南役に返り咲いていただきたい。いや、返り咲かねばなりますまい」

「………」

「とは申せ、殿のお考えに背いてまで頑固を通し、ひとたび退いた役に戻るのはすんなりとは参りますまい。なにかきっかけがなくてはむずかしい。そこで、それがしによき思案がござる。――森羅斎殿の娘御りく殿とそれがしが夫婦《めおと》になるのでござる」

「な、なんだと」

「それがしがご当家に入り婿となれば、森羅斎殿はそれがしの義父。わが父親を指南役として推挙するは、子として当然の務め。これならば、殿も首を縦に振られるのではありますまいか。それがしがゆくゆくこの道場の跡目を継いでさしあげますゆえ、森羅斎殿も跡取りができて万々歳……」

「たわけっ！」

森羅斎は憤激のあまり白目を剝《む》いていた。

「なにを申すかと思うて黙って聞いておれば、わしの面前でようもぐだぐだと痴れごとを並べよったな。貴様、わしの力添えで松平家に仕官が決まったおり、当家に数日宿泊せし恩義も忘れ、満座のなかでわが流儀を中傷したあげく、武芸の試合にかこつけて門弟為永を卑怯なやり口で打ち据えたこと、為永から聞いてよう知っておるぞ。それを棚に上げて、娘の婿になってやるだと？　馬鹿も休み休み言え。顔も見とうないわ。帰れ！」

大須賀は傲然と顔を上げ、

「武芸の試合にかこつけて打ち据えたと申されたが、それはあの男が未熟ゆえ、そしてまた、物干し竿なる長刀が実戦の利なきがゆえでござろう。すなわち、ご当流がわが東軍流に劣ることがあからさまになっただけのこと。なれど、ご安堵あれ。それがしがご当家に婿に入りしうえは、小太刀の技を当流に取り入れてしんぜ申す」

「黙れ！　長刀は優れた道具じゃ。それはまちがいない」

「ほほう、まだそのような世迷言《よまいごと》を……。ならば、こういたそう。それがしとここで立ち合い、森羅斎殿が負けたならば、それがしをりく殿の婿にして跡取りにする。それがしが負けたなら、指南役を辞めてご当家を去る。それでいかがでござるか」

森羅斎はしばらく考えていたが、

「よかろう。これは貴様とわしの勝負であるだけでなく、小太刀と長刀の勝負でもある。長刀を極めたと信ずる武芸者として、断るわけにはいかぬ」

「りく殿のお気持ちをたしかめずともよろしいか」

「かまわぬ。あれも剣術で身を立てるものの娘。覚悟はできておろう」

「結構、結構。ならば手加減いたしませぬぞ……父上」

そう言うと大須賀はにやりと笑った。

「貴様に父親呼ばわりされる覚えはない」

「どうせすぐにそうなるのでござる」

ふたりは道場でそれぞれの得物を取ると向き合った。立会人はいない。つまり、私闘である。勝っても負けても、公には認められぬ。

「いざ……」

「いざっ！」

勝負は瞬時に決まった。大須賀は身を沈めて森羅斎の打ち込みをかいくぐろうとしたが、それよりも森羅斎のほうが速かった。異様に長い木刀が燕が旋回するかのごとく、ひらり、と弧を描き、大須賀の後頭部を襲っていた。がきっ、という音とともに大須賀の身体は宙を飛んだ。木刀を握ったまま壁に激突し、そのまま床に崩れ落ちた。

「どうした、参ったか」

押し潰された蛙のように無様に四肢を広げている大須賀に森羅斎が声をかけると、

「まだまだ……」

そうつぶやいて立ち上がろうとしたが、身体に力が入らぬらしく、ついに立つことはできなかった。

「長刀には長刀の利があり、小太刀には小太刀の利がある。なれど、わしは戦場においては長刀に寸分の長があると思い、それを極めたのだ。貴様も為永も、わしの目からすればまだまだ青い。おのれの信ずる流派を極めたと思うてから他流をそしるがよい。それまではかかる小細工をいたすな。あと、剣術を立身出世の道具にしてはならぬ。あるものは馬術にて、あるものは算術にて、あるものは政《まつりごと》の才にて、心静かに務めることが主家に尽くすことになるのだ」

「…………」

「貴様は、為永が貴様に真剣で斬りつけてきたと言い張ったそうだが、わしが聞いておるところでは、為永は後日の試合を申し入れたるところ、貴様がいきなり刀を抜いたのでやむなく抜き合わせたという。どちらが正しいのかは知らぬが、わしはそのことをご家老の耳には入れておらぬゆえ安堵せよ。約束通り、このまま松平家を去るがよい。ご家老にはわしからうまく申しておこう。貴様の腕ならば、心さえしっかりすれば、いずれ他家にて仕官もできよう。心を磨け。貴様も為永も、心がからきしできておらぬ。心はかならず腕にも顕れるのだからな。――どうだ、わかったか」

「わかり申した。この大須賀仁十郎、はじめて剣客として、ひととして生きる道を学び申した。先生のお言葉にて、目のまえが開けたような心持ちでござる。今までの数々のご無礼の段、まことに申し訳ない。それではこれにて失礼いたす」

「わかってくれればそれでよい。堅固に暮らされよ」

「はい。一から修行をやり直し、お言いつけどおり心を磨きまする。先生もお達者で」

一礼すると大須賀は、まだしびれている脚を引きずるようにして森羅斎の屋敷を出て行った。

その夜更け、森羅斎の屋敷内《うち》で、時ならぬ悲鳴が響いた。それが、娘りくのものだと覚った森羅斎は布団から跳ね起き、枕もとの刀掛けから愛刀をひっつかむと娘の寝所へ急いだ。襖《ふすま》が開かれており、りくは黒い覆面をかぶった男に刀を突きつけられている。

「なにものじゃっ！」

森羅斎が寝所に飛び込んだとき、襖の陰に隠れていたもうひとりの覆面男が彼の足をすくった。不意をつかれた森羅斎がたたらをふむところを、後ろから斬りつけた。その太刀の切っ先は森羅斎の右肩を裂いた。森羅斎は振り返りざま必死に刀を抜いたが、室内ではその長さが災いして壁や天井に当たってしまう。

「ふふふ……いかに名人でも狭い部屋では小太刀のほうがよろしかろう」

その声は、大須賀仁十郎のものだった。彼は黒覆面を脱いで素顔を晒《さら》した。

「卑怯ものめ」

「なにが卑怯だ。勝負は勝つか負けるかだ。勝てばいいのだ」

大須賀はここぞとばかりに斬り立ててくる。森羅斎も刀を打ち振るが、彼の切っ先は障子や畳、鴨居《かもい》などを切り裂くだけだ。肩から噴き出る血潮のせいで、森羅斎の目はかすみはじめていた。彼は、物干し竿を槍のごとく構えて大須賀の攻めを防ぐしかなかった。

「くたばれ!」

大須賀の刀が一閃《いっせん》し、森羅斎は腰をしたたか抉《えぐ》られてその場に倒れた。

「田舎剣客め。わしに説教など百年早いわ。——死ね!」

大須賀は刀を振りかぶったが、その一瞬の隙をついて、森羅斎は長刀を真《ま》っ直《す》ぐに繰り出した。切っ先は大須賀の喉を浅く削ぎ、血潮がほとばしった。

「くそっ……老いぼれめ」

大須賀がもう一度刀を構え直すと同時に、森羅斎の峻《しゅん》烈《れつ》な二撃目が襲いかかった。眉間を狙った突きをかろうじてかわしたが、左目を傷つけられた。刀を手首でひねることで、物干し竿でも室内で見事に攻めができている。

「ううう……うう……殺してやる！」

　血の滴る左目を押さえながら、大須賀が森羅斎に襲い掛かったとき、

「うわ……うわあああ……旦那さま！　だれかっ、だれか来てくれえっ」

　物音に気づいて起きてきた家僕が道場の入り口で叫んだ。大須賀は舌打ちをして、

「命冥加なやつだ」

　そう言い捨てると、もうひとりの男をうながし、家僕を突き飛ばして走り去った。大須賀仁十郎はそのまま逐電し、その後の行方は杳《よう》として知れない。さいわい手当てが早かったため森羅斎は一命を取り留めたが、腰に受けた傷のために歩行は難しかった。りくにはなにごともなかった。

　武者修行中の為永新次郎のもとにその報が伝わったのは、伊勢《いせ》の剣客の屋敷に身を寄せているときだった。ただちに三河吉田に戻ろうかとも思ったが、その剣客に、

「おまえは破門になった身だ。今、師のもとに戻っても、なにをしに参ったと叱られるか、もしくは会うてもくれぬかだろう。おまえがなすべきことは、修行を重ねて腕を上げ、大須賀に試合で勝って師の恥辱を雪ぎ、流派の名を上げることではないのか」

　そう諭されて考え直した。たしかにそのとおりだ。しかも、大須賀がどこにいるのかもわからないのだ。為永は、三河吉田に向かって頭を下げ、師に詫《わ》びた。そして、ふた

たび旅立った。途中、大須賀仁十郎とおぼしき男が東海道を西へ向かうのを見た、という噂《うわさ》を耳にして、それだけの細いようすがをたどって大坂までやってきた。

「話はそれだけだ。あの男は、亡くなった父親の朋友《ほうゆう》であったわしを頼ってここに来た。腕前を確かめてみると、師の仇を討ちたい、おのれの恥を雪ぎたい、大須賀を見つけたい……という気持ちばかりが先だって、まるで修行ができておらぬ。刀がほかのものより長いのだから、攻めだけでなくまずは守りを学べ、と言うても、攻めねば勝てませぬ、と言い返す始末だ。あのままでは大須賀を首尾よく探し出しても勝てまい」

大須賀は大坂のどこかにひそんでいるかもしれないし、すでに西国に出立《しゅったつ》してしまったかもしれない。大坂といっても広い。探すのはかなり難しい。新次郎が焦るのも無理はない。

「村越、おまえも御用繁多ではあろうが、町廻りのついでなどに大須賀仁十郎の噂など聞いたら知らせてくれよ。為永に、ではない。かならずわしの耳に入れよ。さもなくば、あの男、またぞろ勝ち負けも考えずに突っ走るに違いないからな」

「心得ました。お奉行にも申し上げ、定町廻りの与力・同心皆に伝えたいと思います。人相書きなどがあればもっとよろしいのですが……」

「そこまでしてもろうてよいものかどうか……森羅斎は死んだわけではないし、新次郎はすでに破門された身だ。つまり、これはいわゆる仇討ちではないゆえ、公に奉行所に届けて助けてもらうというわけにはいかぬ。おまえにだけ、そっと頼みたいのだ」

岩坂三之助は、武人らしくあくまで建前を通そうとする。その気持ちもわかるので、

「わかりました。お任せください」

そう言いはしたものの、勇太郎は腹の中で、お奉行や岩亀与力の耳には入れておこうと決めた。

勇太郎を屋敷の外まで見送りながら小糸が言った。

「勇太郎さま、佐々木小次郎というお方はそれほど強かったのでしょうか」

「さあ……俺にはよくわかりません。武蔵と戦ったときに七十歳だったという話も聞いたことがありますが……」

「では巌流島の戦いは嘘《うそ》なのですか」

「いずれにせよそれだけ長い刀を使って勝ち続けていたというのは、長刀ならではのよほどの技を編み出したものと思われます。俗に言う『燕返し』というのがそれでしょうか」

「それもありますが、私はさきほどの父の話にもあった防ぎ技ではないかと思います。長刀は攻めるには利あれど、防ぐには不利だとすると、なにか防ぐための技を会得したのではないかと……」

「なるほど……」

やはり剣客の娘はちがう、と勇太郎は思った。

「小糸殿は、宮本武蔵が塚原卜伝《つかはらぼくでん》と出会ったときの話をご存知ですか」

「いえ……」

「木曾《きそ》の山中に隠棲《いんせい》していた卜伝のところを武蔵が訪ね、試合を望んだ。囲炉裏端《いろりばた》に座っていた卜伝は承知をしたが、その場に座したまま動こうとせず、どうぞどこからでもかかってきなさい、と言う。カッとした武蔵が木刀で打ち込むと、卜伝は囲炉裏に掛けてあった鍋の蓋を取り、その木刀を受け止めた。武蔵が木刀を押そうとしても引こうとしても、鍋蓋が刀身に吸い付いたように離れない。そのうちに、卜伝は菜箸を使って武蔵の木刀を挟み、がらりと落としてしまったというのです」

「まあ、すごい……」

「でも、この話も嘘でしょう。卜伝は武蔵が生まれるまえに死んでいる。試合ができるはずがないのです」

「ほほほ……」

小糸は愉快そうに笑った。

2

その夜、靫《うつぼ》に近い京町堀《きょうまちぼり》沿いにある料亭「森本《もりもと》」の二階の広間で、大坂乾物仲間の寄り合いが開かれていた。一階にある大広間よりは狭いが、天井が低く、話が外に漏れぬところから、うちうちの寄り合いや宴席にはもってこいだった。

上座には、金沢屋六郎右衛門が着いている。集まった十二名のなかでも一番の年嵩《としかさ》で、長年仲間組合の行司を務めている。顔が大きくて立派なところから「獅子頭《ししがしら》」と陰ではあだ名されており、髪の毛は一本残らず真っ白である。柔和で人当たりがよく、頭も回るところから、皆から一目も二目も置かれている。

もともと大坂の乾物商は、天満の青物市場にあり、青物商を囲むように乾物屋が軒を連ねていた。しかし、青物・乾物の組合ではどうしても青物商が主となるので、乾物商だけで新たな株仲間を作ろうということになった。それがこの乾物仲間組合である。この十二店で昆布をはじめ大坂の乾物すべてを……ということは、日本国中の乾物すべてを仕切っているといっても過言ではない。

「ほな、早う飲みたいさかい、さっさとはじめてさっさと終わりまひょか。まずはいつもの行司役決めからやりましょ」

金沢屋が口を開いた。

「まあ、こんな大儀な役目、ほんまはやりとうないんやけど、ほかにだれもやるもんもおらんやろから、今度もまた、わしがやることになりそうやな。——それでよろしいか」

これまでは、行司役を決める年回りになるたびに、金沢屋がこう言うと皆が一斉にう

なずき、

「お上《かみ》との話し合いやらなにやら、わしらではわからんさかいな。もうしばらくは金沢屋はんにがんばっていただかんと」

「そやなあ、いつもおんぶにだっこで申し訳ないけど」

「はっはっは……今度なんぞのときにおごってもらわんとなあ」

という流れになるのが常だった。だが、此度はちがった。末席に座っていた辛松屋善兵衛が、

「ちょっとお待ちいただけますか」

金沢屋は眉をひそめ、

「なんだんねん」

「金沢屋はんは、失礼ながらもうええお歳やおまへんか。そろそろ行司役はしんどなってきてはるんやないかと思いましてなあ」

金沢屋は露骨にむっとした顔になり、

「あんた、なにが言いたいねん」

「きついお役目を続けてたらお身体にも障ります。若いもんに道を譲ったらどうだすか」

「わしはまだまだ達者や。そんなこと、あんさんに心配してもらわいでもええ」

「ご自身ではそう思てはっても、急にころりと逝くこともおます。そうなったら我々が

困りますのや」

「失礼な。わしが死ぬちゅうんか」

「死ぬとは言うてまへん。死ぬかもしれん、と言うてまんのや」

「おんなじことじゃ。けったくそ悪いわい」

「商いと一緒で、なにごとも早め早めに手を打ったほうがよろし」

「ほたらなにか。わしの代わりに行司になれるもんがこのなかにおるちゅうんか」

「はばかりながらこの辛松屋善兵衛が名乗りを上げさせてもらいます」

金沢屋の隣に座っていた鳳屋《おおとりや》が、

「辛松屋はん、あんた、昨日今日仲間に入ってきた分際で、ようもそんなふざけたことを言えるもんやな。分をわきまえなはれ」

三島屋《みしまや》もうなずいて、

「そやそや、仲間の行司役ゆうのはな、若造にでけるほど甘いもんやないのや」

彼らの言葉に金沢屋も、

「このひとらの言うとおりや。あんたひとりが出しゃばったかてどうもならん。ほかの皆さんはわしが行司ゆうことでよろしいな」

すると、金沢屋につぐ古株の若狭屋《わかさや》が、

「いや、わしも行司は交代してもええんとちがうかと思うとる」

「なんやと？」
「同じもんがずーっとお上との掛け合いをしとるゆうのは、ようないんとちがうかな」
「若狭屋はん、それはわしがお上と腹合わせせとるゆうことか」
「そうは言うとらんが、そうなってたとしてもおかしないわな。なにしろ、あんたはこ
こ十五年も行司をしとるさかい。――それに、わしはあんたのやり方がどうも気に入り
ませんのや。わしら十二人は大坂の乾物をひとかけらのひじきから俵物《たわらもの》まで、ひとつ
のこらず取り仕切っとるのやさかい、やり方次第ではもっと儲かるはずや」
日高屋《ひだかや》が合点して、
「そ、そや、わしもそう思とったんや。昆布や干ししいたけがなかったら大坂や京の料
理屋はみな困るし、棒ダラや身欠きニシンや海苔《のり》、ひじきがなかったら町のもんはみな
困るし、イワシやニシンの干鰯《ほしか》がなかったら百姓はみな困るし、干しアワビや干しナマ
コがなかったらこの国が困るやろ。もっともっと値を上げてもかまへんのとちがうか」
干しアワビ、干しナマコ、フカヒレは、俵物三品といって、かつての金銀銅の代わり
に清《しん》国との交易の代価として使われている食品なのである。
「わしもそう思う。世間の連中はたかが乾物屋と思とるかしらんが、わしらはたいへん
な力を持っとるのや。わしら乾物仲間が手ぇ組んで動いたら、なんぼでも儲かるで」
西海屋《さいかいや》がそう言ってにたりと笑った。金沢屋六郎右衛門は蒼白《そうはく》になり、

「アホを言うな。料理屋や町の衆やお百姓衆の足もとを見るような商いだけはしたらいかん。乾物はたしかになくてはならんもんや。それだけに、できるだけ安う皆さんに乾物を買《こ》うていただいて、そのなかからわしらも儲ける、という具合にやっていくのが乾物仲間の務めやないか。乾物の値を吊り上げるようなことしたら、打ちこわしが起きるで。それに、お上に知れたらどんなお咎めを受けるか……」

辛松屋善兵衛が突き出た腹をさすりながら大笑いして、

「ははははは。相変わらず金沢屋はんはぬるおますなあ。そこに儲けの種があったら逃さんのが商人や。一で仕入れたものを三で売ってたのがこれまでのやり方。わてはそれを百で売りまひょ、と言うとるだけのこと。儲けられるときにはとことん儲けんと、つぎに損がいったときに困りますやろ。それに、お上のことは手前に任しとくなはれ。お上にも金沢屋はんみたいにお堅いお方もおりゃ、わてのような柔らかい頭の方もおられまんのや。そこはそれ、魚心あれば水心ゆうやつで、ごちょごちょごちょごちょ……」

「あ、あんた、まさか、賄賂を渡すちゅうんかいな。わしらはかなりの冥加金を納めとる。それで十分やないか」

「ガキやあるまいし、だれでもやっとることですがな」

「ゆ、許さん。わしの目の黒いうちは賂《まいない》は許さんぞ」

「そないに昂《たか》ぶったら、頭の線がぶちっと切れまっせ。――ほな、決を採りまひょか」

「よかろう。どうせ、わしが勝つ」

「へへへ……それやったらよろしおますけどなあ。——つぎの行司、金沢屋はんがええと思うお方は盃を持っとくなはれ」

金沢屋と辛松屋をのぞく十名のうち、盃を手にしたのは五名だけだった。金沢屋六郎右衛門はあっけにとられて残りのものたちを見た。彼らは一様に目を伏せた。

「ほな、手前、辛松屋善兵衛が行司にふさわしいと思うお方は盃を伏せとくなはれ」

五名が盃を伏せた。金沢屋の身体が震え出した。

「お、お、おまはんら、なんで……ああ、わかった、金やな。辛松屋から賄賂をもろたんじゃろ。そうにちがいない。情けない……おまはんら商人の魂を銭で売ったんか！」

「人聞きの悪いことを言うてもろたらかなんなあ。この五人のお方は、わての考えを肯《うべの》うてくれはったんや。——なあ、皆さん」

そう言われても、その五人は下を向いたままだった。

「けど、これでは五対五で決着がつかんがな。拳《けん》で決めるゆうわけにもいかんやろし……」

鳳屋がそう言うと、辛松屋はここぞとばかりに、

「こんなこともあろうかと思て、わてがあるお方をお呼びしとりますのや」

「あるお方……？　これは乾物仲間の正式な寄り合いやで。よそのもんを呼ぶゆうのは……」

「まあまあ……」

辛松屋は立ち上がると、隣の座敷とのあいまの襖を開けた。

「旦那さん、えろうお待たせいたしました」

一同は、あっと驚いた。そこに立っていたのは、大坂の商人で知らぬものはいない豪商、食《めし》の佐太郎だった。おなじ商人といっても、彼らとは商いの大きさがまるでちがう。日本でも有数の大分限者なのだ。

「佐太郎旦那……なんでここへ……」

金沢屋が言うと、佐太郎は微笑《ほほえ》んで、

「ひょほほほほ……ここにおる辛松屋はんにお誘いを受けてなあ。どうやら乾物仲間の寄り合いが揉めるかもしれんさかい、もしそうなったら、うまいことといくように口添えしてくれんかと頼まれたのや。聞いてみると、悪い話やない。長年行司を務めてきた金沢屋はんの積み重ねか、辛松屋はんの新しいやり方を取り入れるか……わしも年の功で、どちらがええか見極めることができるかもしれん。そう思うて引き受けましたのや」

本来ならば、乾物仲間のことは乾物仲間で決める、外から廻船商人がごちゃごちゃ口を挟むようなことやない……と突っぱねるべきことではあったが、なにしろ相手は天下の豪商であり、しかも、北前船にはすべての乾物商人が多大な世話になっている。文句を挟めるものはひとりもいなかった。

「五人と五人か。割れたなあ。——そや！」

佐太郎は、大仰に手を打った。

「今、ふと思いついたのやが、こういうときは乾物を使うた料理勝負をしたらどないやろ」

皆は、口をぽかんと開いている。

「金沢屋はんと辛松屋はんが乾物料理を作って、それをわしが食べる。美味かったほうの勝ちや。おまはんら乾物屋の主やさかい、店で扱うとる乾物、どう料理したらいちばん美味いか知ってて当然やわなあ。負けたら恥ずかしいて行司にはなれんやろ。ありがたいことにわしも長いあいだ、ひとさまよりちょっとは美味しい料理を食べて贅沢《ぜいたく》させてもろとる。わしの舌は信じてもろてええで。——どや、やってみるか」

一同は顔を見合わせた。乾物商人が、食の佐太郎の言葉に逆らえようはずがない。金沢屋六郎右衛門が進み出て、

「佐太郎旦那、わしはあんたがこんな男の企てに力添えするとは夢にも思わなんだ。けど、その乾物を使《つこ》た料理勝負ゆうのはけっこうな考えやと思う」

「ほな、七日後にこの料理屋の座敷で勝負ゆうことでええかいな。使うのは乾物やった

らなんでもええ。もちろん乾物だけやのうて、ほかのもんも使てもかまへんけど、一品《ひとしな》にひとつは乾物を使うこと。品数はぜんぶで二品《ふたしな》。料理人は、だれを使うてもええけど、ひとりだけ、ゆうことにしとこかな。大勢で作ったら、板前の数の多いほうが勝つやろからな。――それでええやろか」

　金沢屋は少し考えてから、

「ええけど……佐太郎旦那、あんたが辛松屋から銭もろとるとしたら、えこひいきした審判しかできんのやないか」

「ほほう、このわしがはした銭でえこひいきすると思うか」

「いや、そうは思わんけど……」

「ひょほほほほほ……辛松屋はんの身代根こそぎもらえるんやったら考えてもええけどな」

「だとしても、ほかにも何人か検分役を立ててもらいたい」

「もっともな話やないか。ほな、それぞれがひとりずつ検分役を出す、ゆうことにしょか。それやったら贔屓なしやろ。わしもだれぞ考えとくわ。――ほな、ご一統《いっと》さん、乾物仲間のつぎの行司は乾物料理勝負で決めるゆうことでええのやな。これは勝負やさかい、どっちが勝っても遺恨を残したらあかんで。わかったな」

　皆は頭を下げた。鳳屋が金沢屋六郎右衛門に、

「金沢屋はん、なんぞええ工夫はおますのんか」

「工夫もなにも、今決まったとこやさかい」

「七日後ゆうたら、あっというまやで」

「知り合いの料理屋の板前を片っ端から呼びつけて、なんぞええ料理を知らんか、ちゅうてきいてみるしかないな。けど乾物ゆうのは出汁《だし》取ったりするには使うけど、料理ゆうたらたいがいお惣菜《そうざい》や」

「わしも、知っとるかぎりの料理屋に当たってみるけどな……」

そのやりとりを聞いていた辛松屋善兵衛は、ゲジゲジ眉毛の下の目を見開いて、

「あっははは……わーはははは……うはははは……」

「な、なにがおかしいんや」

「わてはもうとうに、江戸から一流の板前を呼び寄せとりますのや」

「江戸から……？　いったいだれや」

「聞いたら目の玉飛び出しまっせ。八百善の花板やった『選《え》り抜《ぬ》きの弥平次』や」

「なんやと……！」

金沢屋の顔がひきつった。

「弥平次ゆうたら、家斉《いえなり》公がお忍びで八百善を訪れたとき、包丁を振るうてこしらえた鯛《たい》の造りを上さまがえろう気に入りはって、『弥平次とやらの腕は選り抜きじゃな』と

お声掛けがあった、というあの弥平次かいな」

「その弥平次だすわ。おそらく今、日本一の板前やないかいなあ……とわては思います。金沢屋はんがどんな料理人連れてくるかしらんけど、弥平次に勝てるもんがおますかいなあ」

「…………」

「それに、わてはもう大坂中の料理屋に手を打っとりますのや。どんな手かて？　それは、今ここで言うたら野暮になりますがな。ははは……あとのお楽しみにしときまひょ」

金沢屋は、佐太郎に詰め寄った。

「佐太郎旦那……あんた、殺生だっせ。銭はもろてないとか言うてはったけど、辛松屋とぐるやないかいな。見損ないましたわ。さっきはじめて思いついた勝負のはずやのに、なんで辛松屋が板前を江戸から呼んでまんのや。おかしいやないか」

佐太郎がなにか言うより先に辛松屋善兵衛が言った。

「勘違いしてもろたら困りまっせ。わては、もしかしたらこういうこともあるんとちがうかいなー……と先読みして、弥平次を招いてたいうだけのこと。料理勝負のことは、あんさん同様、はじめて聞きましたんや」

金沢屋は唇を嚙《か》んでいる。食の佐太郎は、

「どや、金沢屋はん、もし、あんたが、このままでは勝負に負けると思うのなら、もっと先に日延べしたかてかまへんのやで。あんたも江戸から板前を呼び寄せるつもりなら、それまで待ったかて……」

「けっこうだす。わしとこはこのなかでいちばん古い乾物屋でおます。昨日今日店出したやつと一緒にされとうおまへん。よろしおます、受けて立ちまひょいな」

「ひょほほほほ……それでこそ金沢屋六郎右衛門や。ほな、決まりやな。わしは去《い》ぬさかい……」

佐太郎が廊下に出ようとするのを辛松屋が追いかけて、

「へへへ……わてが表までお送り申し上げまっさ」

どうやら、佐太郎との親密さを金沢屋たちに見せつけたいという腹があるようだった。

階段を降りる佐太郎に、

「今日はどちらにお泊まりだっか。うちに泊まっていただこうと思とりましたのに……」

「それはええのや。たまに大坂に出てきたときは、きこんかい（気まま）にやりたいさかいな。新地の馴染《なじ》みのとこにでも行くわ」

「そうだっか。ほな、無理強いはいたしまへん。いろいろありがとうさんでおます。料理勝負の検分のほうもなにとぞよろしゅうお願いいたします。せめて新地まで、うちのもんにお送りさせますよって……」

「はい、わかりました。ほな、七日後に……」

食の佐太郎が「森本」の表に出ると、

「おまえたち、佐太郎旦那を新地までお送り申せ」

辛松屋の声に、暗がりに控えていた番頭らしき男、丁稚《でっち》ふたり、それに浪人体《てい》の男が佐太郎を囲むようにして現れた。浪人は、左目に眼帯をし、喉に黒い布を巻いている。

佐太郎にはその浪人が、頭のてっぺんからつま先まで殺気にあふれているように感じられ、顔をしかめた。

「えらいたいそうやな。わし、ひとりでも曾根崎《そねざき》に行けるさかい、来てもらわいでもけっこうや」

浪人が低い声で、

「いや、主の言いつけゆえ、どうしても送らせていただく」

「そうかいな。ほな、勝手にしたらええけど……あんたみたいに恐ろしい顔してたら、新地の雰囲気が壊れてしまうで」

そう言いながら、佐太郎は雪駄《せった》をしゃらつかせながら歩き出した。

◇

「うっかりしたなあ……」

食の佐太郎はふところに手を入れて、あちこちを探った。

「さっきのぶつかってきた男……あれがチボ（掏《す》り）やったんかいなあ。財布、あれへんがな」

佐太郎は首をかしげていたが、

「ま、ええか……」

と新地の通りを進んでいると、一軒の小さな茶屋のまえで、

「旦さん、お遊びやおまへんか」

見知らぬ若い者が声をかけてきた。茶屋と置屋を兼ねた、小さな店である。

「遊びたいけどな、銭がないねん」

「また、ご冗談を。皆さん、そうおっしゃいますのや。今日はずっとお客がおらいで往生してまんねん。このままやったらこの店のもん、わても含めて皆で首吊らなあかん。助けると思うて、どうかお上がりを」

「そやなあ……助けると思うて、と言われるとつらい。たまにはこういう店もええかもわからんな。——おまえさん、わしがだれや知ってるか」

「さあ……どこぞの小さな小間物屋の主さん。店を息子に譲って、今は悠々自適。半年にいっぺんぐらい、こうして新地に来て、安い遊びをする……そんなとこやおまへんか」

「当たった。おまえさん、えらい眼力やなあ。易者になれるで」

「ほな、どうぞお二階へ……」

「年寄りの隠れ遊びやさかい派手な間は困るで。奥の座敷にしてもらえるか。それとな、今、大きい金しか持ち合わせがないのでな、いちいち崩すのも面倒やし、遊びの切っ先がにぶるさかい、おまえさん、立て替えといてくれるか」

「へえ……ということは、一番おしまいにまとめて支払うていただける、と……」

「そういうこっちゃ。もし、遊びの中途で、今までの分だけ勘定をお願いします、とか言うてこられたら、醒めるやろ。そこで、わし、帰るからな。とことんわしに金使わしたかったら、『勘定』は禁句やで。ええか？」

「へえ、心得とります。粋な旦さんですなあ。よろしおま。わての一存で帳場に話、通しときますわ」

「よろしゅう頼むで」

佐太郎は二階へと上がっていった。下の帳場から言い争う声が聞こえてくる。

「なんであかんのや。今日は暇で暇でしゃあないねやろ。ひとりでも客が欲しいところやないかい」

「うちは、ツケのきくような店やないねん。立て替えやなんて、危ないことようせんわ」

「ツケやない。しまいにまとめて払う、ゆうてはるねん」

「ほんまかどうか怪しいもんや。金持ってなかったらどうするねん」

「持ってるて。あの人品《じんぴん》、身なり、物腰……あれはもしかしたらとんでもないお大尽《だいじん》かもしれんで。立て替えてたら、あとで百倍にも千倍にもなって返ってくるっちゅうやっちゃ」

「そうやろか……。それに一見さんやないか。どこのだれともわからんお方にいきなり貸すゆうのは……」

「あんたがそんなにケチくさいこと言うんやったら、よろしい、立て替えの分、もしあのお方から銭取れんかったら、わての給金から引いてんか。その代わり、儲かったら取り分はみなわてのもんやで」

欲《よく》どしい話を耳にしながら、

(ま、ええか……。なるようになるやろ)

そう思って舌をぺろりと出した。

◇

その宵、勇太郎は、手下《てか》の「蛸足《たこあし》の千三《せんぞう》」を連れ、定町廻りの上役である岩亀与力とともに堂島《どうじま》から曾根崎新地のあたりを廻っていた。新地は久しぶりである。勇太郎は登楼したことは一度もない。母親が芸子だったこともあり、色街には親しみを持ってはいるが、貧乏同心の役料ではだれかのお供でもないかぎり、とても上がれない。たとえ安い店であってもむずかしい。道頓堀五座のひとつ「大西《おおにし》の芝居」の木戸番である千三は、地元である難波新地では馴染みの店も多いようだが、このあたりは顔もきかぬそうだ。奉行所の役木戸《やくきど》としてお上から十手を預かっていることが広まっているため、茶屋のほうでも嫌がるのだという。

「お、これが『大和屋《やまとや》』かあ。格式のある店らしく立派な構えやなあ」

千三は、こどものようにはしゃいでいる。建ち並ぶ茶屋から漏れる明かり、三味線や太鼓の音、嬌声《きょうせい》が千三を浮き立たせているのだ。

「いっぺんでええからこんな店で遊んでみたいもんやなあ。村越の旦那、連れてっとくなはれ」

役木戸は、「下聞き」のようにだれかに雇われているわけではないから、この「旦那」と組まねばならぬという決めはなかったが、歳が近いせいもあり、千三はつねに勇太郎と一組になって御用を務めていた。長年の習わしのようなものだ。

「馬鹿を言え。俺にはとうてい無理だ。富くじにでも当たらぬかぎり、生涯縁のないところだろうよ」

「情けないなあ。――ほな、岩亀の旦那にお願いするしかおまへんな。岩亀の旦那……」

勇太郎はあわてて、

「なにを言ってるんだ。岩亀さまがこんなところに入るわけがないだろう」

岩亀与力は、名は体を表すの言葉通り、謹厳実直、真面目を絵に描いたようなカタブツ与力で、町奉行所では従来公然として行われていた賄賂、袖の下の類は受け取ったことがない。近頃は、なにごとにもいい加減な久右衛門のせいか、その堅さが少し和《やわ》らいできたとの評判であるが、さすがに遊郭で遊ぶことがあろうとは思われぬ。

「村越の旦那は真面目すぎるわ。町同心ゆうのは、どんなことでも一度は味おうてみとかんとあかんのとちゃいますか。でないと、大坂の町のもんの気持ちがわかりまへんやろ」

勇太郎は千三をにらみつけ、

「だとしたら、俺はひとりで行く。おまえを連れていくといらぬ散財をすることになるからな」

「そ、そんな……」

まえを歩いていた岩亀が振り返り、

「おまえたち、静かに歩かぬか。御用の最中だぞ」

勇太郎と千三は首をすくめた。そのとき、すぐ横にあった茶屋のなかから、幇間がひとり飛び出してきて、

「こりゃまたお珍しい。亀の旦那やおまへんか」

頭を扇子でぺちぺち叩きながら礼をする。

「だれだ、おまえは」

「えっ？　お見忘れだっか？　杵八《きねはち》でおますがな。ほれ、『錦糸楼《きんしろう》』のお駒《こま》が……」

「な、なんのことだ。わしは知らぬぞ。――先を急ぐゆえ、失礼する。御免」

「ほな、また、ゆっくりと……」

「知らん知らん」

　岩亀は早足でそこを通り抜けた。勇太郎と千三はくすくす笑いながらあとを追い、岩亀の旧悪を暴こうとしたが、よく聞いてみると、かつて曾根崎新地の茶屋でお駒という舞妓が客同士の喧嘩沙汰に巻き込まれ、あわやおおごとになりかけたのを、たまたま町廻りをしていた岩亀与力が駆けつけ、うまく裁いたのでことなきを得た……というだけの話だった。

「なんや、それだけですかいな。そんなもん隠すことないのに」

「まあ、そうだが、痛《いと》うない腹をさぐられたくもないからな」

　照れたように言う岩亀に勇太郎は、

「そういうことにしておきましょう」

「しておきましょう、とはなんだ。してくれなくとも、話はわしが今言うたとおりだ」

「だからそういうことにしておきましょう」

　そのとき、三人の前方にある小さな茶屋の二階からどんちゃんどんちゃんとずっと聞こえていた派手で陽気な歌と三味線が、ぴたりと止まった。そして……。

「こらあ、一文無しとはどういうことや！」

「せやから一文無しやない、ちゃんと持ってた、て言うてますのや。チボに掏られてしもたんや」

「けど、チボに掏られて一文無しになったんやろ。そのことがわかってて、登楼しよったんやな」

「そやけど、あんた、助けると思うて登楼《あが》ってくれ、て言うたやろ。わし、あんたらをどうしても助けてやりたかったんや」

「アホか！　一文無しでは助けてもらえんのじゃ！　今日おまえに立て替えた飲み食いの銭、わての給金から差っ引かれることになっとるんや。あああ、もう……半年はタダ働きやがな。ほんまに腹立つ！　おまえ、このあたりに金貸してくれるような心当たりはおらんのかい」

「そじゃなあ……わしが金貸してやってるところは紀州家はじめいろいろあるが、わしが金借りるようなところは……えーと……えーと……」

「なにをごちゃごちゃ言うとんねん。いてもたろか！」

殴打するような音がした。

「こ、これ、乱暴なことを……」

なにかが階段を落ちる、どんがらがっちゃん、どしん……という音。

岩亀与力が、

「村越！」

「はいっ」

勇太郎は十手を抜いて、千三とともにその店に飛び込んだ。階段の一番下に老人が大股を開いて倒れている。二階から滑り落ちたらしい。

「ご老人、大事ありませんか」

勇太郎が抱え上げると、

「あ痛……あ痛……お尻がちぎれるかと思うたわ」

老人は尻をさすりながら立ち上がった。たいしたことはないようである。

「殴られたのではないのか」

「殴られた、ゆうか……撫《な》でられただけや。コブにもなってへんさかい心配ない心配ない」

二階から降りてきた若いものが、

「町方の旦那だすか。このジジイ、銭ないのを承知で上がりやがって、さんざん芸子・舞妓あげて散財してからに、一文無しや、と抜かすんだす。召し捕って、金払わせとくなはれ」

帳場が、

「五十両は使うとりまっせ。——せやから言うたんや。このジジイの汚らしい身なり、金があるわけないやろ。はじめからうちをたばかるつもりやったのや」

「くそったれ。——旦那、とにかくうちは金さえ払うてくれたらよろしいんだす。なんとかしとくなはれ」

「それはそうだが……おまえも客を殴ったり、二階から突き落としたりするのはよろしくない」

「二階から落ちたのは、勝手に落ちたんだす。わてはなんにもしてまへん」

老人がへらへら笑って、

「ひょほほほほ……そのとおり。こらいかん、逃げたろ、と思たのやが、脚がもつれたのや。えらいしくじりやわ……」

まるで悪いことをしたと思っていないようだ。勇太郎は若いものに、

「この老人、名はなんと申しておった」

「それがその……食の佐太郎や、とこない抜かしよるんですわ。そんなはずあるかい。食の旦那ゆうたら日本一の金満家や。そんなお方が、こんなしょうもない、汚い店でたったひとりで遊ぶわけがおまへんやろ」

「おまえはここがしょうもない、汚い店だと思っているのだな」

「ほんまのことやさかいしかたおまへんわ。このジジイは、どこぞの小さい小間物屋の

楽隠居でっせ。ほんまあくどいやっちゃ」

そう言うと、また殴ろうとするので、ここに置いておくと危ないと思った勇太郎は、

「まあ、待て。俺がこの年寄りを会所に連れていく。そこで所番地を聞き出して、身寄りのものがいればそこに報《しら》せて引き取りに来させ、そのものに金があればここの支払いをさせる。――それでよいか」

「へえ、うちは金さえ取れればそれでよろしゅおますけど……ああ、今日は朝っぱらからまるで客が来んと困ってたさかい、このジジイが来たとき、福の神のご到来やと思たけど、とんだ貧乏神やった」

帳場が口を出して、

「旦那、うちの払いは百両、いや、二百両ぐらいになりまんのや。取り立て、よろしゅうお願い申します」

「さっき五十両と申したではないか」

「へへへへ……」

店から老人を連れ出した勇太郎が岩亀与力にことの次第を告げて、会所の方に歩き出そうとしたとき、

「あんたがたは東町か、西町か、どちらのお奉行所のお方じゃな」

「西町奉行所だ」

勇太郎が答えると、

「西町ゆうたら、大邉はんのとこやな。久しぶりに会うてみたいなあ」

千三が思わず、

「おい、大邉はんて、なにを気安う呼んどんねん。バチが当たるで」

「待て……」

岩亀が千三を制し、老人の顔を穴が開くほど見つめたあと、

「わかりました。会所ではなく、奉行所にお連れいたします」

勇太郎と千三は顔を見合わせた。

◇

西町奉行所の小書院で、大邉久右衛門は乾物仲間行司役の金沢屋六郎右衛門と面会していた。

「ふむ……なるほど」

久右衛門は太い指で顎を撫でると、

「その辛松屋善兵衛なるものが、乾物仲間の乗っ取りを企てておると申すのだな」

「さようでございます」

金沢屋は獅子頭を大きく縦に振った。

「大坂は、日本中の乾物が集まる土地じゃ。そこを牛耳るということはこの国の乾物の取り引きを一手に掴《つか》むということじゃ。われらは昆布、わかめ、ニシン、干し鮭、干鰯といった乾物なしには一日も暮らせぬゆえ、その値を吊り上げられても買わざるをえぬ。また、清国との俵物取り引きは、わが国に膨大な利を生んでおる。それを手中にしようとは……けしからぬやつじゃ」

激昂《げっこう》しはじめた久右衛門を、ここぞとばかり金沢屋は焚《た》きつけた。

「そうなれば、美味しい昆布巻きも塩昆布もわかめの味噌汁も棒ダラと芋の煮付けも食えぬようになりますぞ」

「そんなことが許されると思うてかあっ！」

久右衛門は、脇息《きょうそく》を肘でめりめりと壊してしまった。

「なれど、仲間のなかにも、辛松屋に賛意を示すものがございまして……」

「厄介よのう」

日本の株仲間の多くは、商いの中心であるここ大坂に集まっていた。その数は二百を超えていたという説もある。その一覧が「株仲間名前帳」として大坂町奉行所に提出されていた。つまり、町奉行所が株仲間の統括をしていたのである。

「以前、綿問屋仲間などが綿の取り引きを独り占めしようとして、大きな訴訟沙汰になったが、ああいうことがあると困るのは町のものどもじゃ」

「辛松屋に金をもろとりましたのでしょうな、十二人の仲間がちょうど半々に分かれましたんで、どうなることかと思てましたら、そこに食の旦さんが出てきて、よけいに話がややこしゅうなりました。食の旦那が、乾物料理勝負をしたらどうや、と言い出しはりまして……」

「ううむ……」

「それで、御前にお頼みと申しますのが、わしらの方の検分役をお願いでけんもんかと思いましてな」

「検分役か。面白そうじゃ。料理を食えるなら引き受けてもよいぞ」

「ありがとうさんでございます」

「で、勝負に勝てる乾物料理は思いついたのか」

「それがその……向こうは江戸の八百善の花板だった弥平次とかいう男を呼び寄せてますのや」

久右衛門の目が輝いた。

「『選り抜きの弥平次』か！　わしも、そのものの料理を一度食してみたいと思うておったのじゃ！　ううむ……弥平次の乾物料理か。美味そうだのう」

「御前までがそのようなことを……」

「わしは、どれだけ銭を積まれても、また、たとえ相手がおのれの身内でも、飲み食いについては嘘はつけんのじゃ。美味かった方を美味かったと申す。それでいかんというなら検分役は断る」

「あ、いえいえ、それでけっこうです。どうかお引き受けください」

「向こうが八百善の花板なら、おまえも大坂の名立たる料理屋の板前を使えばよかろう。わしの知り合いにも大勢おるぞ」

　金沢屋六郎右衛門は暗い顔つきになり、

「ところが、どうやら大坂中の料理屋に、辛松屋の手が回っておるようだすのや」

「なんじゃと？」

「いろんな料理屋に掛け合うて、しばらく板前を貸してくれ、金はなんぼでも払うと頼み込んでも、今、忙しい最中で板前を連れていかれたらうちが困りますねん、と断られますのや。はじめのうちは、そういうこともあるかいなと思とりましたのやが、大坂だけやない、京や奈良も同じだすのや。あんまりどこへ行っても断られるもんやさかい、探りを入れたら、辛松屋が料理屋の主に、『もし、おまえとこが金沢屋に板前を貸すようなことがあったら、うちが乾物仲間の行司になったときには、昆布でも鰹節《かつおぶし》でも、おまえとこには卸さんからな』と脅しとるらしいんだすわ。無茶しよる」

「あくどいやつだのう。――当奉行所の料理方を務めておるのも、元『浮瀬《うかむせ》』の花板だった男ゆえ、勝負に貸してやってもよいが……」

久右衛門は毛むくじゃらの太い腕を組み直し、

「それでは面白うない。江戸の料理人の鼻を明かしてやりたいものじゃ」

黙って考え込む久右衛門に金沢屋はいらついて、

「それにしても、食の旦那まで辛松屋にお味方なさるとゆうのが解せんところでおます。わしはまえまえから親しゅうさせてもろとりましたが、ええかげんなようで、ものごとの筋は通すお方でしたけどなあ……」

「食の佐太郎か。わしも堺《さかい》奉行をしておった時分からよう知っておるが、悪人の片棒をかつぐような男ではないぞ。それに、あの男の身代からすれば、金を少々もろうたぐらいでは不正に加担はすまい」

「なにか裏がありますのやろか」

金沢屋がそう言ったとき、

「な―んにも裏はおまへんでえ」

そんな声とともに襖が開き、食の佐太郎が入ってきた。

「おお、佐太郎ではないか。なにをしておる」

つづいて勇太郎とともに入ってきた岩亀与力が、

「曾根崎新地で茶屋の若いものと揉めていたところに通りがかったので、中に入ったのでございます。無銭での飲食を咎められたそうで、食の佐太郎だと当人が申しても茶屋のものが信じなかったのを、それがしがもしや……と思い、こちらにお連れ申したのでございます」

「わしが佐太郎やて言うとるのに、佐太郎やないて言いよるのや。ほんま、アホなやつらやで」

「無銭で飲み食いするのが一番いかんではないか。なにゆえそんなことをした」

「チボに胴巻き掏られたのや」

「いくらぐらい入っておったのだ」

「そやなあ……三百両か四百両か……」

ことなげに言う佐太郎に、勇太郎は目を丸くした。

「さっそく手配りをいたし、そのチボを召し捕って……」

腰を浮かしかける勇太郎に、

「かまへんかまへん。金は天下の廻りものや。わしのとこからそのチボのところに移って、そのチボが使うてくれたら、まただれぞのところへ移る。そのうちまたおのれのところに戻ってくる。それが金ゆうもんや」

「はあ……」

勇太郎は座り直した。

「ひょほほほほ……金沢屋はん、おまはんもいてたんか。いろいろたいへんやな」

「あんたが、たいへんにしたのやないか。なんで、あんなやつに肩入れしたのや」

「ちと、思うことがあってな。まあ、聞いとくなはれ……」

佐太郎はしゃべりはじめた。

「——というわけや」

「なるほど……そういうお気持ちでしたんか。それを聞いてホッとしましたわ」

聞き終えて、金沢屋が言った。

「せやけど、あんたが勝負で勝てんかったらどうにもならんで。なんぼわしでも、決まってしもたものを覆すことはできん」

「けど……辛松屋は上方《かみがた》中の花板を押さえてしもとりますのや。どないしたらええやら……」

「ふーん、聞けば聞くほど悪いやっちゃなあ。あいつが用心棒に連れ歩いとる、眼帯して喉に布巻いた浪人も、ガラの悪い、叩けば埃《ほこり》の出そうなガキやったわ」

その言葉を、勇太郎が聞きとがめた。

「あのー……眼帯はどちらの目でしたか」

「えーと、左目や」

もしかしたら……。

「どうした、村越。なにか思いついたことでもあるのか」

岩亀が言った。

「はい……なれど、勘違いかも」

「よいから申せ」

勇太郎は、為永新次郎と大須賀仁十郎の話をした。

「うむ、間違《まちご》うておるやもしれぬが、岩坂殿が、それらしいものを見つけたら報せよ、と申しておるならば、その約定は果たさねばならぬ。村越、ただちに岩坂道場に向かえ」

「ははっ」

勇太郎は一礼してその場を去ろうとした。

「あ、待て……村越、おまえの家の今日の夕餉《ゆうげ》の菜はなんじゃ」

「はあ……？」

そんなどうでもいい話をなぜ今きくのか、とは思ったが、

「たしか……ニシンの昆布巻きだと母が申しておりました。お頭には明日、煮返してからお届けすると……」

「それは好都合じゃ。——なにをぐずぐずしておる。早う行かぬか！」

勇太郎は首を傾《かし》げながらも駆け出した。久右衛門は残った佐太郎、金沢屋、岩亀の顔を見回すと、

「『選り抜きの弥平次』を超える乾物料理の達人に心当たりがあるのじゃ」

「ほ、ほんまだすか！」

金沢屋は大声を上げた。

「いずれの料理屋の板前で……？」

「板前ではない。ただの女寡婦《おんなやもめ》……今の同心村越の母御じゃわい」

金沢屋は肩を落とし、

「なぶりなはんな。なんぼ上手にこしらえるかしりまへんけど、家のお菜だっしゃろ。わざわざ江戸から大金払うて招いた八百善の花板とは比べようがおまへんわ」

「ところが、そうでもないのじゃ。――どう思う、佐太郎」

佐太郎はにんまりと笑い、

「昆布巻きだしたら、行けるかもしれまへんな」

「で、あろう」

笑い合うふたりに、金沢屋と岩亀はきょとんとした顔を向けていたが、

「では、今から参るぞ」

久右衛門は立ち上がった。金沢屋が、

「えっ？　今からだすか。その同心の家に……？」

「そうじゃ。嫌か」

「い、いえ、けど……びっくりするやろなあ、そのひと」

金沢屋はそう言うと、意外すぎる成り行きに、よっこらしょと立ったとき、廊下から同心支配方与力の近藤尚三が入ってきた。

「どちらへ行かれるのです」

「すゑ殿のところだ」

久右衛門が言った。

「美味い昆布巻きを食べに行くのや」

佐太郎がそう言ったので、近藤は「ふえっ」と目を白黒させた。

◇

「大須賀仁十郎らしき浪人が、乾物問屋の用心棒に……?」

岩坂の顔色が変わった。

「はい。ただちに為永殿のお耳に……」

「いや……待てい」

岩坂三之助は勇太郎を押しとどめ、

「今報せても、あのものはまだ修行が出来ておらぬ。大須賀と立ち合うても、かならず負ける。間違いない」

「では……あえて報せぬと……」

「うむ。みすみすあのものが大須賀に斬られるのをわかっていながら、立ち合わせるわけにはいかぬ」

「先生が助太刀をすれば……」

「正式の仇討ちでないものに助太刀ができるか」

「では、それがしが……」

「破門にいたすぞ」

「………」

「とにかく為永に報せてはならぬ。わしの腹にとどめ置くゆえ、おまえもなにも知らぬ体でおれ。よいな……！」

そう言ったとき、廊下で物音がした。三之助が襖を開けると、蒼白な顔をした為永新次郎が震えていた。

「大須賀の居場所がわかったのでございますか！」

三之助は舌打ちをして、

「かもしれぬ、というだけだ」

「さっそく顔の検分に参ります」

「ならぬ。もし、それが大須賀であったらおまえは後先考えずに斬りつけるだろう。そして、負ける。行ってはならぬ」

「勝負は時の運と申します。もしかしたら、それがしが勝つかも……」

「いや、負ける。おまえは防ぐ術を知らぬ。ひたすら斬りかかるしかない。それをかわされたら、次の瞬間、死んでおる」

「そこをどいてくだされ」

「どかぬ。どうしても行きたいというなら、わしを斬ってからにせよ」

「——わかりました。先生……御免！」

為永新次郎はいきなり腰の長刀を抜いて座敷に飛び込みざま、岩坂三之助に斬りかかった。しかし、あっさりかわされて、鉄扇で脳天を打たれた。

「ぎゃっ！」

為永は悲鳴を上げながらも、二撃、三撃、四撃と打ち込んでいったが、いずれも左右にひょいひょいとかわされ、鉄扇に首筋をびしり！　と叩かれた。手がしびれ、為永は長剣を落としたが、岩坂はそれでは許さなかった。何度も為永の顔面や首筋、喉などに鋭い打ち込みを浴びせた。たとえ鉄扇であろうと、一流の武芸者のそれである。為永はついに、気を失ってその場に崩れた。

「村越、こやつを物置に放り込み、鍵を掛けておけ。自害を許らぬようなにもかも取り上げねばならぬが、木剣だけは与えてもよい」

「どうなさいますので」

「知らぬ」

そう言うと、岩坂は憤然として席を立った。しかたなく勇太郎は、為永を物置まで運び、外から鍵を掛けた。もとの場所に戻ると、師はなにやら書状をしたためていた。そして、

「飛脚問屋に行って、これを出しておいてくれ」

そう言った。

◇

家僕の厳兵衛は口を鯉《こい》のようにぱくぱくさせた。勇太郎の妹のきぬは挨拶をしたあと奥の間に引っ込んでしまった。だが、すゑは夜中に大坂西町奉行の来訪を受けてもまったく動じなかった。

「まあまあ、お殿さま。こんな時刻になんの御用です」

「今宵の菜がニシンの昆布巻きだと村越に聞いてな、食わせてもらいたいと思うて参ったのじゃ」

「それやったら、明日の朝煮直して、もっと美味しくしてからお持ちするつもりでしたのに……」

「ちと事情が変わってのう、今宵食べたいのじゃ。出せるか」

「はいはい。お待ちください。——そちらのお方は？」

「食の佐太郎殿と乾物問屋の金沢屋六郎右衛門殿じゃ。存じおるか？」

すゑは牡丹《ぼたん》の花が開くようににっこり微笑むと、

「はい、それはもう……。大坂の芸子・舞妓で和泉の暴れ旦那のことを知らんものはいてまへん。私が難波新地に出てたころ、何度かお顔をお見かけいたしました。私は芸子の端くれで、お座敷には出たものの、大勢の姉さん方に交じって三味線を弾くぐらいでおましたが、それでも佐太郎旦那のとんでもないお金の使いっぷりに胸がスーッといたしておりました」

「ひょほほほほ……アホなことするやっちゃ、と思てたんとちがうか」

「そら思てました。けど、ほれぼれするぐらいきれいなお金の使い方で、嫌らしいところがちっともあらしまへん。私も、いろいろなお大尽を見てきましたけど、たいがいはどこかに『ちょっと惜しいな』ゆう気持ちが出ます。けど、佐太郎旦那は普段は倹約家やそうだすけど、使うときはただただ使うだけ。見てて気持ちよろしいわ」

すゑは、日本一の金満家をまえにしても落ち着いたものである。

「よう言うてくれた。わしは普段はケチやけどな、使うときは千両、二千両、五千両、万両でも、念を残さんように最後の一文まですっくり使うのや」

久右衛門が、

「今はそんな話よりも、昆布巻きを食わせてもらうのが先じゃ。よろしく頼む」

すゑは重箱を持ってきた。蓋を取ると、干瓢《かんぴょう》で結ばれた黒々とした昆布巻きが、美しい断面を見せながらぎっしりと詰まっていた。見たかぎりは、ひとつひとつがかなり大きいことをのぞけば、普通の昆布巻きと変わりはない。

「さ、召し上がれ」

すゑは、ひとりずつ小皿に取り分けてすすめた。皆は一斉に箸をつけた。

「ほう……」

「なるほど……」

「これは……」

おのおのが一言ずつ漏らしたあと、

「美味い！」

と声が合った。

「うーむ……今まで食うたなかで一番美味い昆布巻きや。舌のうえでとろっ……とろけよるで」

佐太郎が言った。

「これだけ分厚い昆布を巻いて、芯までとろとろに煮るのはなかなかむずかしかろう。外が煮崩れてしまうゆえ、な。歯が、すっと縦に入っていくのが心地よいわい」

久右衛門が言った。

「ニシンの戻し方がまた上塩梅や。乾物をここまで上手に使うてくださってほんまありがたい。涙が出そうじゃ」

金沢屋が言った。

「口に入れると、奥からじゅっと美味い汁があふれてきますな。汁ものを食しておるようでございます」

岩亀が言った。すゑはころころと笑って、

「そんなたいそうな……私だけやおまへん。どこのうちでも、これぐらいのことはしてはります」

佐太郎と久右衛門がうなずき合いながら、

「これはええんとちゃうかな」

「であろう。わしの目、いや、舌に狂いはない」

しかし、岩亀が首を傾げながら、

「たしかにこのうえなく美味い昆布巻きではございますが、料理勝負に出すにはあまりに家の惣菜《そうざい》すぎるのではございませぬか。相手の江戸の花板は、おそらくもっと奇抜なものを出してくるのではないかと……」

「亀の申すこともっともじゃが、此度は乾物料理の試合ゆえ、これでよいのじゃ」

「どういうことでございます？」

「つまり……乾物とはそういうものだからじゃ」

久右衛門はそう言って笑うと、するに向かって、

「このまんまでよい。このまんまのものを、七日後の朝に食せるように作っておいてくれ」

「よろしゅおます」

佐太郎が、

「けど、勝負は二品や。もうひとついるんやないかいな」

岩亀がポンと膝を打ち、

「なるほど。もう一品のほうで、豪奢《ごうしゃ》な献立を作るという趣向でございますな。片方はあえてお惣菜にして、落差をつけるという……」

久右衛門が声をひそめ、

「それなのじゃが……もう一品、こういうのはどうじゃ」

そこで久右衛門が言った料理の名に一同は驚いた。

「そ、そ、それはいくらなんでも……」

岩亀が呆れ果てたように言うと、金沢屋も、

「たしかに……それでは勝てますまい」

しかし、佐太郎は真面目な顔つきで、

「いや……案外、行けるかもわからんな」

「では、すゑ殿、こちらのほうも作ってもらえるかな」

「へえ……いつものうちのやり方でよろしいんだすかいな」

「かまわぬ」

「これもそんな、料理勝負に出すようなもんやおまへんけどなあ……」

「よい。責めはわしが負う。すゑ殿は気楽にいつも通りにやってくれい」

「へえへえ」

金沢屋が頭を抱え、

「ああ……心細いなあ。大丈夫ですやろか」

「わしに任せておけ。おまえもわしを大坂一の食道楽と信じて相談に参ったのであろう。あとは賭けじゃ。博打《ばくち》じゃ。つまり……」

「つまり……？」

「勝負は時の運ということじゃな」

「あああああ、それでは困りますのや！」

金沢屋は髪の毛を掻きむしった。

◇

岩坂道場から奉行所に戻ってきた勇太郎は、報告のために奉行や岩亀を探したが見当たらない。与力溜《だ》まりで茶を飲みながらくつろいでいる近藤尚三に、

「あの……お頭たちはどちらに……？」

「ああ、おまえの家に行ったぞ」

「——は？」

「皆で昆布巻きを食いにいくとか申しておった。食の佐太郎も一緒だ。今度の料理勝負におまえの母の昆布巻きを出すのだそうだ。呑気《のんき》でよいのう、うちのお頭は……」

勇太郎は卒倒しそうになった。大慌てで帰宅すると、すでに久右衛門たちは入れ違いに出て行ったあとだった。勇太郎は内玄関にへなへなと座り込んでしまった。

「なにをしてますのや」

「ああ、母上……お頭と食の佐太郎さんが来られたそうで……」

「あと岩亀さまと金沢屋さんゆうお方もな。私の昆布巻きが気に入りはって、食べに来はったのや。なんでも、今度の乾物料理勝負に出すて言うてはったわ」

「もちろんお断りになられたのでしょうね」

「なんで断らなあかんの？　せっかく私の昆布巻きがええ、言うてくれてるのに、もち

ろん承知しました」

「えええーっ。昆布巻きのようなもので食通が並ぶ勝負に勝てるとお思いですか」

言った途端、しまったと思ったが、もう遅かった。すゑは柳眉《りゅうび》を逆立て、

「昆布巻きのようなもんて、あんた私の昆布巻きがまずいと思うてなはるんか！」

「い、いえ、いえいえいえ、とんでもない。母上の昆布巻きは天下一です」

「それやったらええやないの」

「ですが、昆布巻きはただのお惣菜……あ、いえ、その……」

「そや、お惣菜や。あんたもなあ、乾物がどういうもんかわかってないみたいやな。大邉さまはちゃーんとわかってはるで」

「そ、そうですか……」

「それにな、もし私の昆布巻きで勝負に負けたとしても……」

「はい……？」

すゑはにこりとして、

「私にはぜーんぜん関わりないことや。そやないか？」

勇太郎はその夜も、美味い母の昆布巻きをたらふく食べて寝た。

◇

久右衛門の命を受けた勇太郎は、千三とともに翌日から辛松屋の周辺を当たり、佐太郎の言っていた用心棒の浪人が大須賀仁十郎そのひとであるかどうかつきとめようとしたが、なかなか相手は姿を現さぬ。辛松屋善兵衛が外出するときも、それまではその浪人がかならずといっていいほど従っていた、とこれは近所のものがそう言っていたのだが、なぜか勇太郎が張り込むようになってからはガラの悪そうな手代や丁稚がまわりを固めており、用心棒は店に籠ったままだ。

（勘付かれたか……）

数日後、勇太郎は岩坂道場を訪ねて、小糸に為永の様子について話を聞いた。

「あれ以来、ずっと物置に入ったままなのです。父が、どうしても開けてはならぬと申しますので……」

はじめの二日ほどは、開けてくれ、ここから出してくれ、頼む、大須賀を逃がしてしまう、お願いだ、貴様らには武士の情けがないのか、負けてもいいのだ、立ち合うて斬り殺されたら本望だ、と界隈《かいわい》に響き渡るような大声で叫び回り、木刀で物置の壁といわず天井といわず床といわず一日中叩きまくっていたが、頑強に造られた物置はびくともしない。格子のはまった明かり採りの小窓がひとつ開いているだけなので、なかは薄暗い。なんとかしてそこに手をかけようと、どたんばたんと飛んだり跳ねたりしているらしい物音も聞こえていた。

「厠《かわや》に行きたいのだ。ここで垂れ流してもよいのか！」

悲痛な叫びが聞こえたが、三之助は、

「盥《たらい》があるゆえ、我慢できなくなったらそれを使うだろう」

と取り合わなかった。

「飯はどうしているのです」

「一日に握り飯をふたつ、差し入れよと父に言われておりますのでそのとおりにしております。入り口の扉の下に隙間があり、そこから入れるのです」

「一日二個ですか。少ないなあ……」

「はい……私もそう思うのですが、父がそれでよいと……でも、なるべく大きなおにぎりにしてはいるのですが、あまり大きいと隙間から入らなくて……」

それほど休まずに大暴れし、叫び、あちこちを木刀で叩いて、なんとか外に出ようとあがいていた為永だったが、三日目の昼ぐらいから突然、すべての音がぱたりとやんだ。声も聞こえなくなった。あわてて三之助に報せたが、

「捨て置け」

の一語である。

「まさか、出られないことに絶望して自決したのでは……」

勇太郎が言うと、小糸はかぶりを振り、

「握り飯がなくなっているので、生きておいでとはわかりますが……」

その後もなんの物音もしないのだという。

「どうしたものでしょう」

勇太郎が言うと、小糸も、

「どうしたものでしょう」

ふたりはそう言うと笑い合った。

3

「板前やのうて村越とかいう同心の母親が作る昆布巻きらしいわ。それも、ニシンのな」

盃を口に運びながら、辛松屋善兵衛はあざけるように言った。かたわらに控えるように相伴しているのは、眼帯をしたあの用心棒――大須賀仁十郎と、目つきの鋭い小柄な町人「選り抜きの弥平次」だった。

「ニシン？　あはははは。そんなもの、江戸じゃあだれも食わねえよ。あんなもなあ猫の餌か畑のこやしだろ。せめて鯉か鮒《ふな》、鮭か鮎《あゆ》ぐらいを使わねえとなあ。おいらならウナギかアナゴにすらあ」

当時、ニシンは江戸では貧乏人の食べるものと相場が決まっており、上流の食卓には上らなかった。下々《しもじも》のものも見栄《みえ》を張って、ニシンは食べなかったのだ。

「ほな、こちらの勝ちやな。おまえの料理は、きっと皆の度肝を抜くやろ。なかんずく食《めし》の旦那はお気に召すはずや。あのお方はとにかく、そういう派手でびっくりするようなことが大好きなんじゃ。まえに聞いた話やと、気に入った太鼓持ちを四斗樽《よんとだる》のなかに入れて小判をじゃらじゃら流し込んだうえ、千両箱を重石《おもし》として上に置いた……つまり、小判の漬け物にしたっちゅうのやから凄《すご》いやろ」

「ふわー、そりゃすげえ。紀文《きぶん》や奈良茂《ならも》でもそんな馬鹿はしてねえだろうよ」

「だから、あのお方はちまちました料理よりも、見てびっくり、食べてびっくり……という豪快な料理を好まれると思うのや。頼むで、あんたには目の玉の飛び出るほど高い給金払とるんやからな」

「わかってらい。任せとけってことよ。食のお大尽をうならしてやりまさあ」

弥平次は大きな湯呑《ゆの》みで酒をがぶりと飲んだ。すでに一升も空けているのだ。

「だが、その食の佐太郎というのが、西町奉行や金沢屋とも懇意にしているのであろう。きちんとわしら寄りの沙汰をしてくれるのか」

大須賀仁十郎が口を挟むと、

「それは心配いらん。ちゃあんと密約ができとるのじゃ。わしが行司役になったあかつきには、あのお方に毎年千両箱を十《とお》ほど差し上げる、て話をしとるのや。そない言うたら、あのひとも、ひょほほほ……いうて笑とったで。せやから、なんぼ町奉行と見知りやいうたかて、わしらを裏切れるはずがないわ」

「年間一万両か。なんとも豪儀だな。それは、向こうに一票投じようともこちらに傾くだろうて」

「並の金高じゃねえからな。すげえ話だぜ。俺への給金なんて、屁《へ》みてえなもんじゃねえか。もうちいっとばかり色をつけてもらいてえな」

「おまえの料理が勝ったら、考えるわ。けどな、わしが行司になったら、一万両、二万両どころかもっと大きな利をすぐに生み出せるわい。これまでの商いがゆるすぎたのや。北前船の食の旦那とわしら乾物問屋が手を結んだら、やりたい放題や」

「でもよ、お上に目をつけられたらヤバじゃねえか。今度の勝負は町奉行も関わってるんだろう」

「あの奉行は、大邉久右衛門、通り名を大鍋食う衛門ゆうてな、飲み食いのことしか頭にないアホなんじゃ。まわりのことなんぞ、なんも見えとらん。ああいうお奉行さんが来たら大坂は暗闇や。――まあ、わしらには好都合やけどな。それに、奉行所のなかのことは……」

　そのとき、大須賀がふところに右手を差し入れたかと思うと、

「えやっ！」

天井に向けてなにかを放った。小柄が突き刺さって揺れている。

「な、なんや……」

立ち上がろうとする辛松屋に黙るように指図すると、大須賀は膝を立てじっと天井を見つめていたが、

「チュー、チュチュ……」

という声が落ちてきた。大須賀は息をふーっと吐き、

「ネズミか……」

そう言うと、ふたたび座り込んだ。

「勘違いであったようだ。騒がせてすまなんだな。飲み直そう」

「あははは……大須賀先生、怖い顔しとったで」

「うむ。仇を狙う為永新次郎が近くにおると思うとどうも落ち着かぬのでな……。この一件が片付き、おまえをうまく仲間の行司役に据えることができたら、まとまった金をもらって西国にでも旅立つつもりだ」

「まあ、世間に顔を晒さぬほうがよろしいやろ。よほどのことがないかぎり、この奥座敷にこもってたほうが無難だすやろな」

「そのようだな」

大須賀は喉の傷を指でぐりぐりと撫でた。

◇

そののち二刻ほど経った真夜中、辛松屋の縁の下から蜘蛛《くも》の巣だらけで這《は》い出してきた男がいた。千三である。

「ひぇーっ……寿命が縮んだで。わてはただの木戸番やさかい、こういう役は苦手なんやけど、天井にたまたまネズミがいてくれて助かったわ。けど、あの用心棒……大丈夫かいな。天井と床下の気配を取り違えるやなんて……」

ぶつぶつ言いつつ、千三は暗闇に姿を消した。

◇

そして、ついに運命の日が来た。昼過ぎに料理屋「森本」の二階奥の座敷に集ったのは、十二名の乾物仲間のほか、食の佐太郎、西町奉行大邉久右衛門、そして料理屋「福《ふく》屋《や》」の主であり、大坂の料理茶屋を束ねている感のある福屋丁右衛門《ちょうえもん》である。丁右衛門はもちろん、辛松屋一派が立てた審判役であり、金沢屋に板前を貸すなと大坂中の主だった料理屋に触れを回したのも彼のやったことであった。

「今日は、江戸の花板はんがとびきり美味い、びっくりするような料理をこさえてくれるというので、楽しみにしてやってきましたのや」

まるで金沢屋側の料理など眼中にない、と言わんばかりの言葉に久右衛門が、

「わしも楽しみじゃ。『選り抜きの弥平次』の料理がタダで食えるのじゃぞ。こんな機会はめったにない。長生きはするもんじゃ」

佐太郎も合点して、

「わしもそう思う。なんにせよ、食うたことない美味しいもんをいただくというのは、幾つ何十になっても気持ちがうきうきとしますのう」

金沢屋はそのやりとりを、苦々しげに聞いていたが、

「ほな、そろそろはじめまひょか」

金沢屋とは逆に、満面の笑みをたたえた辛松屋善兵衛が言った。

「此度の乾物屋仲間の行司役決めに当たって、今から手前どもと金沢屋はんが、それぞれ二品ずつ乾物料理をお出しいたします。それをここにおいでの三名の食通の方に召し上がっていただいて、美味かったという方に票を投じていただき、勝った側がつぎの行司役になる、ということでよろしゅうございますかいな」

いつのまにか、現行司がやるべき場の仕切りも、辛松屋がしれっと行っている。

「もちろんその料理は、この三名さまだけでなく、ここにおられる乾物屋仲間の方々にも召し上がっていただくつもりです」

「それを聞いて安堵したわ。ひとが美味いもん食うてるのをそばでお預け食うて見てる

のがいちばん腹立つからな」

「俄然《がぜん》、楽しみになってきた」

「票は投じられんでも、わしらもどっちが美味いかぐらいはわかるんや」

皆が口々に言い合う。

「申し添えますと、このやり方はわれら乾物屋にとって頭の上がらぬお方、北前船の食の佐太郎旦那のお考えによるものでおます」

佐太郎の名前を出して、有無を言わせず押し進めるつもりのようだ。

「ほな、まずは初手のわしとこから料理を運ばせてもらいます」

辛松屋がそう言いかけたとき、

「ちょっと待っとくれ」

佐太郎が言った。

「わしはな、たしかに料理試合をしたらどや、とは入れ知恵させてもろたけど、正直、審判役を引き受けたときはこないに大げさなことになるとは思わなんだのや。ちょっとした面白い遊びぐらいに思とった。知ってのとおりわしは、こういう真面目な場がいっとう苦手でな、これではせっかくの美味しいお料理の味もわからんと思う。悪いけど、審判はあとのふたりに任せて、わしは降ろさせてもらうわ。こちらにお並びの皆さん同様、気楽に食べたいのや。――かまへんな」

「あ、いや、それは……」

「ああ、肩の荷が下りた。料理で勝負やなんてろくなことやない。お料理はのんびり、ゆっくり、気持ちよう食わんと身にならん。それでええやろ」

辛松屋はなにか言いたそうだったが、佐太郎に「それでええやろ」と言われたらうなずくしかない。

「わかりました……。けど……審判がふたりやったら同点ゆうこともおますわな。そのときはどうしましょ」

「そやなあ……そんなことはないと思うけど万一票が割れたら、わしがどっちかに一票入れよ」

出鼻をくじかれた辛松屋は、それでも気を取り直して両手を叩いた。すぐに襖が開き、入ってきたのは弥平次である。十文字に白襷《しろだすき》を掛け、豆絞りの手拭いで鉢巻きをした鯔背《いなせ》な恰好で、幅三尺もあるような柿右衛門《かきえもん》の大皿を運び入れてきた。そこに盛りつけられていた料理のあまりの見事さに、一同はどよめいた。まず、三尺の大皿の左右からはみ出すほどの大きな昆布を酒に濡《ぬ》らして何枚も敷き詰め、そこにコチ、オコゼ、走りのカツオ……など海の旬の魚を隙間なく並べているのだが、よく見ると全体としては北前船をかたどっているのだ。そのまわりはミョウガ、ニンニク、わさび、生姜《しょうが》、ネギ、ホジソ……といった薬味で美麗に飾り立てている。薬味の海を行く北前船という趣向なのだ。

「どうだす、これが江戸の花板『選り抜きの弥平次』の選り抜き料理だっせ。まずは目で見て楽しみ、それから舌で楽しむ。うちはなあ、二段構えになってますのや」

とくとくと自慢を垂れる辛松屋に久右衛門が怒鳴った。

「能書きはよいから早う食わせろ！　ひもじいぞ！」

話の腰を折られた辛松屋が指を上げると、この店の女中たちが入ってきた。てっきりその大皿から刺身を小皿に取り分けて、皆に配るのかと思ったがそうではなかった。なんと同じ料理の載った同じ大皿がそこにいる人数分、つまり十五人分運び込まれたのだ。

「ふえーっ、ひとり一皿かいな。これは贅沢や！」

佐太郎が真っ先にうれしげな声を上げた。それを聞いて辛松屋はにやりとした。ほかのものたちも唖然《あぜん》として、

「こないに食いきれんがな」

「十人前、いや、二十人前はあるで」

「残したらもったいないけどなあ……」

辛松屋は一同に、

「残ったらお持ち帰りいただけるよう大風呂敷も揃《そろ》えてございます。もちろんその柿右衛門の皿ごと差し上げます。ささ、存分にお召し上がりください」

その言葉を待っていたかのように皆は一斉に箸をつけた。だれよりも先に頰張ったのはやはり久右衛門だった。

「うむ……美味い！」

周囲を圧するような大声を出すと、

「酒をかけてとろりとさせた上等の出汁昆布から良い旨味が出て造りにからみつき、味わいを高めておる。刺身はそれぞれに食ろうてもよいが、一度にコチとカツオなど味のまるで異なるものを食うとまた妙味がある。薬味をつぎつぎ変えたり、混ぜたりすれば、一気に味わいの数は増えていく。これはよい。これはよいぞ」

佐太郎も、

「うーむ……わしも若い時分は何遍もうちの北前船に乗ってな、死ぬ思いをしたもんや。大坂に戻ってこれたときは、なにかをやりとげた、いう豪壮な気持ちになって、そらうれしかった。これ食うてるとそのときのことを思い出したわ」

おそらくこれだけの材料を集めるだけでも苦労しただろうが、同じ柄、同じ大きさの柿右衛門の大皿を十五枚揃えていることに皆は感嘆した。しかし、金沢屋とその一派は肩を落としている。なにしろ、このあとに彼らが出すのはアレなのだから……。

「けど、これはなにかひとつ足らんなあ」

佐太郎が言った。辛松屋がなにか言うよりさきに弥平次が血相を変えて、

「な、なんでえ。なにが足らねえってんだ」

「酒や。これだけ美味いアテがあるのに酒がないゆうのは殺生やで」

「いやあ、試合の最中だすさかいそれはさすがに……」

「ええやないか。これだけのすごい料理があるゆうのに酒を出さんゆうのは、料理に失礼やで。ちょっとだけ……な？　な？」

「旦那にはほんまかないまへんな。――女中さん、皆さんにお酒をお持ちして」

金沢屋が立ち上がり、

「それはあかんやろ。今、みんなに酒を飲まれたら、わしらの料理を出すときには酔うてしもてちゃんと審判でけんようになっとるかもしれんやないか」

だが、味方のはずの久右衛門が、

「わしも飲みたいぞ。少々飲んでもわしの舌は惑わされるようなことはない。じゃんじゃん持って来い」

それを聞いた辛松屋は、強引に徳利を人数分運ばせてしまった。金沢屋は憤然として座ると、久右衛門をにらみつけた。酒が入ると座が乱れる。審判役や行司役を狙うふたりはともかく、後ろに控えている十名の乾物屋たちは、急に陽気な気分になってきた。

「ええぞええぞ。美味い料理に美味い酒。これは極楽やな」

「ほんまやわ。この寄り合いに出てよかった」

頃合いをみて辛松屋が、

「喜んでもらえましたようでけっこうです。そろそろつぎの料理に移りますので、残りはさきほども申しましたとおりお持ち帰りを……」

と言いながら久右衛門の皿に目をやって仰天した。そこにはすでに刺身はおろか、薬味ひとかけらも残っていなかったのである。辛松屋は咳払《せきばら》いしながら、また両手を叩いた。運ばれてきたのは小さなカンテキだ。すでに火が熾《おこ》っており、初夏のこの時季でもやや暑く感じる。カンテキはひとりにひとつ置かれていき、それが配り終えられたあと、人数分の土鍋が持ち込まれた。これもすでに板場で煮込んできたらしく、蓋の穴からしゅうしゅうと泡が吹いている。

「さあ、皆さん、今度はさっきよりも凄いですぞ。――火傷《やけど》しないように蓋をお開けください」

言われたとおりにすると、鍋のなかでぐらぐらと煮立っていたのはなにかのすり身を団子にしたものと、野菜、そして四角い豆腐のようなものである。座敷中に出汁の良い匂いが漂った。

「これはなんや」

佐太郎の問いに弥平次は笑って、

「上方の食道楽の衆ならなにもお教えしねえでもおわかりでしょう。まずはひと口、食ってごらんなせえ」

皆は小鉢に玉杓子《たまじゃくし》で鍋の具を掬《すく》い入れると、たっぷり汁も張り、ふうふう吹きながら食べ始めた。

「おお……こう来たか！」

またしても真っ先に声を上げたのは久右衛門だった。

「昆布とカツオ、酒塩《さかしお》、少しの醤油《しょうゆ》で調えた出汁で、鯛の丸子《がんじ》を煮たものだ。鯛は一度軽く焼いて香ばしさを出してから、たくさんのヤマノイモと卵白を加えてよう擂《す》り潰し、味噌と酒で味付けをして、団子にしてある。その丸子からも、鯛の極上の出汁が出て、なんともいえぬわ。丸子は、歯がいらぬほどふわふわで、上等の羽二重餅《はぶたえもち》を食うておるような心地よい嚙み具合じゃ。そして……弥平次、貴様のこの料理の眼目はこの豆腐だのう」

「へへへ……」

「これは凍《し》み豆腐、高野《こうや》豆腐じゃ。普段は甘く煮つけるが、こういう具合に辛口の汁で煮込んでも美味いのう。しかも、高野豆腐は身体中に美味い出汁を吸い尽くすゆえ、この高野豆腐を食えば、この鍋すべてを食うたのも同じことじゃ。なんとも贅沢な……日本一贅沢な高野豆腐であろう」

「さすがはお奉行さま。俺の言いたいこと、みんな先回りして言っちまった。てえしたお方だ。──そのとおり、この鍋は鯛の丸子ももちろんだが、美味い汁をたっぷり吸った高野豆腐を食ってもらおうって趣向なんでさあ。ちっと、トンがらしを振ると、ピリッとして味が変わりますぜ」

「なるほど。やってみよう。一味唐辛子をくれい」

久右衛門は高野豆腐に唐辛子をかけて口に運んだ。

「ほほほほ……熱っ……うほほほ……これは熱い……美味い……なかから釣瓶《つるべ》をぶちまけたように熱々の汁が飛び出してくるわい。そして、唐辛子の辛み……。美味い、酒だ。酒を持て！」

弥平次の顔が笑み崩れた。

「これはよろしいわ。刺身にできる高価な桜鯛を惜しげもなく擂り潰して団子にしてしまう。豪儀やないか。うーん、気に入った」

佐太郎も褒めちぎりながら酒を飲んでいる。ほかの面々も遠慮することなく酒を進め、もはや宴会なのか料理勝負なのかわからなくなってきた。

「いやあ、酔うてしもたなあ」

「まあ、ええやないか。わしら、選ぶわけやなし」

「そやな。これだけ美味いもんまえにして飲まなんだらバチ当たるわ」

「ほんまや。まあ、一杯行きまひょ」

「あんた、辛松屋の仲間やないか。わしらに酒注《つ》いでどうするねん」

「ええやないか。もともとおんなじ乾物屋の仲間や。酒飲んだら敵も味方もあらへん」

「そやなあ。わしもさっきから、行司選びとかどうでもようなってきとるんや。今日はうわーっと騒いで……」

「せやけど、あんたら、なんであんな腹黒うていけすかん辛松屋に肩入れしなはったんや。酔うてるから言いますけどな、よほど鼻薬きかされたんだっか」

「うーん……わても酔うてるさかい言いますけどな、金ももろたんですけど、それよりもなあ……怖い用心棒が脅かしますのや。断ったらおまえの店に風間《かざま》見て火をつけるぞ、とか、辛松屋につかぬつもりなら今日の帰り道は後ろによう気をつけることだな……とか。もう怖あて怖あて……あの浪人やったらやりかねんと思たんでなあ」

「そうでしたんか。でも、まあ、どっちが勝ってもよろしやん。飲みましょ飲みましょ」

「そうしましょ」

そんな様子をその日幾度目かの苦虫を嚙み潰しながら聞いていた金沢屋六郎右衛門は、

「御前……いったいどちらのお味方なんです」

泣きそうになりながら久右衛門に取りすがろうとする。

「申したはずじゃ。わしはどれだけ銭を積まれても、相手がおのれの身内でも、飲み食いについては嘘はつけん、美味かった方を美味かったと申す……とな。おまえもそれでよいと言うたではないか」

「それはそうでおますけど……」

「まあ、見ておれ」

泣き面の金沢屋をまえに、久右衛門は上機嫌で酒を飲んでいる。

「そんな呑気なことを……そろそろわれわれの番だっせ」

「おう、そうか……」

金沢屋がひょいと見ると、鍋のなかはすっかり空になっている。

（このひとの胃袋はどないなっとるんや……）

金沢屋は驚いたが、

「とにかく向こうの二品は凄すぎますわ。あれに、うちのしょぼい二品をぶつけても勝ち目おまへん。今からでももっと勝てそうな料理に変えられまへんやろか」

「あの二品のままで勝てるのじゃ。わしを信じよ」

「そんなん言われたかて信じられまへん。あの贅沢三昧《ざんまい》の刺身盛りと鍋に……アレはないわ。アレは無理だすわ」

「よいから持ってまいれ！」

「すゑさまがかわいそうです。昆布巻きを作って持ってこいて言われただけやのに、えらい恥かくことになるやなんて……」

「あの女はな、おまえなんぞよりもずっと肝が据わっておる。よいからわしの申したとおりにいたせ。ぐずぐずしておったらケツを蹴り上げるぞ！」

　仕方なく金沢屋は真ん中に進み出ると、

「そろそろこちらの料理も出したいと思とりますので、皆さん、お静かにお願いします」

「待ってましたあっ！」

「刺身、鍋と来たから、つぎはなんやろ」

「とにかくよほどの豪勢なもんに決まってるわ」

　それらの声が耳に入るたびに、金沢屋の心の臓は音を立てて縮み上がった。ええい、ままよ……とばかりに手を叩き合わせると、すゑが普段使いの重箱を持って廊下から入ってきた。軽く腰を折り、左右の人々に会釈しながらずっと進んで、まずは上座に着いている食の佐太郎のまえで座って一礼した。そして、重箱から菜箸で小皿に昆布巻きをふたつ載せると、佐太郎にすすめ、

「ほんのお口汚しでおますけど、皆さまもお上がりください」

　微笑みながら、ひとりずつ取り分けて行く。その手際の良さは皆が見惚れるほどだった。

「な、なんやねん、これは」

　辛松屋が大声を上げた。

「なんやねんて……昆布巻きだす」

「それはわかっとる。なんで料理勝負に昆布巻きを出すのや」

「昆布巻き出したらあかんかったんどすか」

「そやないが……わてらはどえらい金使て、贅沢で派手で豪華な料理を二品出したのや。それを……こんなお惣菜出すやなんて、勝負をなめとるのか」

「お惣菜はあきまへんのか」

「あかんことないけど、こんなもん、食べるまえから勝負は決まってしもとるがな」

「そんなんわからんし」

板前の弥平次も、

「俺の料理人としての腕を馬鹿にされたみてえな気がするぜ。いやというほど金をかけて、俺の腕で作り上げた料理と、だれでも作れるこんなスカみてえなもんと……比べるのも馬鹿らしいぜ。それにニシンなんて下魚《げざかな》は、江戸じゃあ貧乏人でさえ見栄張って食わねえしろもんだ。なにしろ畑のこやしだもんな」

「スカみたいなもんかどうか……とにかく食べとくなはれ」

辛松屋が肩をすくめ、

「わかったわかった。——皆さん、今お聞きのとおりです。これは勝負やゆうことをわても忘れておりました。お時間を取らせますけど、まずは昆布巻き、食べたってくださ

い」

一同はなにも考えることなく昆布巻きを口に入れた。

そして、

「――おっ！」

と小さく叫んだ。

「これは……わしが思うてた昆布巻きとはちがうな」

「昆布が厚いからやろけど、えらい大きいやないか」

「昆布がとろとろや。まるで水みたいやがな」

「ニシンも美味いわあ。これ、鯉や鮭、ウナギなんぞではこうはいかんわ。この渋味がちょうど昆布に合うねん」

「うちのおふくろもけっこう上手かったで。暮れになったら、よう炊いとったわ」

「うちも、ごちそうゆうたらこれやったな。おかずにもなるし、酒のアテにもなる。こどもも年寄りも好きや」

「それになんちゅうか……さっきまで食うてた贅沢な料理よりも、今はじめて『乾物を食うた』ゆう気になったわ」

だれかがそう言うと、

「そりゃあそうじゃ！」

久右衛門が吠《ほ》えた。

「そもそも乾物と申すは、干すことにより長く保存できるようにしたるもの。なにかのときにちょっと使うためのものじゃ。弥平次の二品も、一品目は刺身、二品目は鯛の丸子が主となる料理である。それはそれでよい。乾物は、なくてはならぬものではあるが、日蔭《ひかげ》のもの、縁の下の力持ちじゃ。なれど、ただひとつ……乾物が主役を張る料理がある。それがニシンの昆布巻きじゃ。考えてもみよ、昆布巻きのなかでもことニシンの昆布巻きは、昆布も身欠きニシンも干瓢も……使われているものがみな乾物なのじゃ。まさに乾物の美味さをとことん正面から味わい尽くせる料理ではないか！」

久右衛門の熱弁はとどまるところを知らなかった。

「身欠きニシンの戻し方は、まず、米のとぎ汁に一昼夜浸ける。そのあとゴミや鱗《うろこ》をていねいに取り除き、腹骨を包丁で切り取ってから、もう一度米のとぎ汁か番茶で煮込む。そこから味付けじゃが、とぎ汁臭さが残っていては台無しになるゆえ、そのまえに真水でしばらく煮る。これがコツじゃ。昆布の戻し方にもコツがいる。戻しが足りぬと巻きにくいし、戻しすぎるとせっかくの旨味が逃げてしまう。上手に巻けたらあとは味付けじゃが、ここでの煮詰め方がもっともむずかしい。煮詰めすぎると煮崩れして溶けてしまうが、そのぎりぎり直前を見きわめることができれば、とろけるような味わいにできあがる。無論、干瓢での縛り方も重要となる。――弥平次、貴様はだれでも作れるスカみたいなものと抜かしたが、世間の妻たち、母たちは皆、この面倒くさいことを苦と思わず、家の小さな台所でしょっちゅう行っておるのだ」

「なるほどねえ……言われてみりゃあそうだ」

「また、おまえは身欠きニシンのような下魚は江戸では見栄を張って食わぬとか、畑のこやしだとか申しておったな。乾物は保存のためのものでもあるが、料理を安う上げるための民の知恵でもある。肥料に使うような安いものが、それなりに美味く食えるならば、上方のものは大喜びする。江戸っ子のように、つまらぬ見栄など持ち合わせておらぬからのう。まるで銭のないときに、台所の隅から出てきた古い昆布、高野豆腐、するめなんぞがどれだけ心強いか……。乾物の商いを業《なりわい》とするものはそのあたりのことをしっかりわきまえておらねばならぬ。乾物は民のものなのじゃ。結託して値を吊り上げるなど許しがたきことじゃ」

「うーん……そんなこたあ思いもしなかった」

「とにかく貴様も食うてみよ」

弥平次は、残っていた昆布巻きのひとつを口に放り込み、咀嚼《そしやく》した。飲み込んでからもなにも言わず、ただ黙って腕組みをしていた。

「それにのう、弥平次。貴様ははじめの大皿に敷いていた大量の出汁昆布、あれはどうするつもりであった」

「どうするつもりもなにも……こちとら宵越しの銭は持たねえ江戸っ子でえ。一遍使った昆布なんざ、二度と使うもんかい。パッパッパーッと捨てちまわあ」

「そこじゃ。まだまだ出汁の十分に出る高価な昆布を捨ててしまうなぞ、こちらではありえぬことじゃ。そこで……」

久右衛門は金沢屋に目で合図をした。金沢屋は久右衛門ににじり寄り、

「ほんまにあれ、行きますのか。やめたほうがええんとちがいますか」

「うるさい！　疾《と》くいたせ！」

金沢屋はため息をつき、

「それでは二品目、参ります」

そう言って手を叩くと、女中が小皿に載せた黒くて四角い小さなものを運んできた。これにはさすがに一同は仰天した。

「なんやねん、これは！」

辛松屋が怒鳴った。

「ただの塩昆布やないか。――金沢屋はん、これが二品目だすか」

「そうなんや。わしもこれはあんまりやないかと思たのやけど……」

そう言いつつ、ちらと久右衛門のほうを見たが、久右衛門は気に留める様子もないようだ。しかたなく金沢屋は皆に塩昆布が行き渡るのを待ってから、

「これはただいまの昆布巻きを作るときに出た切れっ端や、一度出汁を採った昆布なんぞを酒と醬油でていねいに煮詰めたものでございます。どうぞお召し上がりを……」

皆はのろのろと箸を動かした。

「わくわくする気持ちがまるで起きまへんな」

「そらしゃあない。塩昆布やもん」

「ほんまにただの塩昆布やなあ。——おっ……煮詰め方の塩梅は上手やなあ。辛すぎず、甘すぎず……」

「旨味もいっぱいや」

「これはええお茶請けやな。うちの嫁はんではこうはいかんで」

「ほんまやなあ。酒がまた欲しなるなあ」

「いや……お茶とかお酒とかいうよりも……」

一同は顔を見合わせ、

「ご飯が欲しいなあ」

久右衛門はにたっと笑い、金沢屋に「おい」と言った。金沢屋が女中になにかを指図しようとしているのを見て、辛松屋が憤った。

「なにをしてなさる。勝負の品は二品だけだっせ」

「ご飯を配るだけや」

「それはあきまへんやろ」

金沢屋は、今日はじめて辛松屋よりもゆとりのある顔つきになり、

「おまはんとこも酒を持ってこさせたやないか。なんでご飯があかんのや」

返す言葉もない辛松屋のまえを通って、炊き立てご飯の入ったお櫃《ひつ》がつぎつぎと運ばれてきた。もちろん久右衛門が、今炊き上がるよう料理方に手配っていたのである。

皆は、茶碗にご飯をよそい、塩昆布を一切れ載せた。炊き立て熱々のご飯は、米一粒一粒がしっかりと立っている。真っ白でもちもちの飯のうえに横たわった塩昆布の黒々とした光沢を見て、一同は舌なめずりをした。

「おかしいなあ……さっきはまるでわくわくせんかったけど、こないして温飯《ぬくめし》のうえに載せると、よだれが出てきてしゃあない」

「わしもや。早《は》よ食べたい」

そういった声を耳にして泣きそうになりながら金沢屋が言った。

「さあ、お召し上がりを……！」

ほぼ一瞬ののちに全員が米一粒残さず食べ終えていて、

「おかわり！」

と叫んだ。

「わて、ふだんはこないに飯食わんのやが、この塩昆布があったら食わなしゃあない」

「ほんま、なんぼでも食えるなあ。さっき、刺身と鍋食うたあとやで」

「熱々の飯を噛まんで飲み込むようにしたら美味いことこのうえないな」

「これが廃《すた》りもんやなんて……ほんま乾物ゆうのはたいしたもんや。おのれの商いを見直したわ」

ここへ来て、ようやく落ち着きと貫禄《かんろく》を取り戻した金沢屋六郎右衛門はゆっくりと座敷の真ん中に進み出、

「そろそろ決めんといかん。審判のおふた方、どちらの乾物料理が美味かったか、をお教えくださ い」

まず、久右衛門が言った。

「わしは、金沢屋に一票じゃ」

辛松屋は舌打ちをして、

「奉行と金沢屋が結託しとるのはとうにわかっとったことや。これで福屋はんがうちに入れるさかい一対一やな。つまりは、食の旦那が決着つけることになるわけやが……あれだけ美味い話聞かせてあるさかい大丈夫やとは思うが、変わりもんやさかいな……」

そんな独り言をつぶやいていた辛松屋を目の玉が飛び出すほどの驚きが襲った。福屋丁右衛門が言ったのだ。

「わしも、金沢屋はんに一票や」

座敷にどよめきが走った。

「どどういうこっちゃ、福屋はん！　それでは約束がちが……いや、その……おかしいやないか！」

辛松屋は満座のなかで恥も外聞もなく福屋丁右衛門に詰め寄ったが、丁右衛門は動じず、

「これは……しゃあないわ。いろいろ贅沢なもんを食べてきた最後の最後、塩昆布だけならまだしも、熱々の飯と塩昆布やで。しかも、それがタダやて……こんなもん勝ちに決まってるやろ。わしら料理屋も、これから乾物を扱うときは心して使わなあかんと肝に銘じることができた」

「なにをわけのわからんことを……」

「辛松屋はん、あんたにはこれまでいろいろと商いのうえで世話になったさかい、今度はその恩返しさせてもらおうと思うたが、いろいろ聞いてると、たしかにあんたは乾物というもの、乾物屋というものがわかっておられんみたいやな。乾物仲間の行司にはふさわしいとは思えん。つぎの行司も、金沢屋さんでええんとちがうかいな」

「くそっ！」

辛松屋は畳のうえに両膝を突いた。すかさず大邉久右衛門が、

「辛松屋善兵衛、株仲間と申すものは、品物が皆にとどこおりなく、過不足することな

く、また安価に行き渡るためのものであり、また、そのなかの一人《いちにん》の不正や不払いをほかのものが見張るという意味合いもある。それを金や脅しに物を言わせたるやり口で私《わたくし》せんとするとは不届き至極じゃ。——召し捕れ！」

廊下から、勇太郎たち数名の同心が十手を抜いて飛び込んできた。

◇

ずっとまえから腹が鳴ってしかたなかったのだ。もう一刻ばかりも廊下の隅に身を隠し、ことの推移をじっと見つめながら奉行の合図を待っていた。そのあいだ、美味そうな料理がつぎつぎと運ばれてきては座敷に消えていく。その匂いだけでもたまらぬのに、なかからは、「美味い！」だの「これはよい」だの「生まれてはじめて食うた」だの「わくわくする」だのといった言葉がひっきりなしに聞こえてきて、いよいよもう辛抱できぬようになっているところへ、おのれの母親がなにやらいそいそと料理を携えて出たり入ったりしている。

（なにをやってるんだ。今から捕り物がはじまるのだから、おとなしく外で待っておればよいのに……！）

とは思えど、それを伝えにいくことはできぬ。いらいらしながら待っていると、ようやく、

「召し捕れ！」

の声が掛かった。

（そらきた！）

と勇太郎は走り出そうとした。しかし、長いあいだ変な姿勢でいたせいで脚がしびれており、畳の縁《へり》でこけそうになったのを、なんとか我慢して座敷に入った。すぐに辛松屋とおぼしき男を見つけて（その男のまえにいたほかのものが一斉に道を開けたため）、そこに向かって突撃した。しかし、男の背後の襖が開いて、抜刀した侍が現れ、

「善兵衛殿、こちらに参られよ！」

そう叫びながら膳を蹴倒し、刀を振り回して暴れ出した。商人たちは皆、壁際に固まって逃げた。勇太郎は、眼帯をしたその浪人の構えをじっと見て、

（できる……。こいつが大須賀仁十郎か。俺よりかなり強いな……）

にわかに勇太郎は、おのれの十手が短く、頼りなく思えてきた。勝てるとは思えないが……。

（これが町廻り同心の務めだ）

勇太郎が勇を振るって大須賀に向かって短い十手を構えたそのとき、

「お待ちくだされ」

静かだが、よく響く声が聞こえた。勇太郎がそちらを向くと、廊下に立っていたのは

長刀を手にした若き武士……為永新次郎だった。

（これがあの為永殿か……）

外見としては多少髭や月代《さかやき》が伸び、着物が汚れ、食事が一日握り飯ふたつであったため頰の肉などげっそりとしたぐらいでほとんど変わりはないのだが、その立ち姿は先日とはまるで別人のように見えた。どこがちがうのだろう……先日は全身から放射させていた殺気がまったく感じられなかった。攻めたい勝ちたいという欲、焦りの気持ちなどもすっかり消えていて、ひとかけらもない。今の為永は剣客ですらない、ただの通りすがりの一人《いちにん》のようである。

「それがしは長岡森羅斎の門人にて、為永新次郎と申すもの。わが師ならびにそれがし、そこなる大須賀仁十郎氏《うじ》に晴らしたき意趣あってまかりこした。大須賀殿、尋常の立ち合いを所望したい。いかがでござる」

落ち着き払ってゆっくりゆっくり一言ずつ吐き出していく為永に比べて、大須賀は焦りの色が濃かった。

「人違いであろう。それがしはそのようなものではない」

千三が障子の向こうから顔だけを出して、

「ところがこないだの夜、辛松屋の奥座敷でおまえらが酒飲みながら悪巧みしとるのをこのわてがちゃーんと聞いとったんや！　そのとき、たしかに大須賀とか為永新次郎の名前も出てたやないか」

大須賀は顔をひきつらせたが、もうあとには引けぬと覚悟したのか、刀を為永に向かって上段に構えた。

「よかろう、相手になってやる。なれど、吉田の城で貴様を骨の髄まで叩き潰してやったことを忘れたか。あれからどういう修行をしたか知らぬがなまじの腕ではわしには勝てぬぞ。それに……わしは森羅斎を殺したわけではないし、貴様は森羅斎の門人と言うたが破門された身だ。つまりこれは公の仇討ちにはならぬ。――町奉行殿、仇討届も出ておらぬうえは、ただの長刀を持った荒くれものが座敷での寄り合いに暴れ込んできたということだ。召し捕らずともよいのか」

久右衛門は薄ら笑いを浮かべ、

「かまわぬ。貴様らを召し捕るのに力を貸してもろうとると思えばよいのじゃ。老中への届け出はなにかうまい具合にごまかしておけばよい。それにのう……」

久右衛門はちらと廊下のほうを見た。すると手妻《てづま》のように現れたのは、勇太郎の師岩坂三之助と見知らぬ老人であった。ふたりを介添えするように小糸が付き従っている。

「先生っ……！」

それまで驚きも怒りも顔に表さなかった為永だが、老人の姿を見たときばかりはかすかに頬をひくひくとさせた。その様子を見て勇太郎は、この御仁が長岡森羅斎殿か……

とはじめて合点した。まずは岩坂三之助が、

「大須賀仁十郎とやら。それがしは当地にて剣術道場を開く岩坂三之助と申すもの。わが道場に逗留したる為永新次郎がかねてより御身に意趣あり、尋常の立ち合いをいたしたいと申すゆえ許したが、敵《かたき》討ちにはあらねどそれがし検分役を務めたいと存ずる。よろしゅうお願いいたす」

そう言って、森羅斎のために場所を空けた。杖を突いた森羅斎はしっかりした足取りで進み出ると、為永をひと目見て、

「うむ……見ればわかる。会得したな。本日ただいまをもってその方の破門を解く。わしの見ておるまえで存分に長刀を振るうてくれい」

「ありがたきお言葉……」

為永は深く頭を下げると、

「先生のお教えに背かぬよう精いっぱい働きますゆえ、どうぞご覧ください」

そしてふたたび大須賀に向き直ると、

「大須賀殿、ここは座敷内。ほかのお客人も大勢おられる。われらの試合、皆さまの迷惑になるゆえ、この店に無理を言うて中庭か裏庭をお貸しいただき、そちらで雌雄を決したく思いまするが……」

「断る！」

「なれば、それがし、ここに参る途上、恰好の空き地を見つけておいた。そこに移るというのはいかがでござろう」

「それも断る。貴様は、長刀の利を図ろうと、広い場所での立ち合いを望んでおるのだろうが、逆にこういう座敷では長刀は不利。なにゆえわしがわざわざ貴様が有利になるところに場を移さねばならぬのだ！」

　為永は淡々と応じた。

「それがしは狭くとも広くともかまわぬが、座敷で血を流すようなことがあっては店への迷惑……」

「さてはよほどこの部屋がやりにくいとみえる。弁舌巧みにわしをここから離そうとしておるのがその証《あかし》だ。貴様、佐々木小次郎だけでなく宮本武蔵の兵法もあわせて身につけようとしておるのか。三河におるはずの森羅斎が来ておるのも町奉行が居合わせるのも岩坂と申すものが検分役をするとか抜かしておるのも……なにもかもわしを計略にはめ、寄ってたかって包み殺そうとしておるのだな。その手は食わぬぞ！　わしは、店の迷惑などどうでもよい。こうなったらまずは為永、貴様から血祭りに上げ、あとは斬って斬って斬りまくり、ついに力尽きたるときは、辛松屋善兵衛とともにここで腹を切らん！」

「えぇーっ、それは聞いてへん。わしはそんなつもりはないで！」

「うるさい。冥途《めいど》への道連れだ。――いざ、参れ、為永！」

為永は、正眼に構えると、水のうえを歩くような足取りで、すーっと進み出、

「どうしてもこの場での勝負をお望みならばいたしかたない。それでは岩坂先生……」

岩坂は、右手を挙げて、

「はじめ！」

小糸が勇太郎のすぐ横に来て、試合を見守っている。彼女の気持ちが昂ぶっているのがわかる。剣客の娘であり、おのれも剣を取る小糸にとって、知り合いの真剣勝負というのは心穏やかではいられぬ出来事なのだ。もちろん勇太郎にとってもそうである。ほんの七日ほどまえに勝負をした相手が今目の前で生きるか死ぬかの戦いに臨んでいるのだ。しかし、眼前に見る為永の様子は落ち着き払っていた。天井が低いために正眼にしか構えることができぬわけだが、一向に気にしていないようだった。

早い決着を、と思ったのか、大須賀が「ぎえええっ！」と大仰な奇声を発しながら激しく打ち込んできた。剣が長いので、長刀を真っ直ぐ立てて受けるのがむずかしいが、右へ左へと目まぐるしく凄まじい速さで繰り出される攻撃を、刀を軽く左右にずらすだけで巧みに受け止め、しまいには刀身同士をからめて大きく右に倒した。大須賀は危うく刀をもぎとられるところをなんとか引き剝がし、後ろに飛びしさった。すでに息が上がり、全身から大量の汗を垂らしている。

「腕を上げよったな……。岩坂とやらの道場でなにやら仕込まれたのか」

大須賀の言葉に、為永は微笑みながら、

「いえ……物置に入っていただけでござる」

「――は？」

大須賀はきょとんとしたが、惑わされてはいかぬとぶるぶるかぶりを振り、

「死ねえっ！」

まっすぐに打ち込んできた。切っ先に勢いがあり、うまく受けないとそのまま脳天を割られてしまうような激烈な一撃だ。勇太郎は、危ない……と思ったが、為永は軽々とかわし、はじめておのれからちょんと打ち込んだ。天井が低いため、「振りかぶる」ということができないが、それでも彼の長い刀がその倍ほどにも伸びたかのように見えた。間一髪、大須賀は必死で払うと、ものすごい速さでよたよたと後ずさりした。為永は、それに乗じて間を詰めると、二撃目を放とうとしたが、その瞬間、なにかが彼の顔面目がけて飛んできたのだ。見ていた辛松屋善兵衛が匕首《あいくち》を投げたのだ。気づいた為永は、刀を斜めに持ち上げてそれを撃ち落としたが、そのとき長刀の切っ先が鴨居に食い込んでしまった。それを見逃さず、大須賀はトカゲのように俊敏な動きで走り寄ると、為永の首を狙って必殺の一撃を放った。勇太郎をはじめとする皆が、

（やられた……！）

と思ったが、為永は落ち着いていた。そこにあったすゑの重箱の蓋を取り、大須賀の打ち込みを発止《はっし》と受け止めたのだ。

「おお、見事！」

森羅斎が思わず叫んだ。呆然としている大須賀に向けて、為永は長刀を大きく横倒しにして打ち振った。その先端が大須賀の胴深く入ったか、というとき、

「それまで！」

岩坂三之助が手を挙げた。為永の剣の刃先は、大須賀の腹の皮一寸手前でぴたりと止まっていた。

「為永新次郎の勝ちとする」

同心たちが大須賀の剣を奪い取ろうとしてそろそろと近づいたが、大須賀は彼らをにらみつけ、ガラリと太刀を落とした。

「負けた。どうにでもせよ。この世の名残りに美味い乾物をわしも食いたかった」

大邉久右衛門が歩み寄り、

「森羅斎もかくのごとく元気じゃ。死罪にはならぬゆえ安堵せよ。なれど、長刀・短刀の利について詫びをせねばならぬのではないかのう」

大須賀はハッとして、森羅斎のまえに進み、

「ひとまえにて貴流を貶《おとし》めるようなことを申し、また、私怨を晴らさんと森羅斎先生に

無礼千万なふるまいをいたし、お怪我《けが》を負わせしこと、重々不届きでござった。どのような罰でも受ける所存でござる。たとえ首をくれと申されても、甘んじてそのとおりにいたす覚悟がたった今でき申した。それがしはこのとおり人生の終わり。悪は滅ぶのたとえどおりの結末を迎えることとなり、今更謝られても……と申されるかもしれぬが、それがしの旧悪、なにとぞご寛恕《かんじょ》くだされ。それと……ただいまのご門人との試合をご覧いただきおわかりでござろう。戦場にあらずとも……かかる室内においても長刀が優れたること明白となった。重ねてお詫びいたす」

「いや……そうではない。わしもその方には感謝せぬこともないのだ。長刀・短刀の利・不利についての思いはひとそれぞれではあるが、あのままであったら、少なくともわが長刀の流儀は絶えていたであろう。それは、ここなる為永の腕がまるで上がらず、城勤めに甘んじていたずらに月日を重ねておったがゆえで、わしの存命のうちにこののがなんとかおのれを磨き、長刀の技の極意を会得してくれるかどうか……そればかりを気にしておった。そこへあの騒動じゃ。わしは為永を破門したが、それをきっかけにおのれを磨いてくれはせぬかとの願いを込めてのものであった」

聞いていた為永が泣きはじめたが、森羅斎はなおも続けた。

「だが、諸国武者修行とは聞こえはいいが、敵に勝つ、攻めて勝つことばかりに気を取られ、守る術を稽古しておらぬ……という報せばかりあちこちから漏れ伝わってきて、心を痛めていた。長刀を扱うには、守りがもっとも大事なのだが、これはいくら教えても、そのものの人品が磨かれぬかぎりは身につかぬ。――そこへ来て、今の重箱の蓋だ。あれは咄嗟《とっさ》に出たものであろうが、免許皆伝の一手である。これも、大須賀殿、その方のおかげじゃ。罪に服することになるならば、身体をいとうてくだされよ」

「それでは……それがしを許すと……」

「無論じゃ」

大須賀は泣き出し、同心たちに付き添われて座敷を出て行った。

久右衛門は大喜びである。

「ううむ、天晴《あっぱ》れじゃ。今の勝負、見ていてすがすがしかったわい。のう、佐太郎」

「そやなあ。なにもかも上手いことといったわ。料理勝負にも勝ったし、試合にも勝ったし、美味いもんも腹いっぱい食えたし、言うことなしや」

金沢屋があたまを掻きながら、

「それにしても佐太郎旦那、殺生だっせ。はじめの寄り合いで辛松屋に呼ばれてあんたが出てきて、料理勝負て言い出しはったときは、てっきりあんたが辛松屋とグルやと思とりましたがな。なんでこんなことに加担しはったんや」

「すまんすまん。わしが機嫌良う遊んでるときに無粋にもあの男が来てな、ものすごい金儲けがあるゆうからなにかと思うて話を聞いたら、今の話や。乾物仲間を乗っ取って、値を吊り上げてぼろ儲けしようと企《たくら》んどるのや。すぐに断ってもよかったのやが、どうやらお上の方にまで手を伸ばした根の深い企みらしい。そういうひとの道、商いの道に外れることを考えるもんが二度と出んように、話に乗ったふりをしていろいろ聞いたうえでなんやかやと関わり合いのある連中を皆洗い出してからお奉行所に申し上げたほうがええかいな、と思たもんやさかいな……堪忍しとくれ。そもそもわしが万両ぐらいのはした金で動くと思うほうがおかしいわ。——なあ、辛松屋はん!」

佐太郎は、座敷の隅で身体を縮めている辛松屋善兵衛に声を掛けた。おのれの支度していた策略がすべて破れ、涙も尽き果てて、あとは召し捕りになるのか、家へは帰れるのかとびくびくしているところである。

「ううう……なんでこうなったんやろ。計略は水も漏らさぬ出来映えやったはずやのに……」

「教えたろか。それは、わしのことを、派手好きな贅沢好きな無駄使い好きな金好きやと思うたこっちゃ」

「そうやおまへんのか」

佐太郎はゆっくりと首を横に振り、

「ちがう。わしは派手好きでも贅沢好きでもないで。ただのケチや。もともと『食《めし》』ゆうのは、お便所に落ちてる飯粒をもったいないゆうて拾うて食べた……そんなとこからついたのや。とにかく無駄使いが許せんので、身の回りのものをケチッてケチッて……そういう倹約の積み重ねが財産を生むのや。けど、ケチるゆうたかて惜しむわけやない。二膳ずついただいてるご飯を一膳にする。これは惜しんどる。けど、米を吟味して、安うても美味い米を探し出したら、同じ値で倍食えるやろ。これは工夫や。なにごとも工夫、工夫でやってきた。せやけど、貯めるばかりで使わん……これがいちばんいかん。金は天下の廻りもの。ときどき世間を見せたらなあかんのや。そしたらぐるーっと回ってしまいにまたもとのところへ戻ってくる。そのときは友だちとかを引き連れて、何倍にもなってくる。そういうもんや。おのれの蔵に後生大事に置いといたかて、減りもせんけど増えもせん。せやから、大坂に出たときぐらいは、滅茶苦茶な金の使い方しますのや。あと、わし、金はべつに好きやないで。ないと困るけど、そこそこあったらあとはもうわしの金であってわしの金でない。持ってる、という気にはならんわな。せっかく年間一万両やったかいな、いただけるゆう話やったけど……うちの漬け物蔵行ってごらん。重石替わりに何十万両分の千両箱が積んでますのや。いっぺん盗人《ぬすっと》が入ったときに、アホらしなったみたいで、なんにも盗《と》らんと帰っていきよった」

「あはははは……わてがあさはかだした。えろうすんまへん」

辛松屋はひたすら頭を畳にこすりつけて謝った。

「お奉行さん、これ……どないなりまっしゃろ。わしとしては、なるべく軽いお仕置きで堪忍したってほしいところだすけど……」

「ううむ……そうだのう……」

久右衛門は太い腕を何度も組み直して、

「美味いものを食わせてくれたゆえ、助けてやりたいが……」

「そ、そうだすねん。あれにはかなりのお金が……」

「なれど、犯した罪は許しがたい。かわいそうじゃが打ち首獄門……」

「ひええええっ、それは……それは殺生だっせ。堪忍しとくなはれ。命は……命ばかりは……」

そのとき久右衛門は左膝を立て、顔を突き出し、右手を伸ばすと、左手をふところに入れてなにかを取り出した。扇子である。それを開きながら芝居の大見得のように大きくかざし、辛松屋の顔に押し当てた。そこには、
黙れ、この乾物《かんぶつ》
と書かれていた。辛松屋は塩で溶けたナメクジのようにへなへなになってしまった。

「老中に言うと、闕所《けつしよ》だ所払《ところばら》いだ遠島《えんとう》だとややこしいことになる。わしの裁量で、十日間の入牢《じゆろう》を申し付ける。そのあとは、乾物仲間の諸先達に預けおくこととする。老中

と東町、大坂城代なんぞには、わしが適当に言うておく。それでよいな」

「へへーっ、ありがたき幸せ！」

辛松屋は泣き出した。岩亀がそっと近寄り、

「お頭、こやつの罪が明らかだったのであれば、なにゆえ今日の料理勝負を待たずに召し捕ってしまわれなかったのです」

「まあ、それにはいろいろある」

「いろいろとは……？」

「いろいろはいろいろだが……そんなことをしたら、肝心の弥平次の料理が食えぬではないか！」

それが「肝心」なのか、と岩亀は思った。

すこし離れたところで、そのやりとりを見ていた勇太郎と小糸だが、

「十日間の入牢といえば、為永殿は七日間物置に籠り、極意を得たようです。物置のなかでなにがあったのでしょう」

勇太郎がきくと、

「父に聞いたところでは、はじめの二日間は、とにかく物置から出たい、師の恥辱を晴らしたい、大須賀殿を逃がしたくない……という気持ちでいっぱいだったそうです。父をはじめ、まわりにいる皆がおのれを陥れようとしている、大須賀側に加担していると

思い込み、物置を破ってなんとか一太刀浴びせることができれば、斬り殺されても本望……と、そればかりを念じていたようですが、三日目、この物置はどうやっても破れぬし、父も彼を出すつもりがなさそうだ、とわかったときに、突然、眠くなったのだそうです」

「ほう……」

「仇がいる場所もわかっているのに、物置からは出られない。この世には、やりたくてもできぬことがいくらもあるが、これもそのひとつだ。ならば、やきもきしてもしかたがない……そう思った途端、三日間眠らずに暴れていたこともあって、ひたすら眠ったそうです。目が覚めると、何日経ったのかもわからず、昼か夜かもよくわからなくなっており、そのあとは寝たり起きたりするだけで、起きているときも寝ているような、寝ているときも起きているような気持ちだったそうです」

「ふーん……」

為永は、仇のこと、師匠のこと、剣術のこと、世間のこと……ありとあらゆるものごとになんの関心もなくなっていた。天地にはただ、おのれがいるのみ、あとのことはどうでもいい。ここがどこでもいい、今がいつでもいい、自分がだれでもいい……そんな気分になり、ただただぼんやりとときを過ごしていた。すると、今までは気づかなかった風の音が耳に聞こえてきた。風といっても、ときどきによって強さも吹き方もちがう。

だから、風音も千変万化する。木々の間を通り、茂みを揺らし、家の軒をかすめ、山の洞窟を抜け、池の水面《みなも》を揺らし、草花をなびかせる。ときに激しく、ときに優しく……風音に耳を傾けていると、それに伴って水の音や大地の音、太陽の音、雲の音まで聞こえてくるような気がしてきた。森羅万象は流動する……そんな言葉が思い浮かんだ。そして、敵討ちや師からの教えなどとは関わりなく、なんとなく「守り」というものについて考えはじめた。攻めがあるから守りがある。攻めと守りは表裏である。攻め続けるだけ、という勝負はありえない。攻めたら守れ、守ったら攻めよ。それは長刀だろうが小太刀だろうが大砲だろうが同じことだ……。

「そうか……！」

なにかを悟ったとき、物置の戸が岩坂三之助の手で開かれたのだそうだ。

「わかったか」

「はい……！」

そう応えたときの声のはずみ、目の輝き、いきいきとした顔つきなどから、身体は弱っているかもしれないが、大丈夫だろうと岩坂は思ったのだという。

「なるほどなあ。物置のなかで剣術を悟るとは……たいしたものですね。身欠きニシンならぬ磨き一心ということか……。師弟というのはいいものですね」

「そうですね」

「俺も、物置に籠れば、腕が上がりますでしょうか」

「わかりませぬが……いつでもお入りに来てくださいまし。——けど、私は弥平次さんのお料理はおろか、すゑさまの昆布巻きも塩昆布もちょうだいしておりません。おなかが空きました」

「昆布巻きなら、いつでも食べに来てください」

「よろしいのですか」

「もちろんです」

「では、物置に入るのと引き換えでお願いします」

ふたりは笑い合った。そんな様子を岩坂三之助は微笑ましげに見つめていた。

◇

結局、浪人大須賀仁十郎は百叩きのうえ所払い、辛松屋善兵衛は十日間の入牢のうえ仲間預け、板前弥平次は構いなし……ということになった。弥平次は幾度も、

「上方にとどまって、修業のしなおしだ」

とまわりに漏らしていたらしい。

そして、数日後、皆が一件のことを忘れかけていたころ、奉行所の与力溜まりに久右衛門がやってきた。そこにいたのは同心支配方与力の近藤尚三である。彼は文机《ふづくえ》に向か

ってなにやら帳面をつけていた。

「近藤、勤めの手をとめてすまぬが、ちょっとよいかな」

「はい、なにごとです」

「このまえの辛松屋による乾物屋仲間の乗っ取りと値の吊り上げについての一件だがのう……」

「はいはい」

「株仲間と申すものは、行司役が町奉行所に、加わっておるものの名前、住所、株の数、株の売買・譲渡の経歴などの子細を出すことになっておる。つまり、町奉行所とは強い結びつきがあるのだが、あの辛松屋が新行司になり、買い占めや値の吊り上げを行う際に、町奉行所の役人と通じておらねばなにかと不面倒となる。それはいったいだれか、と思うてな……」

「さあ……それがしは存じませぬな。東町のだれかかもしれませぬが……」

「蛸足の千三の調べによると、辛松屋は、わしらの出す料理が、昆布巻きであることを先に知っておったようだが、同心村越の母親が作ったもの、とまで存じておった。――東ではないな」

「ほほう……ということは、われら西町のなかにだれぞ内通者がいると……」

久右衛門は近藤に近づくと、その肩をぽんと叩き、

「もうわかっておるのじゃ」

近藤は身体の力を抜き、

「そうでしたか。――申し訳ございませぬ」

「なにゆえそのようなことをした」

「せがれの学問に金がかかりました。――親馬鹿ゆえの馬鹿をしでかしてしまいました。なんなりとお仕置きを……」

「うむ……」

一か月後、近藤尚三は隠居し、十六歳になったばかりの長男が父の跡を継ぎ与力として勤めることとなった。急な隠居の理由はだれにもわからなかった。

また、曾根崎新地のとある茶屋に、食の佐太郎から「借りていた金お返しします。また遊ばしてや」との手紙とともに二千両の金が届けられたという。

(注) 乾物商が青物商から独立したのは、実際には時代的にもう少し後のことのようである。また、その詳細については筆者の想像が多分に含まれていることをお断りしておく。

第二話

お奉《ぶ》行《ぎょう》様《さま》のフカ退《たい》治《じ》

1

高台にある「高津《こうづ》さん」こと高津宮《こうづのみや》の境内は、信心深い善男善女とそれを当て込んだ物売りや芸人たちでにぎわっていた。

「遠眼鏡《とおめがね》どないだー。大坂中が目のまえに見えまっしぇえ！　道頓堀《どうとんぼり》の芝居の看板から住吉《すみよ》っさんの沖合まで手に取るようや。不思議不思議摩訶《まか》不思議。借り賃はたったの十文や」

遠眼鏡屋が威勢のいい声を上げると、

「長崎から来た甘い甘い唐人飴《とうじんあめ》やで。これを食べたら、美味《おい》しいうえにお子たちの頭がようなります。おひとつどないだす。かんかんのう、きゅうれんす、さんしょならえ……」

唐人飴売りは、更紗《さらさ》の服に鳥毛のついた笠《かさ》という派手な恰好《かっこう》をして、三味線を弾き鳴らし、腰から下げた鳴り物を叩《たた》きながら飴を売る。

「清少納言《せいしょうなごん》の知恵の板でっせ。解けたらえらい、解けたらえらい」

四角い板をいくつかの片に切り、それを組み合わせて動物、花、ひとなどの形を作るおもちゃである。

「さあさあ、御用とお急ぎでない方はゆっくりと聞いておいでなされよ。夜目遠目笠のうち、ものの文色《あいろ》と理方《りかた》がわからぬ。山寺の鐘はごうごうと鳴るといえども、童子一人《いちにん》来たりて鐘に撞木《しゅもく》を当てざれば、鐘が鳴るやら撞木が鳴るやら、とんとその音色がわからぬ道理だ」

頭に鉢巻きをし、たすきをかけ、股立《ももだ》ちを高く取った浪人体《てい》の男が、高津神社の境内に立ち、男臭い大声で口上を言い立てている。かたわらには「軍中膏薬江州伊吹山蝦蟇油《ぐんちゅうこうやくごうしゅういぶきやまがまのあぶら》」と大書された幟《のぼり》が掲げられている。年齢はおそらく三十前後であろう。唐獅子《からじし》のごとき大きな顔にごわごわした強《こわ》い髭《ひげ》をたくわえ、眉毛は花かるたのように太い。

「手前《てまえ》持ちいだしたるは四六《しろく》の蝦蟇だ。四六、五六はどこでわかる。前足の指が四本、後足が六本、これを名付けて四六の蝦蟇だ。この蝦蟇の獲《と》れるところはこれよりはるかに北、伊吹山のふもとで、おんばことという露草を食らう。この蝦蟇の獲れる時期は五月、八月、十月。これを合わせて五八十《ごはっそう》の四六の蝦蟇だ」

大道《だいどう》の物売りや芸人たちのなかでもっとも大勢に囲まれているのは、この蝦蟇の油売りである。神社仏閣の境内で調子よく売り声を上げて往来の足をとめ、なんだかんだと言いながらしまいには膏薬を売りつけるのだ。

四方から投げかけられる売り声のなかを、綾音《あやね》が歩いていた。足取りは、やや速い。商売ものの三味線を抱えながら、人混みを縫うように先へ先へと進んでいく。吉左衛門《きちざえもん》町《ちょう》で稽古屋の師匠をしている綾音は、踊り、舞い、三味線、端唄《はうた》、常磐津《ときわず》、浄瑠璃……求めに応じてなんでも教える「五目のお師匠《つしょ》さん」である。今日は、皮が破れた三味線を修繕に出していたのを受け取りにいった帰りなのである。綾音は、なぜか落ち着かぬ様子である。左右にきょろきょろと目を走らせながら、三味線をしっかり抱いて一刻も早く境内を離れようとしているようだ。

(気のせいやろか……)

綾音は石段を降りながらそう思った。

(怪しげなひとはだれもいてへんし、わての思い違いかも……)

そうなのだ。綾音は、ここ十日ほど、だれかに見られている、という気がしてならないのである。つねにではない。その「感じ」は、ときおり起こってはまた消える。三味線屋から出て、

(久しぶりに高津さんにでもご参詣しよかな……)

そう思って境内に入り、梅川を渡って参道の石段を上ったあたりで、またその「目」を感じたのだ。じっとこちらを見ている。その食い込むような視線は気のせいとは思え

ないのだが……。

道頓堀に向かって歩き出したとき、その目はふっと消えた。

(疲れてるだけやろか……)

ほっとして、家を目指す。

(一遍、勇太郎さんに話してみよ……)

そんなことを思いながら大和橋《やまとばし》を越えたところで、

(——えっ?)

ふたたび、背中に視線を感じたのだ。綾音は総毛立った。川べりをわざとゆっくり歩きながら、どうしようどうしようと思い悩んだ。綾音は、おもとという下女ひとりと住んでいる。だれの世話にもならず、だれの世話もしていない。みずから決めた暮らしであり、ふだんはその気楽さを満喫していたが、今日ばかりは武芸の心得のある小糸のことがうらやましく思えた。

視線は弱まるどころか次第に強くなってくる。小橋を渡り、立慶町《りゅうけいまち》に入ったあたりで思い切って綾音は振り返った。そして、思わず、

「あっ……!」

と叫んで、三味線を取り落としてしまった。橋のうえにいたのは、まぎれもなくあの蝦蟇の油売りだった。頬かむりをし、荷物は大風呂敷に包んではいるが、幟は手に持っ

たまだし、なによりもあの唐獅子のように大きな顔は隠しきれぬ。蝦蟇の油売りはあわてて立ち止まると、そのまま引き返していった。途端、だれかに見られている感じは消え失《う》せた。綾音は呆然《ぼうぜん》としてその場に立ち尽くしていたが、やがて三味線を拾い上げると、自宅に向かって走り出した。

◇

初夏とはいえ、まだ四月。ときには寒い日もある。今日がそれだった。安治川橋《あじかわばし》の界隈《かいわい》は川風が強く、水面《みなも》は荒れている。無数の樽廻船《たるかいせん》や菱垣《ひがき》廻船がすれすれに行き交うたびに、大きな波が岸に押し寄せ、上荷船《うわにぶね》をあおる。荷物を下ろそうという仲仕《なかし》たちと荷物を積み込もうという人足たちがたがいに殺気立ち、

「こっちが先じゃ。おまえとこはうちがすむまで待っとけ」

「じゃかあしゃい。こっちは一刻《いっとき》もまえから待っとるんじゃ。おのれとこが遠慮させ」

口喧嘩《くちげんか》のうちはよいが、そのうち丸木をつかんでのどつき合いになりかねない。いつもながらに浪花《なにわ》の地の繁盛ぶりを見せつけられるような安治川の風景であった。

しかし、そんな喧噪《けんそう》には目もくれぬ一団があった。安治川橋の西、逆川《さかさまがわ》と安治川の分かれ目にかかる芦分橋《あしわけばし》のたもとに六十人ほどの侍たちが並んでいる。彼らはいずれも

大坂西町奉行所の与力《よりき》・同心たちだ。日頃は裃《かみしも》を着けて供のふたりも従え、騎馬で往来している与力も、着流しに十手をぶち込み、肩で風を切っている同心も、皆、ふんどし一丁の裸である。三カ所に焚《た》かれている焚き火のまわりに集まって、川風が吹くたびにぶるぶると震えている。もちろん村越勇太郎もそのなかにいた。ここに出張っているのは、西町奉行所の与力・同心のうち、当番に当たっているものを除いた全員だ。勇太郎は今日ほど、なにゆえ自分が当番ではなかったのか、と呪ったことはない。ぴゅうふううん……と風が川の冷気をすくい上げて裸の彼らを包み込む。

「ひいっ……！」

勇太郎は思わず悲鳴を上げ、おのれの身体《からだ》を抱きかかえるようにした。

「村越！」

古参与力の内藤彦八郎《ないとうひこはちろう》が耳ざとくそれを聞きつけ、

「たかが寒風ごときで情けなき声を出すとは、柔弱ものめ！　日頃の鍛え方が足りぬゆえだ。わしを見よ」

勤続三十五年を超える内藤は、すでに六十に手の届こうという歳《とし》である。しかし、公言するだけあって胸板は厚く、腕も太い。

「長年のお勤めで、この身体には筋金が入っておる。いかに寒かろうと、真冬ではあるまいし、このぐらいの……ふえ」

「ふぇ……ふわ……ああ……ふぇくしょん！」

内藤は盛大にくしゃみをした。一度出るととまらぬらしく、それからふぇくしょんふぇくしょんふぃくしゃんと立て続けに連発したあと、鼻水をすすりながら後ろを向き、

「──は？」

「今年はいつもより寒いな」

と小声で言った。勇太郎は笑いをかみ殺した。

だが、西町奉行大邉久右衛門は震えてなどいなかった。寒さに縮こまり、焚き火に当たっている与力・同心たちを睥睨《へいげい》しながら、

「おまえたち、そのようなことで町奉行所のお役目が務まると思うてか。与力・同心と申すものは、冬に雪降るなかを裸足《はだし》で盗賊を追わねばならぬことも、凍《い》てついた海を泳ぎ渡らねばならぬこともある。そのようなときに、寒い、だの、冷たい、だの言うておるひまがあるか。馬鹿ものどもめ！　もっと性根を入れよ！　もうじき夏じゃ。今日など、温《ぬく》いほうではないか。臍下丹田《せいかたんでん》に力を入れれば、これぐらいの寒さなど吹き飛んでしまうわい！」

当たり前である。久右衛門はきちんと衣服を着、羽織袴《はかま》も身に着けているのだ。寒いはずがない。今日は、年に一度の、西町奉行所の水練稽古の日である。これから夏に向けて、涼を求めて川や海で遊泳するものが増える。それにつれて水難に遭うものも多

くなる。そのまえに、西町奉行所では近年、初夏になると与力・同心を集めて水練をさせ、泳ぎが達者かどうかを検分するのが決まりになっていた。泳げぬものは厳しく叱責され、翌年までに泳ぎを習得せねばならぬのだ。まずは、立ち泳ぎ、蛙《かえる》泳ぎ、抜き手の三種を披露したあと、隊列を組んで、西芦分橋から遠泳を行う。西野新田の「枠ケ鼻」を越えて海に向かうのだ。

勇太郎は、蛙泳ぎはなんとかこなせるのだが、抜き手が苦手である。途中で脚が沈んでしまい、ひどいときはしこたま川の水を飲むことになる。また、遠泳も得意とはいえず、昨年も半分ほどのところで強い波をかぶって溺れかけ、付き添いの小舟に助けてもらったのだ。

（ああ、嫌だ嫌だ嫌だ……）

早くも唇が青くなっている勇太郎とは逆に、久右衛門は上機嫌である。彼のまえには大きな太鼓があり、用人の佐々木喜内がバチを握っている。久右衛門は寒さで震える与力・同心をにやにや笑いながら見回すと、

「さあ、まずは立ち泳ぎじゃ。太鼓の合図で順に川へ入り、太鼓が鳴っているあいだ泳ぎ続けよ。わしが、上がれ、と言うまでやめてはならぬぞ」

西町奉行所に赴任したおり、久右衛門は内藤彦八郎からこの水練稽古のことを聞いて叫んだものである。

「なんたるくだらぬことをいたすのじゃ。水練など覚えるひまがあったら、上手い飯の炊き方でも学んだほうがよほどためになる」

「当奉行所の、長年の慣わしにござりますれば……」

「当奉行所ということは、東町はやっておらぬのだな」

「さようでござりまするが……」

「ならば、今年より取り止めよ。よいな」

奉行の厳命に内藤は抗《あらが》った。彼は泳ぎ自慢であり、この水練稽古をなによりの楽しみにしているのだ。

「そうは参りませぬ。われら西町奉行所は、東町にくらべて大川に近《ちこ》うござる。それゆえ船を使《つこ》うて逃走する盗人《ぬすっと》を追うこともあり、それに下知をくだす与力や同心に水練の心得は必須でござる」

「ふむ……」

久右衛門も、着任早々古参与力と揉《も》めたくはなかったから、

「ならば、今年は行《おこの》うてもよい。わしが中身をつぶさに調べ、無駄と思うたら来年より取り止めにする。それでよいな」

内藤はしぶしぶうなずいた。

ところが、久右衛門はその年の水練稽古のあと、なにも言わなかった。なぜか。その

わけは、終わってからの味噌汁《みそしる》にあった。初夏とはいえ、まだ寒いなか、長いあいだ水に入っていた与力・同心たちの身体は芯から冷え切っている。そのためにいくつも焚き火をしているのだが、火にあたるぐらいではすぐには温もらぬ。ゆえに、焚き火には大きな鉄鍋がかけられ、なかにはたっぷりの味噌汁がたぎっている。具も、ワカメや豆腐だけではない。天満の青物市場からもらった大根やゴボウなどの野菜のほか、猪《しし》の肉、鴨《かも》の肉、小魚のぶつ切り（あたりの漁師にわけてもらったものだ）、アサリ、海老《えび》、イカ、油揚げ、蒟蒻《こんにゃく》などが入っている。昆布《こんぶ》や鰹節《かつおぶし》で出汁《だし》を取らずとも、それらの具から十分すぎるほどのよい味が出るし、あとは酒と味噌を入れればよい。それをめいめいが木椀《もくわん》に掬《すく》い、唐辛子をぱらりとかけて、ふうふういいながら啜《すす》ると、身体の内側から温まってきて、焚き火の炎とあいまって、汗をかくほどだ。

「ううむ……美味《うま》い！　猪《いのしし》やら鴨やら魚やら貝から出る旨味《うまみ》が混然となり、なんともよい塩梅《あんばい》の新しい味を作り出しておる。さまざまな具をでたらめに放り込んでも、味噌がうまい具合にそのあいだを調えてくれる。野趣横溢《やしゆおういつ》しておるが、よう考えられた料理だのう。――なんという鍋じゃ」

内藤にたずねると、

「お気に召してなによりでござる。これは、あるものに問うと山賊鍋と申し、またあるものに問うと海賊鍋と申しまする。おそらく定まった名はないものと思われますが

「……」

「山賊でも海賊でもないと申すか。ならば、盗賊汁とせよ」

「かしこまりました。本日よりこの鍋をお頭《かしら》命名の盗賊汁と呼ぶことにいたします」

「で……あれはどうなった」

「あれ、とはなんでござる」

「酒じゃ。寒さをしのぐには酒が一番だからのう」

内藤はためらった。赴任以来の久右衛門の化け物じみた飲みっぷりを見ているからだ。支度してあるのは、皆に一合ずつほどで、それぐらいならひょっとすると久右衛門ひとりで飲んでしまうかもしれぬ。与力・同心たちも、内藤も、その一合の酒を心待ちにしていたのだ。

「それがその……なんと申しましょうか、つまるところが……」

「ないとは言わせぬぞ。鍋の味付けに酒を入れるのを、わしはこの目で見ておったからのう」

もう言い逃れはできない。内藤が、久右衛門に酒を持ってくるよう小者《こもの》に言いつけようとしたとき、

「足らぬならば、ほれ……」

久右衛門はふところから金を出した。

「これで、一斗樽をいくつか買《こ》うてまいれ。今から酒盛りじゃ！」

「ありがたき幸せ！」

　内藤はその金を押しいただいた。もちろん酒や鍋を調える金は奉行所からは出ぬ。日頃持ちつ持たれつの雑喉場《ざこば》や天満青物市場、靭《うつぼ》の乾物屋などから「奉行所の行事ごとがあるのだ。すまぬのう……」と無理を言ってタダでもらうほかは、皆が少しずつ出しあって調達しているのだ。与力や同心は薄給である。ことに同心の役料はたかだか十両三人扶持《ぶち》で、これではとても暮らしていけぬ。それゆえ同心たちは家族に内職をさせたり、拝領している屋敷の土地に長屋を建てて町人に貸したりする。なかには、商人をいたぶって付け届けを強いるヤクザまがいのものもいる。

「かまわぬ。おまえたちのふところ具合はようわかっておる」

「なれど……お頭のふところもけっして裕福では……」

　大坂西町奉行といえば聞こえは良いが、久右衛門の知行はたかだか五百石にすぎぬ。東町奉行の水野若狭守忠通《みずのわかさのかみただみち》は千二百石でその半分にも満たぬ。大坂町奉行に任ぜられる旗本の多くは三千石を超える大身であることを考えると、久右衛門はまさに貧乏旗本そのものであると言えた。

「言うな。この大邉久右衛門、困窮はしておれど、飲み食いには金はケチらぬのじゃ。早《はよ》う酒を求めてまいれ」

「かたじけのうござる」

かくして一斗樽が届けられ、以降、西町奉行所の水練稽古は、終わったあとで皆が「盗賊汁」を囲み、奉行が買った樽酒を飲みながらの無礼講の宴会になる、というのが恒例となった。

今年も久右衛門は、恵比須《えびす》顔で稽古が終わるのを待っていた。目は、泳いでいる与力・同心たちにではなく、ぐつりぐつりと煮えている鍋のほうに向いている。今年は、いかなる肉や魚、野菜が入っていて、それらがどのような美味を奏でているかと考えると、ひとりでに顔がゆるむのである。

立ち泳ぎ、蛙泳ぎ……と順序よく番組は進んだ。勇太郎は、すでにへろへろだった。蛙泳ぎのときに、まえを泳ぐ同心の尻に顔がぶつかって、したたかに鼻を打った。やむなく立とうとしたが、案外川が深くて足が底につかず、じたばたともがいているところを岩亀与力に助けられた。

「なにをしておる。しっかりせよ」

「申し訳ありません」

勇太郎は頭を下げるしかなかった。得意のはずの蛙泳ぎでしくじったあと、苦手の抜き手の番になった。嫌だ嫌だという気持ちのせいか身体が縮こまり、手足が思うように動かず、案の定、腰から下が沈んでしまった。あわてて脚をバタつかせると、今度は頭が沈む。息ができなくなり、口を開けると水をがぶりと飲んでしまった。

「うはははは！」

聞きたくもない哄笑《こうしょう》が頭上で爆発した。久右衛門が目ざとく勇太郎の泳ぎっぷりを見つけたらしい。

「村越！　なにをしておる。そのような泳ぎでは賊徒に逃げられてしまうぞ。もっと手足を水車のように回さぬか。こうじゃ、こうじゃ！」

こうじゃ、と言われてもそのさまを見ることはできない。あきらめた勇太郎は川のなかに突っ立ち、久右衛門のほうに顔を向けた。久右衛門は両手をぐるぐる回してこちらを見ている。むかっ腹が立ってきた勇太郎は、口からぴゅーっと水を吹いた。

「はははは、村越が水を吹いておるぞ。まるで竜吐水《りゅうとすい》じゃ。火事場の役に立とうぞ」

久右衛門は腹を抱えて笑いだした。川から上がった勇太郎は、久右衛門が当たっている焚き火のところまで行くと、

「失礼ながら、そうおっしゃるお頭は泳げるのですか」

「――なにい？」

奉行は目を剝《む》いた。

「いえ……抜き手のご教授を賜ったぐらいですから、さぞかし泳ぎの方も達者であろうと思っただけです」

「あったりまえじゃあ！」

久右衛門は銅鑼《どら》のような声で怒鳴った。

「わしは、小児のころ、川の近くに住んでおったゆえ、陸のうえにおるより川で泳いでいるほうが多かったのじゃ。陸におるのも水中におるのも同じであった。ただ、そこに水があるかどうかの違いだけじゃ。まるで鮭《さけ》か鰹のようだと近所でも評判であったわい」

川から上がってきた与力や同心たちが、

「そういえばお頭が泳いでいるのを見たことはないな」

「たしかに……。いつも、焚き火の横で怒鳴っているだけだ。あとは鍋を食べて酒を飲んで、腹がくちくなると寝てしまう」

「泳げるのだろうか」

「怪しいところだな」

などと囁《ささや》き合っているのが聞こえてくる。勇太郎は嵩《かさ》にかかって、

「いかがでしょう。此度《こたび》はお頭に、遠泳の先頭をおつとめいただくというのは」

「な、なんじゃと？」

「我々にも、その鮭か鰹かという泳ぎをお示しいただけませぬか」

「ば、馬鹿者め！　町奉行職をなんと心得おる！」

久右衛門は顔を朱に染めてひときわ声を荒らげた。

「ありえぬことではあるが、万が一、遠泳中にわしが溺れでもしたらなんとする。貴様ら与力・同心の替えはあっても、町奉行の替わりはおらぬ。恐れ多くも将軍家よりこの職を任ぜられた大邉久右衛門、軽々しくそのような真似《まね》ができると思うか。たわけめが！」

思っていたとおりの応えが返ってきた。勇太郎は頭を下げ、

「御意のとおりでございます。私があさはかでした」

かなりの皮肉を込めてそう言うと、

「わかればよい。――なれど……そうじゃ、こういたそう。遠泳の折、いつもは岸から検分しておるだけだが、今年はわしも小舟に乗り、おまえたちを先導してやろう。どうじゃ」

泳がないことに変わりはない、とは思ったが、

「ありがたき幸せ」

そう言うしかない。喜内が飛んできて、

「なりませぬぞ、御前《ごぜん》」

「なにゆえじゃ」

「今、ご自身で申されたではありませぬか。町奉行は、将軍家より任ぜられたる重き役

目……」

「船に乗るだけじゃ」

「覆ったらいかがいたします」

「すいすいと、こう泳ぐだけのことよ。案ずるな。わしは鮭か鰹じゃ」

「鮭か鰹ねえ……」

喜内はそう言いながらじっと久右衛門を見つめた。久右衛門は顔を反らした。

「皆のもの、集まれ!」

内藤彦八郎が言った。まるで疲れてはおらぬようで、声にも張りがある。

「いよいよ遠泳だが、具合の悪いものは申し出よ。くれぐれも無理をして泳いではならぬぞ」

だれも手を挙げぬ。

「よし、ならばここに並べ。わしの乗った小舟が先導するゆえ、中途で力尽きそうなものは早めに報《しら》せるように。溺れてからでは遅いぞ。此度は、お頭も船に乗られることになった。皆、西町奉行所の颯爽《さっそう》たる泳ぎぶりをお頭にお見せするのだ。よいな!」

「ははっ!」

与力・同心たちは元気よく応え、岩場に列を作った。風が強く、波が高い。勇太郎は川面を眺めてため息をついた。昨年のことが頭に浮かぶ。最後まで泳いでこその遠泳であり、中途で小舟に助けを求めたときの屈辱は今でも覚えている。昨年、泳ぎきれなかったものは勇太郎も含めて五人だった。水練稽古が終わってからの内藤与力の訓戒のなかで、

「しまいまで泳げなかったものは、来年はかならず泳ぎきれるようにしておけ。でないと、いざというときの役に立たぬぞ」

役立たずと言われたわけである。だからといって、それならなんとかしようと遠泳の稽古をした……わけでもないのが勇太郎の呑気《のんき》なところであり、緩いと言われるところでもあるのだが。

「では、参る！」

内藤与力の手を借りて、久右衛門が小舟に乗り込んだ。途端、船底がみしみし音を立て、船頭の顔がひきつったが、久右衛門は気にも留めず、どっかりと腰を下ろした。太鼓を叩こうとしている内藤に、

「面白そうじゃ。わしにやらせろ」

「はあ……これはなかなかむずかしゅうござって……」

「かまわん。わしは太鼓は得意じゃ。貸せ」

強引にバチを奪い取ると、太鼓をどどん、と力強く打ち鳴らした。小舟は岸に沿って進み、与力・同心たちはそのあとに従ってひとりずつ川に入っていった。三列になって、

蛙泳ぎをする。六十人の侍が隊列を組み、泳ぐ姿はなかなかの壮観であり、岸辺には見物しているものもいる。御船手《おふなて》奉行の番所に設けられた櫓《やぐら》にも暇そうな番人がのぼっているし、近隣の漁師や百姓たちも笑いながら小手をかざしている。

「しっかり泳げよ！　わしらがついとるで！」

大きなお世話であるが、見られているとなるとよけいにしくじるわけにはいかぬ。

「ほれほれ、そこのお侍、手足が縮こまっとるで。もっと大きく水を掻《か》かんかい」

だれについて言ってるのかわからないが、勇太郎はおのれのことを言われているようで、身体が火照《ほて》った。久右衛門は機嫌よく太鼓を鳴らしている。どどん……どどん……どどん……と大きな音が水面に響く。それは勇壮に彼らを鼓舞するのだが、ときどきお茶目に、カラカッチカッチ……と妙な合いの手が入るので困る。勇太郎も、ゆっくりと泳ぎ出した。木の葉や藻《も》を胸で押し分けながら、深みへと向かい、身体を前後にまっすぐ伸ばす。太鼓の音とともに蛙のように手足を曲げ伸ばしする。まえのものに遅れてもならないし、早すぎても列が乱れるから、心をひたすら無にして太鼓に合わせるのがコツだ。だが、久右衛門の叩き方はときに調子が狂うので、信用できぬ。

枠ケ鼻を過ぎ、川幅が太くなった。勇太郎にはまだ余力があった。このままなら今年はなんとか最後まで泳ぎぬけるのではないか……そんなことを思ったとき、突然、波が高くなり、勇太郎の身体はぶわっと浮き上がった。

（な、なんだ……）

すぐにまた、沈み込む。がぶりと水を飲んでしまった。このあたりは、海水が入り混じっていてかなり塩辛い。げほげほとむせながらその水を吐き出した。たちまち泳ぎが乱れそうになるのを必死に立て直し、首を上げると、大きな菱垣廻船が正面からこちらに上ってくるのが見えた。廻船から押し寄せる波のせいで、川面がめちゃくちゃになっているのだ。

「おおい、危ないぞう！　ぶつかるぞう！」

舳《へさき》に立った船乗りたちが口に手を当てて叫んでいる。

「退《ひ》け！　退かんと、沈んでまうぞう！」

「けしからん。こちらは町奉行の船じゃ。だれが退くものか！」

憤った久右衛門が立ち上がりかけるのを船頭が、

「お奉行さま、立ったら危のうおます。川にはまりまっせ。それに、こういうときは小さい船が避けるのが川の掟《おきて》ですさかい……」

「くそっ……なにゆえ町奉行ともあろうものが商人に道を譲らねばならぬのじゃ」

久右衛門は毒づいたが、船頭は手際よく小舟を脇に避けた。それにつれて、遠泳の列もずれていった。大波を立てながら菱垣廻船は通り過ぎ、勇太郎はすっかり調子を崩してしまった。手足が急に重くなった。それまでは三列を保っていた泳ぎ手たちも、ばらばらになってしまった。ひとりが小舟に助けを求め、引っ張り上げられた。

（俺も、白旗をあげるか……）

一瞬そう思ったが、

（いや……まだ行ける）

思い直して、ふたたび水を掻く手に力を込めたとき、

「な、なんだあっ」

船頭が大声を上げた。櫂《かい》を手にして前方を見つめている。その目の先を勇太郎は見やって、

「うわ……」

思わず声を出した。水のうえに黒く尖《とが》った三角のものが突き出している。それは、水しぶきを上げ、凄《すさ》まじい速さで彼らに向かって近づいてくる。

「い、いかん。フカや」

船頭の言葉に久右衛門が叫んだ。

「なにい？　なぜ川にフカがおる」

「ここは河口やさかい、まちごうて海から入り込みよったんや。これはえらいこっちゃ」

「どどうするのじゃ」

久右衛門は、川のなかの勇太郎が見てもわかるほどうろたえている。

「わかりまへん。わてもあんなにでかいフカははじめて見るわ」

フカが出た、という報せは与力・同心たちの耳にも入った。

「ふ、ふ、フカだ！」

「食われるぞ」

皆は久右衛門の乗った小舟に集まってきた。舟縁《ふなべり》に手を掛け、われ先に上がろうとする。

「貴様ら、来るな！　皆が乗ったら沈んでしまうわ」

立ち上がって久右衛門は怒鳴ったが、恐怖に駆られた六十人ほどの与力・同心たちは小舟を取り巻くような恰好になった。そこに向かってフカが突っ込んでくる。小舟の右にも左にも、まえにも後ろにも裸の男たちが群がっている。彼らが引っ張るので、小舟はぐらぐら揺れる。

「やめい！　貴様ら、退けい！　武士なら武士らしく、フカに立ち向かえ！」

「立ち向かおうにも、刀も十手もございませぬ！」

だれかが叫んだ。

「ここで刀をお持ちなのは、お頭と内藤さまだけです！」

ほかのものも叫んだ。

「お願いです。我らをお救いくだされ」

「お頭、フカを退治してくだされ」

「ああ……もう来る！」

「助けてくれっ」

あわてふためいた与力・同心たちは、久右衛門がとめるのもきかず、つぎつぎと小舟に上がってきた。久右衛門は彼らを蹴飛ばし、突き飛ばし、殴り飛ばして川のなかに落としていく。

「わからぬか！　貴様らが乗ると船が沈んで共倒れになるのじゃ！」

「でも、このままでは食われてしまいます」

「フカに食いちぎられるのは嫌だ！」

「お頭、なんとか……なんとかしてえっ」

口々に叫ばれて、久右衛門は意を決したように迫り来るフカをにらみつけて、刀を抜いた。

「おお、お頭が刀を抜かれたぞ」

どよめいたのもつかのま、フカの背びれをハッタと見つめていた久右衛門の顔に脂汗が滲《にじ》み出し、そろそろと船のなかで後ずさりをはじめた。

「な、内藤……おまえがやれ」

「はっ……かしこまってござる」

内藤彦八郎は刀を構えた。その身体が小刻みに震えている。

「行けっ、やれっ、内藤っ！」

久右衛門が、内藤与力の背中に隠れながら叱咤《しった》する。

「お、お頭、それがしもちょっと……」

内藤が蒼白《そうはく》な顔で弱音を吐きかけたので、

「言うな。わしが太鼓を叩いて後ろ押ししてつかわす」

そう言うと、久右衛門はなぜか太鼓を叩きはじめた。どどん、どどん、どどん……。

勇太郎のすぐ横に来た岩亀与力が、

「なにがどうなっておるのだ……」

そうつぶやいたが、勇太郎も同じ思いだった。内藤与力が刀を上段に振りかぶったとき、フカの背びれが川のなかに没した。内藤が身を乗り出し、上体を折り曲げるようにして水面をのぞきこんだとき、突如、水中から大きなちり取りをふたつ合わせたような馬鹿でかい口が飛び出し、それがグワバッと開いた。どきどきするような歯がずらりと並んでいる。勇太郎の頭のなかにある「フカ」というものをはるかに上回る、巨大すぎる化け物だ。

「ぎゃあああっ！」

少々のことには動じることのない、威厳のある内藤与力のこんな悲鳴を勇太郎は聞いたことがなかった。内藤は刀を構えたまま後ろ向きに倒れ、久右衛門にぶつかった。ふたりは重なり合って倒れたが、つぎの瞬間、船の左舷《さげん》に激しい衝撃が走った。めきめき……と船の脇腹が裂け、久右衛門と内藤与力、それに船頭の三人は川に投げ出された。

「うぶ……わあぁ……助け……ぶわわわっ……」

久右衛門は両手をばたばたとものすごい勢いで動かしながら、城に届くほどの大声で叫んでいる。

「わしは……わしは……泳げ……があっ……泳げぬのじゃ。早う……なんとか……」

やっぱりな、と勇太郎は思った。なにが鮭か鰹だ。どう見ても猪か牛である。

「こらあ……貴様ら……わし……助け……」

あとは聞き取れず、かわりにごぼごぼ……という音が聞こえてきた。勇太郎のほか数名が抜き手を切って久右衛門を助けに向かおうとしたとき、真っ黒なものが久右衛門目がけて突進していった。もがいている牛とでも思ったのかもしれない。よく見るとフカの身体には無数の傷があり、柄の折れた銛《もり》が突き刺さっている。

「うわあっ、うわあっ、うわあっ、来るな！　来るな来るな来るな！　向こうに行け！　行かぬか！」

久右衛門は左手で水を搔きながら、右手に持った太鼓のバチでフカの頭を何度も何度

も叩いた。フカは激昂《げっこう》し、久右衛門を食おうと大口を開けた。

「あっ、お頭が食われた」

「なんまんだぶ！」

そんな声が聞こえるなか、死にもの狂いの久右衛門はバチで大フカの横面《よこつら》を思い切り殴りつけた。久右衛門の膂力《りょりょく》は並ではない。フカは頭を曲げ、久右衛門から離れた。そこへ勇太郎たちがなんとか追いつき、久右衛門を囲むようにしてフカから守った。フカは、くるりと向きを変え、どこかへ泳ぎ去っていった。

「お頭、ご無事ですか！」

「ご無事……ではない……っ……ごぶじ……ごぶ……ごぶごぶごぶ……」

かなり水を飲んでいるようだ。

「早う……助けんかあっ！　わしを……殺すつもりかっ。泳げぬと……申したで……あろうが！」

久右衛門は必死に勇太郎たちにしがみつこうとする。ヒグマのような毛むくじゃらの巨体に抱きつかれ、目や口に指を入れられ、閉口した勇太郎は、

「あの……お頭……」

「なんじゃあっ、あとにせいっ」

「ここは浅瀬です。足が立ちます」

「――なに？」

　久右衛門が足もとを見るとフカと格闘してもがいているうちに、いつのまにか岸の方に近づいていたらしい。咳払《せきばら》いした久右衛門は、勇太郎の身体から降りるとその場に立った。水は腰よりも下までしかなかった。どうやらフカは、浅瀬で身動きできなくなるのを恐れて、引き返したようだ。久右衛門は全身から水を滴らせながら憮然《ぶぜん》として川から上がり、焚き火に近寄ると、

「喜内！　喜内！」

「はいはい。ご無事でなによりでございました」

「着替えを持て」

「ございませぬ」

「なに……？」

　久右衛門は目を剝いた。

「馬鹿もの！　水練稽古なのだから、濡《ぬ》れることもあろう。着替えぐらい支度しておくのが用人の務めであろうが！」

「まさか船にお乗りになるとは思いませんでしたので……」

「それぐらい、気を走らせろ」

「なれど、御前はそもそも泳げ……」

「じゃかましい！」

久右衛門は大喝し、

「そんなことはどうでもよい。早う着替えを持ってこい。寒うてなら……ひ、ひ、ひーっくしょい！」

巨体を丸めて、川原に轟《とどろ》くような大きなくしゃみをした。

「ですから、着替えがございませぬ。ずぶ濡れの服をお脱ぎになり、お身体を拭きませぬと風邪をお召しになられますぞ。——おお、首筋に傷があるではございませぬか。まさか、フカに齧《かじ》られたのでは……」

「馬鹿を申せ。川に投げ出されたおりに、ちいと擦り剝いただけじゃ」

「とにもかくにも急いで奉行所にお戻りくだされ」

「なにを申す。わしはまだここにおる」

そう言って久右衛門は焚き火にかかっている大鍋に目をやった。そこには「盗賊汁」がいい匂いをさせてぐつぐつとちょうど食べごろに煮えていたのだ。

◇

はじめはやや気分が悪そうに見えた久右衛門だが、喜内がいくら奉行所に戻り医者に診てもらうようすすめても言うことをきかず、配下のなかでもっとも太っている同心の着物を借りて、盗賊汁をたらふく食べ、酒をたらふく飲んだ（その同心は、裸で過ごすしかなかった）。勇太郎をはじめ与力・同心たちも相伴したが、フカ騒動のせいか、皆、食が細かった。それほどの怖《おそ》ろしい出来事だったのである。久右衛門も、盛大に食べかつ飲みつつも、ときおりおっかなびっくり川のほうに目を向けている。

（さすがのお頭も、あのフカには参ったようだな……）

勇太郎はそう思ったが、しまいの雑炊まで片付けたころには、久右衛門はすっかりいつもの様子に戻っていた。

「大丈夫でございますか」

久右衛門の着物を天日に干しながら喜内がたずねると、

「なにがじゃ」

「川の水をかなり飲まれていたようにお見受けいたしましたが……」

「安治川の水は、すなわち淀《よど》の水じゃ。淀の水は名水ではないか。なかなかいけたぞ」

「お戯れを……」

「そんなことより、フカめはいかがいたした」

「あれからは見ませぬな。海に戻っていったのでございましょうか」

そこに船頭が漁師をふたり連れてやってきた。

「おお、おまえか。船はどうじゃ」

「もう、修繕しても使いものにはなりまへんわ。ほとんど真っ二つに割れとります。フカゆうのは、おとろしいもんだんなあ」

船頭は、思い出したようにかぶりを振った。

「さようか。奉行所で償《まど》うてやるゆえ、あとで申し出よ」

「うわあ、それ聞いて安堵《あんど》いたしました。――けど、お奉行さまも内藤さんも、よう生きてはりましたわ。もし、おふたりがフカの餌になってたら、わても打ち首になってたとこや」

「縁起の悪いことを申すな。この大邉久右衛門、こうして五体無事に生きておるわい」

久右衛門は突き出た腹を叩いた。

「それで……あのフカのことを、このあたりの漁師に聞きましたんやが……」

船頭は、ふたりの漁師にまえに出るようにうながして、

「おまえらからお話しせえや」

「へえ、あの野郎は『三人呑《の》み』ゆう名前でな、摂津灘《せっつなだ》の主《ぬし》ですのや」

ふだんは紀州沖に棲《す》んでいるのだが、ときおりふらりとこちらに現れるらしい。漁師の網を食い破ったり、釣り人を脅かしたり、小舟をひっくり返したりと、悪さをしでかす。今日のように川をさかのぼることはめったになく、おそらく太鼓の音に導かれたのだろう、という。

「もう、海に出ていったのか」

「それはわかりまへん。一遍、川に入ってきたフカは、帰り方がわからんようになって、上へ上へと入り込むこともおます。下手したら、大坂の町なかの堀に現れるかもしれまへん」

「そんなことになったら一大事ではないか。あらゆる堀を閉ざしてしまわねばならぬぞ」

大坂は水の都である。大小の堀が縦横に走り、そこを無数の船が往来することで町が成り立っている。それを封ずるというのは、大坂の町を殺すも同様だ。

「フカちゅうのは、めったにひとを襲いまへん。けど、あの『三人呑み』だけはべつでしてな、これまでに三人食ろうとるそうでおます」

「それで『三人呑み』か」

「あんまり網を破るんで、紀州の漁師が銛で殺そうとしたのを根に持って、それからひとを襲うようになったと聞いとります。一刻も早いご退散が願わしゅうございます」

そのとき、

「フカやっ！」

だれかが叫んだ。皆が一斉に川を見た。あの三角形の黒い背びれがにゅうと突き出し、輪を描くように進んでいたが、やがて見えなくなった。久右衛門は握りしめた拳を震わ

せ、

「許せぬ。天下の町奉行を辱めたるあのフカ、かならず召し捕って身のほどを教えてやる」

どうやってフカに身のほどを教えるのかわからないが、とにかく久右衛門は「三人呑み」が消えたあとの泡をにらみつけた。

「これで、あやつがまだこの川におることがはっきりした。須田《すだ》はおるか」

久右衛門は、川役与力の須田忠兵衛《ちゅうべえ》を呼び、

「安治川を堰《せ》き止め、これより上《かみ》にフカが上れぬようにいたせ」

須田は血相を変え、

「それはなりませぬ。安治川を堰き止めては、菱垣廻船や樽廻船が入ってこれぬことになりますぞ」

「ふーむ……」

久右衛門はぎりぎりと歯を嚙《か》み、

「ならばいたしかたない。手の空いておるものは手分けして川筋を見張れ。手下《てか》にも命じて、フカを見かけたらただちにわしに報せるようにせよ」

「お頭に……？　どうなさいますので」

「知れたこと。この手でフカを捕らえ、包丁でずたずたに切り刻まねば、わしの気が収

まらぬ。大坂の民を守るためじゃ」

もちろんおのれのためなのである。久右衛門の鼻息は荒かった。

2

一心寺《いっしんじ》の境内に入ったときから、嫌な「気」は感じていた。やはり物売りや大道芸人たちが声を上げて、参詣人の足を止めようと必死になっている。彼らの顔を綾音はひとりずつたしかめていく。

(いてへん……)

つづいて背後の木立ちや茂みをちらちらと見る。

(よかった。気のせいみたいや……)

一心寺には、綾音の家の墓がある。今日は浄瑠璃の師である竹本久米太夫《たけもとくめだゆう》の祥月命日《しょうつき》なのである。稽古屋の弟子たちにはその旨を言い、稽古は休みにした。浄瑠璃のおさらいの会が近づいているので、休みたくはなかったのだが、連名頭《れんめいがしら》で川魚問屋の楽隠居芝崎屋藤兵衛《しばさきやとうべえ》はじめ弟子たちも皆、

「師匠の師匠の命日だすさかい、わしらにはお気遣いなく、ゆっくりお参りしてきとくなはれ」

「なんやったらわてらだけで集まって稽古しときますわ」

「やめとこ。我々の浄瑠璃、師匠の三味線なかったら聞いてられへんで」

などと言って、快く送り出してくれた。

雑踏を離れ、桶《おけ》と柄杓《ひしゃく》を借りようと墓番所の方に向かおうとしたとき、突然、あの視線を強く感じた。背中に、ではない。横顔に突き刺さってくる。だれかが、露骨に彼女を凝視しているのだ。そして、つぎの瞬間、なにかが綾音の頬をかすめた。それは地面に落ち、ころころと転がった。石礫《いしつぶて》だ。当たっても怪我《けが》をするほどの大きさではないが、綾音を怯《おび》えさせるには十分だった。もう墓参りどころではない。綾音は周囲を見回した。

(どこ……？　どこから見てるの……？)

そのとき、彼女の耳にあの声が聞こえてきた。

「この蝦蟇の油を取るには、四方に鏡を立て、下に金網を敷き、そのなかに蝦蟇を追い込む。蝦蟇はおのれの顔が鏡に映るのを見て驚き、脂汗をたらありたらりと流す。それを下の金網にて漉《す》き取り、柳の小枝をもって三、七、二十一日のあいだとろりとろりと煮詰めたものがこの蝦蟇の油だ」

見ると、松の古木のまえに、あの蝦蟇の油売りが立っていた。唐獅子のように大きな顔面、歌かるたのように太い眉、見間違えようがない。綾音が「ひっ」と声を立てると、浪人はじろりと彼女を見、腰の大刀を抜き払った。蝦蟇の油の効能のひとつである「切れものの切れ味をとめる」というのを示すためなのだが、綾音は、

（斬られる……！）

と思った。悲鳴こそ上げなかったが、綾音は山門目指して走り出した。逃げないと殺される……そう思ったのだ。途中でだれかにぶつかった。

「すんまへん、ちょっと急いでまして……すんまへん！」

謝りながら顔を上げると、

「綾音殿ではありませんか」

「勇太郎さま……！」

思ってもいなかったことに、綾音は言葉が出なかった。

「今日はお参りですか。――どうされたのです。顔色が悪いですよ」

途端、綾音の両目からぽろぽろと涙がこぼれ出した。驚いた勇太郎に、綾音はしがみついた。勇太郎はうろたえ、

「ちょ、ちょっと待ってください。ひとの目がありますから……」

「ひとの目」と聞いて綾音はよけいに号泣しはじめた。勇太郎は境内の隅にある石に座るよううながした。

「見られている……？」

「へえ……」

「いつからです」

「十日ほどまえからだす。外に出たときに、なんや見られてるような気がして……それまではいっぺんもそんなことおまへなんだ。しばらくしたら消えますさかい、気のせいかと思てましたんやけど、あんまり毎日続くんで気持ち悪なって……」

勇太郎は内心、感心した。武芸者でも、他者に「見られている」かどうかを覚《さと》るのはむずかしいのである。勇太郎でも、よほど心を研ぎ澄ましていなければ無理だろう。それが一介の稽古屋にすぎぬ綾音にわかるとは……。

（つねに歌舞音曲《かぶおんぎょく》に触れていることで、五感がひとより鋭くなっているのかもしれないな）

勇太郎はそう思った。

「見られているだけでなく、なにか起きましたか」

「へえ……」

綾音は言いにくそうに、

「これも、わての勘違いかもしれまへんけど……はじめは夜中に、雨戸に石がぶつけられました。半刻に一度か二度……。寝入りかけたころに、バシッ！　て音がしますさかい、夜通し寝られしまへんねん。あと、庭にゴミとかネズミの死んだのが放り込まれてたこともおました。朝になっておもとが見つけて、お奉行所に届ける、て言いましたんやけど、わてはご近所の手前もあるさかい、騒いだらあかん、てたしなめましてん」

「俺にだけでも、報せてほしかったです」

「すんまへん。たちの悪いいたずらかもしれん、て思てましたんや。女世帯やと、ときどきそういう悪ふざけする方がいてますねん。けど……」

　綾音は、さっきの石礫と蝦蟇の油売りの浪人について語った。

「ふーむ……見られている、と感じたときにかぎって、その浪人がいるんですね」

「わてが気づいただけで三度。――今もあそこにいてはります」

　勇太郎は、刀で紙を細かく切り、花吹雪のように振り撒《ま》いているその男を見やると、

「わかりました。綾音殿はしばらくここで待っていてください」

　そう言って、商売を終えた浪人のところにすたすたと近づいた。なるほど、唐獅子のような大きな顔である。売りものであるガマガエルに似ていなくもない。

「卒爾《そつじ》ながら、ものをおたずねしたい」

　浪人はおどおどした様子で、

「どなたでごわすか」

　薩摩《さつま》なまりがある。勇太郎は帯に差した十手をちらと見せた。浪人の顔色が変わった。

「おいは、町方にとがめられるようなことはしとりもっさん」

「稽古屋の女師匠をつけまわして、石を投げつけたりしておられぬか」

「しとらんっ」

「家の庭にゴミを投げ込んだりもしておられぬか」

「しとらんしとらん」

浪人の態度には、なにか隠しごとがあるように勇太郎には思えた。

「ならばよろしいが、以後、その師匠にご貴殿が近づくようなことがあったら、町奉行所のほうで扱うことになりますよ」

男は血相を変えて、

「町奉行所が武士に縄かけると申すかい」

「失礼ですが、ご貴殿はいずれかの家中のお方ですか」

「このなりを見ればわかりもそう。主家が取り潰しの憂き目に遭《お》うてより、蝦蟇の油売りを口過ぎにいたす浪人でごわす」

「浪人の取り締まりは町奉行所の役目です」

男は太い眉を寄せ、ぴしゃりと額を叩いて、

「忘れておった。——ここは、武士は相身互《あいみたが》い。見逃してたもんせ」

「師匠に近づかぬというなら、こちらからはなにもしません」

「綾音殿に近づいたことなどなか」

一でも、名前はご存知なのですな」

男は「しまった」という顔で口を押さえると、ふところに手を入れた。その動きを見て、勇太郎は、

（できる……！）

と思った。かなり腕は立つようだ。勇太郎が半歩引いて身構えたとき、浪人は貝殻をふたつ取り出し、勇太郎の手に押しつけた。

「これはなんです？」

勇太郎がきょとんとしてきくと、

「秘伝膏薬蟇蟾酥《ひきせんそう》は蝦蟇の油でごわす。貴公、痔《じ》を患《わずろ》うてはおりもさんか」

「お、俺が……？」

「うむ。蝦蟇の油は金瘡《きんそう》、切り傷、怪我の妙薬にて、出痔、いぼ痔、走り痔、横根、がん瘡など腫れもの一切にも効く。どうぞお使いくだされ」

「は、はあ……」

勇太郎がとまどっていると、

「では、それがしは先を急ぐゆえ……ごめん！」

そう言い捨てると足早に一心寺の境内から去っていった。勇太郎はしばらくその背を見送ったあと、綾音のところに戻った。

「どないだした？」

「薩摩の方のようです。——心当たりは？」

綾音は少し考えて、

「そういえば、半月ほどまえ、お三味線が急に壊れたんだす。縁側に立てかけといたんやけど、知らぬまに皮が破れてましてん。古うなったり、乾きすぎたり、弾き方が悪かったりして破れることはおますけど、あんな風になるというのは……」

「あんな風とは？」

「裂かれてた、というか、刃物で切られたみたいな破れ方でしたんや」

「………」

「わてがそれを見つけてびっくりしてるとき、塀の外から大きな声が聞こえてきましてん。それが、たしか……薩摩の言葉やったような……」

「家の外から縁側は見えますか」

「へえ、よう見えます」

「入ってくることもできますか」

「そらもう、なんぼでも。女世帯やさかい、危ないゆうひともおいでやけど、稽古屋がお手懸《てかけ》はんみたいに高塀に囲まれてたら商売になりまへん」

稽古している様子が外からのぞけてこそ、新しい弟子が増えるのだ。

「では、だれかがこっそり入ってきて、三味線の皮を破り、そのまま出ていくこともできたということですね」

「それは……そうですなあ。ほな、あのお三味線は勝手に破れたんやのうて、だれかが悪戯《てんご》したんだすやろか」

「悪戯というより、嫌がらせですね。この皮みたいにおまえの顔も傷付けられるのだぞ、という……」

　そこまで言って、勇太郎は悔やんだ。綾音が尋常ではない怯え方をしはじめたからである。身体を小刻みに震わせ、涙を目に溜《た》めている。

「あ、すいません。怖がらせるつもりではなかったのですが……」

「勇太郎さん、わてとこいっぺんも来てくれはらへんさかい、間取りも知りはらへんのだす」

「それは……町同心が稽古屋に出入りしては、ほかのお弟子さんたちが嫌がるでしょうから……」

「道場にはよう顔出してるて聞いてまっせ。やっぱり小糸さんのほうがご贔屓《ひいき》だすか」

「いやそんな……あれは岩坂先生に稽古をつけてもらうために参上しているのです」

　話が変な向きにねじれかけたので、とにかく夜の戸締りはしっかりすること、ひとりで出歩かず、外出時にはかならずおもとを連れていくこと、蝦蟇の油売りが出ていそう

な神社仏閣などの人寄り場所には当分近づかぬことなどを約束させ、

「それでは俺は奉行所に戻ります。——送りたいのですが、今からフカの当番があるもので……」

「フカの当番？」

「いや、その……近頃は奉行所にはおりません。安治川に詰めて、川の見張りをしてるんです」

勇太郎は頭を掻いた。

「ああ、その話、聞いてます。読売に載ってた、ゆうて、うちの連中さんが言うてました。お奉行さまがえらい目に遭うたそうだすな」

読売というのは、瓦版のことだ。そんな派手な騒ぎになっているのか、と勇太郎は驚きながら、

「気を付けて帰ってください。なるべく繁華なところを歩いてくださいね」

「いっぺん、わてとこにも来とくなはれ。町方はんがおったら悪いやつも手ぇ出しにくおますやろ」

「わかりました。今度、かならず顔を出します」

「それやったら、なんぞ教えまっさ。お浄瑠璃かお三味線か……。踊りも粋なもんだっせ。道場に剣術習いに通うてはるんやさかい、うちにも通うてもらわんと……」

さっきまで泣いていたはずなのに、いつのまにか綾音はころころ笑っていた。この明るさが綾音のとりえなのだ。釣り込まれて、勇太郎も微笑《ほほえ》んでいた。

◇

「たいした傷ではございませぬな」

久右衛門の首の傷を診た赤壁傘庵《あかかべさんあん》が言った。勇太郎の叔父《おじ》である傘庵は、大宝寺町《だいほうじまち》で医業を営みながら、ときおり町奉行所の検死も手伝っている。

「フカに嚙まれたと聞きましたゆえ、さぞかし大怪我かと思うて駆けつけましたが、これなら特段の手当てをせずとも、日にち薬で本復されるでしょう」

「フカに嚙まれたのではない。嚙まれそうになったときに擦り剝いたのじゃ。——だれがそのようなあらぬ噂《うわさ》を申しておった」

「これで読みました」

傘庵はふところから折り畳んだ紙を取り出して、久右衛門に示した。それは瓦版で、

町奉行大鍋食う衛門、大鱶《おおふか》に尻を齧られること

と題して、船を襲うフカに尻を嚙まれている相撲取りのような侍の絵が大きく描かれ

ており、その横にことの顚末《てんまつ》が面白おかしく書きたてられていた。喜内がのぞき込み、

「ほほう……なかなか達者に描いておりますなあ」

久右衛門はその瓦版を引きちぎった。

「ああ……すゑ殿に見せようと思うていたのに……」

傘庵はちぎれた瓦版を惜しそうにつなぎ合わせた。

「馬鹿もの！　わしが誹《そし》られておるのがなにがおかしい。流言飛語をひろめたるかどでこの瓦版を出したものをひっ捕らえて、打ち首にせよ」

「まあまあ、御前。こういうものはあることないこと書き立てるものでございます。多少大げさに書いたとて、目くじらを立てるほどのことは……」

「うるさい！　わしを貶《おとし》めるということはお上《かみ》の威信を貶めることじゃ。わしが嚙まれたということはお上の威信が嚙まれたということじゃ。断じて許せぬ！」

わけのわからないことを吠《ほ》え立てたあと、

「そもそも、怪我をしたのは尻ではなく、首なのじゃ。大フカと戦《たたこ》うた名誉の傷ではないか。——傘庵、薬などは塗らずともよいのか」

「唾でも塗っておきなされ……と申したいところですが、そうですな、蝦蟇の油でも買うてつけておけば、それでよろしかろうと思います」

「蝦蟇の油ならば、もうつけてみた。村越にもろうたのじゃ。あのようなものが効くの

か」

　久右衛門は馬鹿にしたように言った。

「効きませぬ。あれはただの脂にて、気休めに過ぎませぬ。つまり、なにもせずとも治ると申しておるのです。勇太郎も、蝦蟇の油のごときいかがわしきものをお奉行さまにすすめるとは、医術がわかっておりませぬな」

「もらいものだとか申しておった。あれは、まことに蝦蟇の脂汗を漉き取ったものなのか」

「まさか。油を練った膏薬に、ガマガエルの耳の後ろにある腺から滲み出る蟾酥《せんそ》という汁を加えたもの。ほとんどは、その蟾酥さえ入っておらぬまやかしでございます」

　蝦蟇の油は、切り傷や怪我、腫れものなどに効能があるばかりではなく、「切れものの切れ味をとめる」というのが謳《うた》い文句になっている。つまり、刀や包丁の刃に蝦蟇の油を塗りつけると、途端に切れなくなるというのだ。蝦蟇の油売りは、まず刀を抜いて、それがどれほどの名刀かを示すために一枚の白紙を取り出し、

「お目のまえにて白紙を一枚切ってご覧にいれよう。一枚の紙が二枚になる。二枚が四枚、四枚が八枚、八枚が十六枚、十六枚が三十二枚、三十二枚が六十四枚に」

　紙を細かく切ってから紙吹雪のようにばらまいて、

「春は三月落花のかたち、比良《ひら》の暮雪《ぼせつ》は雪降りの体だ、お立ち合い。――さほどに切れ

る業物《わざもの》でも、差し裏差し表に蝦蟇の油をひとつつけつけるときは、引いて切れない、叩いて切れない。では拭き取るときはどうかというと、鉄の一寸板も真っ二つ」

刀をおのれの腕に押し当てて、かすかな傷をつけ、

「ほれ、腕に触れただけでこれくらい切れる。だが、こんな傷はなんの造作もない。蝦蟇の油をひとつつけつければ、痛みが去って血がぴたりと止まる」

そんな見世物じみたことをして客を集め、貝に詰めた薬を売りつけるのである。刀を使うところから、浪人が暮らしのために蝦蟇の油売りになることも多かった。

「綾音と申す稽古屋の師匠を存じおるか」

「はい、村越の家にもしじゅう出入りしておりますゆえ、私も何度か会《お》うたことがございます」

「綾音をその蝦蟇の油売りの浪人がつけ回しておるのを、村越が咎《とが》めたところ、膏薬をくれたらしいわい。なんでも、唐獅子に似た大頭の浪人だそうじゃ」

そう言う久右衛門は、唐獅子に輪をかけたような大きな顔なのだ。傘庵が笑いを噛み殺していると、

「申し上げます」

廊下から声がかかった。

「なんじゃ」

「ただいま見張りを務めておりました坂根陣之丞《さかねじんのじょう》から報せがあり、『三人呑み』が枠ケ鼻のあたりに現れたそうでございます」

「なに……！」

久右衛門は立ち上がると、鴨居の長槍《ながやり》を摑《つか》もうとした。

「あ……まだ続きがございます。フカは一瞬水面に現れ出ましたが、すぐに没し、そののちは見当たらぬとのこと」

「くそフカめ！　早う出てこい！」

久右衛門がふたたび胡坐《あぐら》をかいたので、傘庵が言った。

「まさか、お奉行さまおんみずからそのフカを突くおつもりですか」

「当たり前じゃ。大坂の民を守るのが町奉行の務めじゃ」

「若いものにお任せしたほうがよろしいのでは」

「わしを年寄りだと申すか」

「いや、そんなことは……」

「この手で、あの『三人呑み』にひと槍報わねば気がおさまらぬ」

「ではございましょうが……」

「若き時分、鍛えに鍛えた腕前じゃ。フカの百匹や二百匹、わけもないぞ」

久右衛門が若いころに鍛えたという話はだれにとっても初耳であった。

「フカを突くのはほかのものに託し、お奉行さまはかまぼこでもお食べになっていたほうが、よほどフカ族にとっては痛手でございましょう」

「かまぼこを食え、だと？　なにゆえじゃ」

「ほれ、かまぼこを作るには……」

久右衛門は膝を叩いた。

「なるほど、そうであった！　喜内！」

「そんなに大声を出さずとも聞こえております」

「棒津屋《ぼうづや》を呼べ」

棒津屋団兵衛《だんべえ》は、久右衛門が贔屓にしているかまぼこ屋で、雑喉場に店を構えている。頭をくりくりにしているので、皆は棒津屋ではなく、坊主団とあだ名している。

「かしこまりました。呼ぶ、だけでよろしゅうございますか」

「手ぶらでは来にくかろう。いろいろみやげを持ってくるように、と申し伝えよ」

「どのようなみやげがお好みで？」

「竹輪、かまぼこ、天ぷら……そのあたりは団兵衛に任せる」

四半刻もしたころ、羽織袴を身に着けた町人がやってきた。よほど急いでいたらしく、羽織の紐《ひも》がほどけている。四角い顔が汗びっしょりだ。歳は五十の坂を上りはじめたぐらいだろうか。あだ名どおり、坊主頭である。

「おお、団兵衛。参ったか。入れ入れ」

　団兵衛は、廊下で控えたまま動こうとしない。

「なにをしておる。早うこちらへ来い」

「お奉行さまに申し上げます。はたして今日のお呼び出しはなんのお呼び出しで御座候かとわたくしは考えておる次第でございまして……」

「なにをわけのわからぬことを申しておる。いつものようにざっくばらんにしゃべらぬか。でないと、聞き取れぬ」

「ええ？　ほな、普段どおりしゃべってもよろしいんか。はははあ、それでホッといたしましたわい。わしゃ、久右衛門旦那とは雑喉場ではようお会いしとるけど、こないしてお奉行所に呼び出されるのははじめてじゃさかい、なんぞバレたんかいなあと思うてびくびくしとりましたんや」

「奉行所にバレて困るようなことをなにかしておるのか」

「とととととんでもない。うううううちの商いはよよよ淀の水みたいに清いもんだっさ」

「言葉が震えておるが、まあよい。おまえを呼んだのはほかでもない。かまぼこについて、いろいろ教えてもらおうと思うたからじゃ」

「あはははは、それやったら雑喉場広しといえど、わしの右に出るもんはいてまへんわ。——けど、なんで急にかまぼこのことが知りとうなりましたんや」

「おまえも聞いておるだろう。あのフカじゃ」

「ああ……あれだっか」

団兵衛は顔を曇らせた。

「わしとこも困っとりまんのや。わしとこだけやない、雑喉場中のみんなが困っとる。あのフカのガキ、今は安治川におるそうだっけどな、どんどん上《かみ》へ上がってきて堂島川か土佐堀《とさぼり》、江戸堀あたりまで出没するようになったらどえらいこっちゃ……と皆怯えとるんですわい。そないなったら、わしら雑喉場のもんはもとより、堂島の蔵屋敷で働く衆も荷揚げができきん。そうなると仲買も相場師も仕事にならん。大坂にとどまらん騒動になりまっせ」

「そうじゃ。わしはあのフカに一矢《いっし》報いねば気がすまぬ」

「久右衛門旦那が乗り出してくれたら心丈夫やわい。これであのフカの命運も尽きたようなもんだすな。――で、どないして退治しますのや」

「退治はむずかしい」

「――は？」

「直《じか》に退治できぬゆえ、せめてフカの身をすり潰して作るかまぼこをたくさん食うて食うて食ろうて食うて、やつの一族を根絶やしにしてやるつもりなのじゃ。それにはまず、かまぼこについて学ばねばならぬ」

団兵衛はため息をつき、

「そらあきまへんわ。——今のかまぼこにはあんまりフカは使とりまへんのや」

「ほう、そうなのか。——まあ、一杯飲みながら話を聞くといたそう。みやげは持ってきてくれただろうな」

「へえ、お言いつけにより、いろいろ取り揃《そろ》えてまいりました」

そう言うと団兵衛は大きな笊《いかき》をまえに出し、そのうえにかかっていた布を取った。そこには、板付きかまぼこ、竹輪、あんぺい、つけあげなどが山と盛られていた。

「おおおっ、これはよい」

かまぼこはたいへんな贅沢品《ぜいたくひん》である。正月やめでたい席に出されることはあっても、日頃の食膳に上がるものではない。うどんを頼んだとき、かんなで削ったように薄いものが一枚載っていることはあるが、それさえ麩《ふ》でごまかしている店もあるぐらいだ。かまぼこを多く使ったしっぽくうどんやおかめうどんは、ほかのうどんよりかなり値が張る。酒のアテとして、分厚く切ったものに醬油《しょうゆ》を垂らし、わさびをつけて……などというのは、よほどの金持ちにしかできぬ豪遊であった。

「かまぼこちゅうのは古うからある食いもんで、もともとナマズの肉をすり身にして、竹の棒に巻き付けて焼いとったんですわい。それが蒲《がま》の穂に似とるさかい、蒲鉾《かまぼこ》と呼ばれるようになったと聞いとります。いつのころからか、板のうえにすり身を盛って作るようになり、棒に巻いてたほうは竹輪ゆう名に変わりましたのや」

「なるほど」

「かまぼこは、なんちゅうたかて歯応えが肝心でおます。噛んだときに、歯ぁを押し返してくるような、もちっとした『弾み』がないとあかん。それには、魚の肉を手抜きせんとよう擂《す》ることが肝心だすけど、種の選び方も大事や。フカでは、その『弾み』が出んさかい、歯触りのいらんはんぺんみたいなもんか、あとは安もんのかまぼこにしかなりまへん」

「では、なにを用いるのじゃ」

「そうだんなあ。タラ、エソ、ヒラメ、カレイ、アジ、ボラ、コチ……いうとこだっしゃろか。タコやイカを入れることもおます。けど、江戸では鯛《たい》やキス、大坂ではハモやグジを使うたもんが最上等とされとります」

「ほほう……それは贅沢極まりないのう」

「ことに、ハモを入れるとな、上品なうえに深いコクのある味わいになって、それに『弾み』がまるっきり違いますのや。わしの思うに、ハモを使うた大坂のかまぼこは日本一だっしゃろな」

「ううむ、ううむ、そうか」

「せやさかい、なんぼかまぼこを召し上がってもろても、フカにはあんまり痛手にはならんのとちがいますかいな」

「いや、そんなことはどうでもよい。早うかまぼこを食いたい。――いや、待て」

久右衛門はなぜかおのれを律すると、

「喜内！」

「わかっております。――これでございましょう」

喜内はすでに酒の支度を調えていた。

「わかっておればよい。――よし、食うぞ」

久右衛門は、薄く切られた紅白のかまぼこに箸を伸ばした。まずは、なにもつけずにそのまま食う。むしゃむしゃと咀嚼《そしゃく》し、茶碗《ちゃわん》酒をぐいっとあおる。

「美味い！　さすがは棒津屋のかまぼこじゃ。たしかに歯をぐいっと押し返してくる。しかも、固いのではなく、歯先が入ると、ぶっつりと切れる。心地よいのう。そこに酒を含むと、なんともいえぬ旨味が溶け出してくるわい」

「へへへ……言いましたやろ。大坂のかまぼこは天下一品だっせ」

久右衛門は、今度は醤油を少しつけ、そこにわさびをちょこっと載せた。

「これもまたよし。醤油によって、かまぼこの甘さが引き立つ」

ひとりで飲んだり食べたりを繰り返していたが、五合《ごんごう》ほど飲んだとき、ふとまわりのものの食い入るような目を感じたのか、

「うははは、おまえたち、涎《よだれ》を垂らしそうな顔をしておるのう」

　赤壁傘庵が怒ったような声で、

「垂らしそうな、ではございません。もう、畳に垂らしてしまいました。早う我らにもすすめてくだされ」

「悪かった悪かった。傘庵も喜内も食え」

　団兵衛がおずおずと、

「あの……わしもよろしゅおますかいな」

「なんじゃ、おまえも食いたいのか」

「久右衛門旦那の食い方を見とったら、腹がくうくうしてきますのや」

「うむ。皆で酒盛りじゃ！」

　三人は争うようにして箸を伸ばした。ひと口にかまぼこと言ってもさまざまである。紅白は言うに及ばず、青、黄、黒などほどよく染められた美しいものが並ぶ。なかには、ウニを入れたり、擂り潰した鶏肉《とりにく》を加えたり、卵を入れたりした変わり種もあり、味は多種多様である。竹輪の穴に、細切りにしたキュウリやたくあんを詰めたものもあった。

　美味い美味いと食べていると、久右衛門がみずから小出刃を握った。

「御前、なにをなさっておいでで？」

　喜内が言うと、

「まあ、見ておれ」

板付きかまぼこを器用に板から外すと、それを切らずに、醤油をちょんちょんとつけ、じっと見つめた。

まさか……と皆が固唾《かたず》を飲んで見守るなか、久右衛門はかまぼこの塊をいきなり口に入れた。

「うわあ……やったわい！」

団兵衛が叫んだが、久右衛門はかまわず、がぶりと嚙みちぎり、そのまま両の頰をフグのように膨らませながらもむもむ……と口を動かしている。一同が呆《あき》れ果てていると、

「一度やってみたかったのじゃ。ううむ、口のなかがかまぼこ一色《ひといろ》だわい。嚙めば、ぷりぷりと弾みよる。そこで酒を、こう流し込むと……」

久右衛門は茶碗になみなみと満たした酒を一気に飲み、

「うはあっ、美味い！　美味いぞ！」

喜内がじろりとにらみつけ、

「罰当《ばち》たりなことと思われませぬか。高価なかまぼこを一口で食べるなど、天をも怖れぬ所業」

「おまえもやってみよ。わしが許す。陶然とするほどの美味じゃ」

喜内はごくりと唾を吞みこみ、じっとかまぼこを見つめていたが、やがてかぶりを振

り、

「私にはその勇はございませぬ。やはり、御前はたいしたお方でございますな」

妙な褒め方をした。

「ふっふっふっ……食とは蛮勇である」

そう言うと、久右衛門がかまぼこをもうひとつ手に取ろうとしたので、一同が止めた。

◇

「旦那、暇だんなあ」

千三があくびをしながら言った。

「御用だ。がまんしろ」

たしなめる勇太郎の目もとろんとしている。ゆらゆらと陽炎《かげろう》のように揺れる川面の光が、ふたりを眠気へと誘っていた。あれから西町奉行所の同心や手下《てか》連中は、かわるがわる安治川の土手で張り込みを続けていた。フカはどこに現れるかわからないので、川沿いのあちこちに散らばって腰を下ろし、あとはひたすら待つ。はじめのうちは、持参の遠眼鏡を勇太郎に見せびらかし、

「これさえあったら、フカのガキがちょっと顔を出しただけでもすぐに見つけられまっさ」

と千三は意気軒昂《けんこう》だった。

「おまえ、その遠眼鏡、どうしたんだ。買ったのか」

「まさか。高津さんの茶店で借りてきましたんや」

「商売ものをよく貸してくれたな」

「あかん、て言われましたんやが、お上の御用や、ゆうてむりやり……」

「あまり十手風を吹かすと嫌がられるぞ。返すときに菓子折りでも持っていけよ」

「へへ、飲み込んどりま。――さあ、出てこんかい、フカのガキ」

しかし、見えるのは水草と行き交う船、あとは海鳥ぐらいのもので、肝心のフカは一向に姿を見せない。退屈しきったふたりはよもやまの話をはじめた。

「フカは、どこ行きよりましたんやろな」

「この川沿いで漁師の網が破られているらしいから、まだ海には戻っていないな」

「けど、あんなもん召し捕ったかて、かまぼこぐらいにしかなりまへんやろ」

「かまぼこか。長いあいだお目にかかっていないな」

「そうだんなあ。わてもご無沙汰ですわ。――あ、そういうたら、半月ばかりまえに道頓堀の今田でうどん食うたら、薄い薄い、向こうが透けて見えるようなやつが一枚載ってましたわ」

「一度でいいから、板から外したかまぼこを丸かじりしてみたいものだ」

「あっははは……そんな酔狂なことするやつはよほどのお大尽《だいじん》か、よほどのアホだっせ」

勇太郎は「そんな酔狂なことをする」よほどのアホのことを思い浮かべていた。

（まさか、あのお方でもそこまではすまい……）

もし、おのれに大金が転がり込んできたとしたらどうだろうか。かまぼこ一枚を丸かじりすることができようか……。

（その根性は、俺にはないな……）

勇太郎はそう思った。

「かまぼこは、なんでかまぼこゆうんだっしゃろな」

眠気覚ましに千三がきく。

「うーん……たしか形が蒲に似ているからだと聞いたような気がするな」

「蝦蟇に似てる？　かまぼこてガマガエルに似てまっか？」

「その蝦蟇ではない。蒲の穂だ。竹輪のようなものだったのだろうな」

そこまでしゃべって、勇太郎は綾音をつけまわしているらしい蝦蟇の油売りのことを思い出し、千三に語った。

「旦那も、小糸はんと綾音はん……両手に花だすなあ。そろそろどっちかに決めんとあきまへんで」

「な、なにを言う。俺はべつにそのつまりなんというか結局は……」

「モテるおかたはちがいますなあ。うらやましいうらやましい。よっ、村越の旦那の色男！」

「馬鹿を言うな。そういうことではない」

「そういうことやなかったら、どういうことだんねん」

「知るか」

勇太郎が声を荒らげたとき、目のまえの水面にぶくぶくと泡が立ったかと思うと、ぶわりと小山のように盛り上がった。

「な、なんやこれ……」

千三の言葉が終わらぬうちに、激しい水しぶきを上げて真っ黒いものが飛び出した。

「ヒギャアアアアッ！」

千三は仰向けにひっくり返った。勇太郎も尻餅をつき、十手を抜こうとしたが、手が柄《つか》を握ることができない。雨のように水滴を降らせながら、「三人呑み」は勇太郎たちに向かって大きく跳んだ。

「く、来るなっ！」

勇太郎はようよう十手を構えた。尖った歯が並ぶ馬鹿でかい口がぱっくりと開いた。その凄まじさに勇太郎は身動きできなかった。フカは川から身体を突き出して、勇太郎の脚に噛みつこうとする。あわてて勇太郎は両脚をひっこめたが、フカの上下の歯がぶつかるガチッという音が響きわたった。勇太郎は座ったまますばやく後ずさりした。フカは岸に身を乗り上げるようにして追ってきた。勇太郎が、立ち向かうか逃げるかの思案を一瞬したあと、逃げよう、と決めたとき、フカは全身を反転させ、巨体を勇太郎にぶつけてきた。勇太郎は俵のように転がりながら身をかわした。直後、彼がいた場所にあった筏《いかだ》が木っ端《こ　ぱ》微塵《みじん》になった。フカは、ふたたび川に戻ろうとしたができなかった。杭《くい》につながれていた舟のもやい綱に背びれがからまったのだ。フカは身体を上下左右に激しく打ち振って大暴れをはじめた。その凄まじい様子に、勇太郎も千三も頭から血が下がる思いだった。

「千三……！」

「へいっ」

「奉行所に報せにいってくれ！」

「旦那は……？」

「――わからん！」

そう叫ぶと勇太郎は立ち上がろうとしたが、できなかった。腰が抜けていたのだ。

◇

「そういえば、あれがないのう」

かまぼこを飽食した久右衛門は、坊主団に言った。

「あれ、とはなんだすかいの」

「あれじゃ。天ぷらじゃ」

天ぷらというのは、江戸でいうそれではない。上方《かみがた》では、魚のすり身を油で揚げたいわゆるさつま揚げのことを「天ぷら」と呼ぶのだ。

「ああ、あれはわしとこでは扱《あつこ》うとりませんわい。同じ魚のすり身を使う食いものじゃが、かまぼこにくらべるとどうしても油臭《くそ》うて味が落ちまっさかいな」

「ほう、そういうものか。わしは好きじゃがのう。熱々に塩をかけて食うとなかなか美味いぞ」

そのとき、廊下を走るけたたましい足音がして、

「申し上げます。フカ番をしております同心村越の小者千三、火急の報せとのことで参っております」

「うむ、すぐに通せ」

ほどなく千三がやってきた。走りづめに走ってきたらしく、汗まみれで顔が火照っている。

「出たか！」

「へえ、御船手奉行の番所を過ぎたところに出よりました。西北橋《さいほくばし》のあたりを輪を描くようにぐるーっと泳いどりましたが、小舟のもやい綱に引っかかりまして、その場にとどまっとります。けど、今はどうかわかりまへん」

「なに……！」

久右衛門は、食べかけていた竹輪を口に押し込むと、

「江戸堀に現れよったか」

坊主団が蒼白になって、

「まさに雑喉場やないか。えらいこっちゃがな」

「ふーむ、雑喉場に荷揚げされた魚を狙っておるのかもしれぬな。――よし、喜内、馬の支度じゃ」

「もう、できてございます」

「上出来じゃ。団兵衛、千三、おまえたちもついてまいれ」

傘庵が、

「私も参ります。怪我人が出るかもしれませぬゆえ」

「よう申した。――行くぞ、出陣じゃ。喜内、槍持てい！」

そう吠えると久右衛門は立ち上がり、大きく切ったかまぼこを口に放り込み、のっしのっしと部屋から出て行った。喜内と団兵衛があとに続いたが、千三はかまぼこを三切

れ手づかみで口に入れ、残っていた酒を徳利から直に飲み干すと、

「ぷはーっ！」

と呻《うめ》いてから皆を追った。

◇

蔵屋敷のあいまの道を、西へ西へと綾音が走る。顔はこわばり、目には恐怖が宿っている。ときどき後ろを振り返るが立ち止まろうとはしない。今日は、筑前橋《ちくぜんばし》のたもとにある馴染《なじ》みの扇屋を訪ねての帰りだった。今度の浄瑠璃の会で弟子たちが使う揃いの扇子ができあがったと聞いたので、引き取りに来たのだ。扇屋は、明日、丁稚《でっち》に持っていかせますと言ってくれていたが、できたと聞くとどうしてもすぐに見たくなったのだ。家から出るときはおもとを連れていけ、と勇太郎に念を押されていたとおり、途中までは下女を供《ぐ》していたのだが、長堀を渡ったあたりで急に腹具合が悪くなったとのことで、仕方なく先に帰した。扇子の出来は良く、満足して風呂敷に包むと扇屋を出た。そこで突然、

（あ……！）

と思った。あの「目」を感じたのだ。道の左右を見渡すが、だれもいない。しかし、はっきりと「見られている」という気配がある。この界隈は、蔵屋敷の裏通りなので、

昼間でも人通りはきわめて少ない。急に恐ろしさがこみ上げてきた。綾音は通りに沿って歩き出した。とにかく表通りに出よう……そう思って足を速めた。そのとき、ひたひたひた……という足音が西のほうから近づいてきた。

(だれかが追ってくる……!)

こんなことははじめてだった。これまでは視線を感じるだけで、足音がしたことはなかった。人通りがないことを幸いに襲いかかろうというのか。綾音はやみくもに進んだ。どこをどう歩いたのかもよくわからない。早く……早くここから抜け出さないと……。

(そや……勇太郎さん……)

たしか勇太郎がこの近くに……安治川にいるはずだ。綾音の足は魚市場の方に向いた。背後から聞こえてくる足音はますます近づいてくる。

(勇太郎さん……助けて!)

綾音は心のなかで祈った。

◇

「あれ……?」

坊主団こと棒津屋団兵衛は首をかしげた。

「いかがいたした」

馬上から久右衛門が声をかけた。久右衛門、喜内、団兵衛、傘庵、そして千三という妙な取り合わせの五人は、屋根屋町を西へと向かっていた。団兵衛がふと路地に目をやると、そこをひとりの老人が通り過ぎたのだ。

「へえ、顔見知りによう似てたもんだすさかい……あ、やっぱり芝崎屋の隠居や」

声をかけようとした団兵衛を久右衛門は小声で制した。

「待て」

「――へ？」

「だれかをつけておるようだのう。――あのものはだれじゃ」

「芝崎屋藤兵衛はんゆうて、雑喉場の川魚問屋の楽隠居だすわ。とうに店は息子夫婦に譲って、今は稽古事三昧《ざんまい》の、うらやましい身の上でございますわい」

「ふーむ……」

久右衛門は馬から降りると、そっと路地に入り、芝崎屋がだれのあとを追っているのか見定めようとした。そのとき、だれかが芝崎屋のうしろを見え隠れについてきているのに気づき、あわてて仕舞屋《しもたや》の陰に身体を隠した。

「どうなさいました」

喜内がきくと、

「芝崎屋なるものはだれかをつけておる。そのあとをまた、何者かがつけておるようじゃ」

　皆は身を低くして、その「何者か」が来るのを待った。はたして、すぐにその人物は彼らのまえを通りがかった。それは、髭面の浪人であった。こっそりつけているつもりだろうが、左手に「軍中膏薬江州伊吹山蝦蟇油」という幟を持っているので身元は明らかである。彼は熊のように前屈《まえかが》みになり、ゆっくりゆっくりと久右衛門たちのまえを過ぎていった。

「御前、こんなところで油を売っている暇はございませんぞ。早う雑喉場に参らねば、あのフカを取り逃がします」

　喜内が言うと、

「おお、そうであったな」

　久右衛門がふたたび馬にまたがろうとしたとき、

「きゃあああっ！」

　絹を裂くような悲鳴が聞こえてきた。見ると、若い女にさっきの芝崎屋が襲いかかっている。あたりには扇子が散らばっている。

「師匠……ようもわしに恥かかしてくれはったな。わしはずっとあんたとこの連名頭つとめとる。それを今度のお淩《さら》い、ひどい扱いやないか」

「な、なんのことでおます」

「『千本桜』や！」

芝崎屋は吐き捨てるように言った。

「連名板で二番手の佐吉《さきち》が『鮨屋』、三番手の大槻屋《おおつきや》が『渡海屋《とかいや》』、四番手の角《かく》が『四段目《よだんめ》』……それやのに連名頭のわしは『椎《しい》の木の小揚《こあ》げ』かいな。これではわしがまるで佐吉の引き立て役やないか。この歳になって、こんな恥かかされるとは思わなんだ」

「それは、藤兵衛はんが風邪気味で喉の具合が悪いて言うてはったさかい、皆で気を遣うて役決めさせてもらいましたんや」

「それやったらその役決めにわしも加わりたかったわ。どうせ皆で寄ってたかってわしのこと、長年稽古してる割には声も出ん、節も悪い年寄りやと馬鹿にしてくさるのやろ。こんな大恥かかされたら、もうひと前には出られん。——死ぬ」

「そんな……」

「そのかわり、師匠、あんたも道連れや。——わしと死んでくれ」

芝崎屋は、老人とは思えない力で綾音を地面に押さえつけ、拳で殴りつけようとしている。綾音がそれをかわすと一層激怒したらしく、ふところに忍ばせてあった小包丁を手にした。

「いかん……！」

久右衛門が叫んだ。芝崎屋は包丁を綾音の胸に突き立てようとした。もう間に合わない。だれもが綾音が刺されたと思ったとき、なにかが飛来して芝崎屋の手に当たった。それは蝦蟇の油の幟だった。老人は「うっ」と呻いて包丁を取り落とした。そこへ、

「うおおおおおっ……！」

獣《けもの》のような雄叫《おたけ》びを上げ、左右に腕を大きく振りながら蝦蟇の油売りが突進してきた。彼は、綾音に覆いかぶさる芝崎屋に体当たりして吹き飛ばした。芝崎屋は近くにあった質屋の看板にぶつかり、頭を押さえながら血が出た痛い痛いと泣き叫んでいる。

「ならば蝦蟇の油を塗っておけ。痛みが去って血がぴたりととまるわい」

浪人はそう言い捨てると、綾音に向かい、

「綾音殿、ご無事でごわしたか。怪我はありもさんか」

「え？　え？　はい……おかげさまでどこも……」

「それはよかった。では、それがしはこれにて……」

踵《きびす》を返して立ち去ろうとする蝦蟇の油売りに、久右衛門が言った。

「あいや待たれよ。そこもと、名はなんと申す。なにゆえここなる稽古屋師匠をつけまわしておったのじゃ」

「皆さま方にはかかわりのないことでごわす」

「かかわりないとは言えぬ。大坂市中にて暴漢が刃物をもって女に斬りつけたとあっては、わしが責めを負うことになる」

「と申されると……？」

喜内が、浪人の耳もとでそっとささやいた。浪人はその場に膝を突き、頭を下げた。

「知らぬこととは申せ、無礼なる物言い、お許しくだされ」

「よいよい。ことの子細を申せ」

そのとき、皆の目が浪人に集まったのを幸い、芝崎屋が逃げ出そうとした。

「千三、そやつに縄打て！」

久右衛門は見逃さなかった。千三が横っ飛びに芝崎屋に飛びかかり、頭を何発か殴りつけたあと、縄をかけた。浪人が顔を上げた。

（なるほど……村越が言うておったとおりじゃ。唐獅子に似ておるのう……）

久右衛門がそんなことを思っていると、浪人は言った。

「それがしは、柏木剣八郎《かしわぎけんはちろう》と申すもの。槍をもって主家に仕えておりましたが、わけあって浪人となり、住み慣れた薩摩の地より大坂へ居を移して、蝦蟇の油売りを渡世としておるものでごわす」

「ほほう……」

柏木剣八郎の言うには、彼は綾音ではなく、芝崎屋藤兵衛をつけていたのだ。ある日、たまたま稽古屋を通りかかったとき、その庭から手にカミソリのようなものを持った老人が道へ出てきて、一さまをみろ。そのうちにあの女の顔も、三味線のように切り刻んでやるからな」

　そんなことを呟《つぶや》いた。老人は剣八郎に気づかずに歩き去ったが、どうにもその一言が気になった剣八郎は老人のあとをつけることにした。そして、その老人は、元は雑喉場の海苔《のり》問屋の主《あるじ》で、今は布袋町《ほていまち》の隠居所にて悠々の暮らしをいとなむ芝崎屋藤兵衛とわかった。老人はどうやら、綾音という稽古屋の師匠をつけ回し、家にゴミを放り込んだりして怖がらせ、いつか傷つけんとしているようである。だが、町方に報せたとしても、まだなにも起こってはいないし、町奉行所もひとりの女の身辺を見張るほどの暇はなかろう。だが、なにかが起こってからでは遅いのだ。剣八郎は、綾音のことが気になって気になって、仕事にも身が入らなくなった。

「惚《ほ》れたわけじゃな」

「い、いえ、そういうことではごわさぬ。それがしはただ……」

「まあ、よい。先を申せ」

「爾来《じらい》、それがしは芝崎屋が出かけるたびにあとを追い申した。芝崎屋はほぼ連日、綾音殿をつけ、ときには石礫を投げるなど嫌がらせをし、人通りのないところに向かおうものなら身を隠して襲わんと試みるなど、ひととしてとても見過ごしにできぬ数々の振る舞い。それがしは綾音殿と芝崎屋が向かいそうな場に先回りして蝦蟇の油売りをしながらも、なにごとも起きぬようずっと目配りしておったのでごわす」

綾音が泣きながら、

「そうでおましたんか。わてはてっきり、柏木さまがわてをつけてはるもんやとばかり……。お守りいただいてたんだすな。こんな失礼なことおますやろか。どうか堪忍しとくなはれ……」

剣八郎は、すすり泣く綾音におろおろして、

「いや、それがしは、その、うはははは……ははは……」

「おおきに。おかげで命が助かりました。ありがとさんでおます」

久右衛門が大きくうなずいて、

「柏木剣八郎とやら、天晴《あっぱ》れじゃ。薩摩男が男を上げたのう。――む？」

なにかに気づいた様子で、

「これがまことの薩摩揚げか。うわっははははははは」

なにがおかしいのかひとりで大笑いすると、

「柏木、その方、槍をもって主君に仕えておったと申したな」

「はは、宝蔵院《ほうぞういん》流を修めもした」

「ならば、今からわしについてまいれ！」

そう言うと、久右衛門は馬にひらりと飛び乗ろうとした。しかしもちろん無理だったので、喜内と千三に助けられてようよう馬にまたがると、

「参るぞ、薩摩揚げ！」

柏木剣八郎はなんのことかまるでわからぬまま、

「ははっ」

と一礼した。

◇

「三人呑み」は、まだもやい綱にひっかかったままだった。勇太郎はようよう立ち上がり、十手を構えてかなり離れたところからフカと対峙《たいじ》していたが、十手だのなんだのが役に立たぬことは明らかであった。間近に見る「三人呑み」はとにかく巨大にすぎた。この大きさなら、三人どころか、一時に十人ぐらいは呑み込めそうだった。綱は、フカがのたうつたびに張りつめたりゆるんだりを繰り返している。そろそろちぎれそうである。ほかの同心やその手下たちも集まってきていたが、皆、見守るばかりである。手の出しようがないのだ。報せを聞いて駆けつけた岩亀三郎兵衛や内藤彦八郎といった与力衆の顔も見える。

「刀で斬りかかっても、あの厚い皮だ。ぽきんと折れてしまうだろう。鉄砲がいるぞ」

「鉄砲の弾もはじくのではないか。大砲《おおづつ》が欲しいところだ」

「毒や。毒を仕込んだ魚を食わしたらええねん」

「地雷火を口に放り込んで、火をかけたらどうか」

口々に勝手なことを言い合っているが、動こうとするものはいない。そこへ、

「どけ、どけいっ！」

久右衛門たちが到着した。

「千三……遅かったなあ」

勇太郎がか細い声を上げた。

「途中でいろいろおましたんや。——旦那、ちょっと痩せはったんとちがいますか」

勇太郎の顔はげっそりとやつれていた。

「おい、あれは蝦蟇の油売りの浪人じゃないか。それに……なぜ綾音殿がいる。その老人はだれだ」

「あとで話しまっさ。今はフカをなんとかせんと……」

ひとが大勢になったことで気が上ずったのか、「三人呑み」はますます荒れ狂い、巨大な顎や白い腹を水面に打ちつけている。跳ね飛ばした川の水がざあざあと雨のように川原に降り注いでいる。

「大邉殿、それがしにその槍をお貸し願いたい」

柏木剣八郎が言った。

「うむ、よう申した。わしが退治してやってもよいのだが、ここは若いものに花をもた

せてつかわそう」

「ありがたき幸せ」

柏木は、喜内から槍を受け取ると、りゅうりゅうと念入りにしごき上げたあと、ぴたりとフカの鼻先に狙いをつけた。

（やはり、「できる」御仁だ……）

その構えを見て勇太郎は思った。柏木は眼前のフカを穏やかに見ると、

「フカよ、おまんさあにうらみはないが、このまま放っておくと大坂の民に迷惑がかかる。わしが退治るゆえ、悪う思うな」

ぐっと引き戻した槍を、

「えいっ！」

と突き出した。フカは頭を川の中に沈めたかと思うと、尾びれで強く水を打って空中に跳ね上がった。綱がちぎれ、大口を開けたフカはまっしぐらに柏木剣八郎に向かって飛びかかっていった。綾音が悲鳴を上げたが、柏木は一歩も引かず、槍を繰り出した。しかし、その穂先はフカの硬い肌を通らず、槍は半ばで折れてしまった。フカがまさに柏木を飲み込もうとした瞬間、柏木は手もとに残った槍の柄を咄嗟《とっさ》にフカの口に縦に押し込んだ。

「おおっ」

見ていた勇太郎も思わず声を発した。フカは口を閉じて、その力で槍の柄を嚙み砕こうとしたが、それはできなかった。槍の柄がしなるためらしい。口を開いたままのフカは七転八倒してもがいたが、槍の柄は上下の顎に食い込むばかりでますます苦しくなっていく。

「うはははは……参ったか、フカめ！」

久右衛門は大笑いしてフカに歩み寄ると、まるでおのれが仕留めた獲物のようにその頭に片足を乗せた。

「手間をかけさせよったわい。だが、これでもう年貢の納めどきじゃ。この大邉久右衛門があの世へ送ってくれる」

そう言うと、刀を抜き払い、逆手に持つと、フカの頭に突き立てようとした。だが、その手がとまった。久右衛門の目は、「三人呑み」の背に刺さった銛に吸い寄せられている。まだ、傷口からはじくじくと汁が滲み出ている。久右衛門は柏木に、

「あの銛が抜けるか」

柏木剣八郎はまだ身体を左右に振っているフカに足をかけて、銛を両手で摑み、思い切り引っ張った。折れた銛はずるずると抜けた。途端、フカはおとなしくなった。張りつめていた「気」がゆるんだような感じに勇太郎には見えた。

久右衛門はその化け物じみたフカをしげしげと眺めている。川を堰き止めるほどの大

きさだ。暴れ続けていたので疲れたのだろうか、今はぐったりして巨体を静かに上下させている。でかいことはでかいが、その身体にはほとんどくまなく浅い傷、深い傷がついている。そして、よく見るとその肌は皺《しわ》が寄り、醜くたるんでいる。かなりの年寄りなのかもしれない。

「こやつ……川を上ってきたのは銛を抜いてほしかったからかもしれぬな」

久右衛門はため息をつくと、フカのたるんだ肌を撫《な》でさすり、

「貴様の長い長いこの世の旅路をこの傷のひとつひとつが物語っておるわい。——柏木」

「はっ」

「蝦蟇の油をひとつくれい」

柏木は首を傾《かし》げながらも、貝殻をひとつ手渡した。久右衛門は手ずから膏薬をフカの傷のいくつかに塗り、

「このフカの口のつっかえ棒を今のうちにもっと頑丈なものにできぬか」

「どうなさるおつもりで」

喜内がたずねると、

「ここでこやつの命を奪うのが町奉行としてのわしの務めだが……それはしたくない。こやつに太い縄をかけ、大きな廻船で海へ運び、紀州の灘に放つ……という筋書きはど

うじゃ」

「かかる大ブカ、そうたやすくは運べますまい。たいへんな頭数がいりますぞ」

「うーむ……そうか」

「それに、紀州の灘に放てば、紀州のものどもが迷惑いたしましょう」

「背の銛が抜けたうえは、もう悪さはするまい」

「さようでございましょうか。もし、四人目を呑むようなことがあったら……」

久右衛門はぐいと胸を反らし、

「そのときはわしが腹を切るしかないな」

その一言で決まった。勇太郎をはじめとする与力・同心たちは、その場で見物していた雑喉場の主だったものたちや漁師連中をまじえて話し合った。最後に一同はうなずき合い、古参与力の内藤が進み出た。

「われら、お頭の下知に従いまする」

かくして二百人近い人数が力と心を合わせた「大ブカ運び」がはじまった。フカの身体の何カ所かに太い綱をしっかりと巻く。五艘《そう》の小舟を使ってフカを川の半ばまで曳《ひ》いていき、そこに待っていた菱垣廻船の船尾に結びつける。菱垣廻船は千石積みである。大ブカもなんとか運ぶことができる。勇太郎も綱の一本を肩に担った。巨岩のような重さだが、少しずつ、少しずつ動きはじめた。

「それ、フカを運べ運べ！」

久右衛門は扇子を開いて、皆をあおぎ、はやす。ずるずると引きずられていく「三人呑み」の姿を見ながら、

「これで万事うまくいきそうじゃ。皆のもの、ようやってくれた。天晴れ……天晴れじゃ！」

扇子には、「鎌と鉾に傷つけられてサメザメと泣きたるのちにフカき安心」と書かれていた。その文章を読んだあと、ふと岸辺に目を転じた勇太郎は、綾音と柏木剣八郎が寄り添って座りながら、仲良さげになにやら話し合っているのを見て、

（おやあ……？）

と思った。

◇

翌日の瓦版は、「町奉行、生涯の鱶苦」と題して、西町奉行がせっかく捕まえた大ブカを不覚にも取り逃がした顚末を書き立てていた。久右衛門はそれを読んで激昂し、びりびりと引き破った。

第三話

苦《にが》い味《あじ》わい

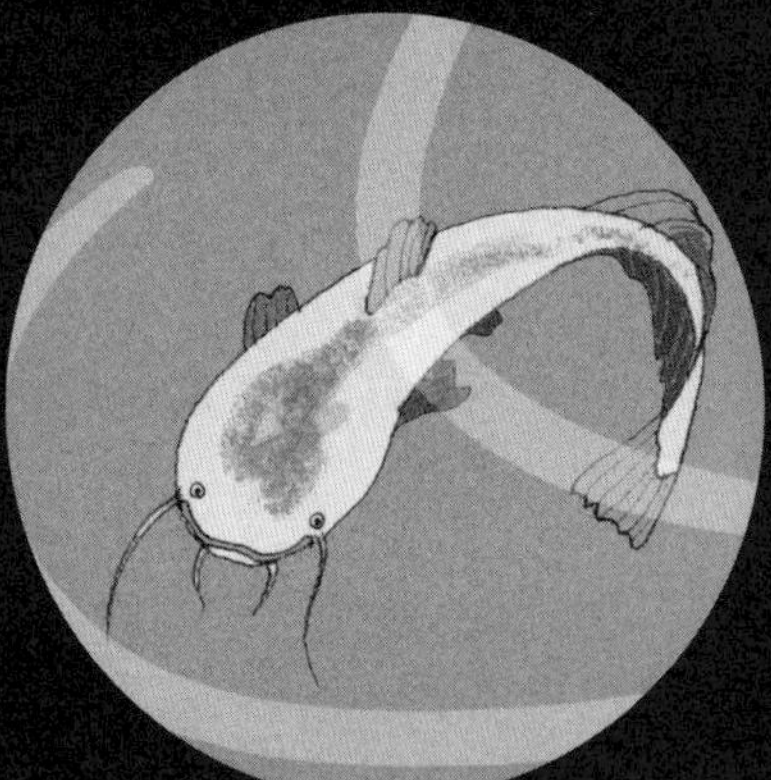

1

「三平《さんぺい》ーっ」

胴間声が早朝の長屋に響き渡った。

「三平ーっ、おるかー」

お天道《てんとう》さまが顔を出してから間もないころだ。まだそれほど暑くはないが、それでも風のない路地裏の長屋は昨日の熱気が残っているらしく、むんむんとする。近くにある長堀からは涼やかな川風が吹いてくるのだが、入り組んだ裏長屋に入り込むと、あちらにぶつかりこちらにぶつかりで、すぐに生ぬるくなってしまうのだ。

「三平ーっ、三平先生ーっ」

手ぬぐいで汗を拭きふき叫んでいるのは千三だ。まだ二十歳を超えたばかりにもかかわらず、「大西の芝居」の木戸番、水茶屋「蛸壺屋《たこつぼや》」の主《あるじ》、戯作者《げさくしゃ》といった毛色の違う仕事を掛け持ちで務めているところから「蛸足の千三」の二つ名がついているが、彼がもっとも力を入れているのは西町奉行所の「役木戸《やくきど》」としての勤めだった。水茶屋の鑑札をちょうだいする代わりにお上《かみ》から十手を預かり、御用を承るのだ。

「師匠ーっ、三平師匠ーっ」

そんな彼が、なぜか釣竿《つりざお》と魚籠《びく》を持ち、ある一軒の戸のまえで声を張り上げている。

「朝っぱらからやかましいなあ！」

戸が開いて、顔を出したのは年寄った男だった。

「おお、陣平《じんぺい》。——三平、いてるか」

老人は顔をしかめ、

「なんや、千三さんかいな。孫は、また釣りに行ってますわ」

「またかいな。今日こそはわてと一緒に行ってもらお、と思っとたのになあ……」

千三は釣りに凝っている。だが、下手の横好きもいいところで、これまで目覚ましい釣果《ちょうか》を上げたことはない。一時は仕事が忙しく、長く竿を握らぬこともあったが、近頃またその熱がぶり返していた。

「釣りやったら、わしがなんぼでも教えたげますがな。なにも孫にきかんでかて……」

陣平は、知る人ぞ知る「陣平針」を工夫した釣り名人として、その道では一目置かれる人物だったが、身体《からだ》を壊し、大宝寺町の医師赤壁傘庵のところに療治に通うため、ここ長堀沿いの長屋に引っ越してきたのだ。名医と評判の傘庵の治療が効いて、今では陣平も元気を取り戻している。

「あかんあかん、わては三平先生の腕に惚《ほ》れ込んでるんや。海釣り、川釣り、池釣りとなんでもござれで、身も軽いし、魚のことはなんでもよう知ってるし、竿を振ったら、針は思い通りのところにぴたっと飛ぶし……あれは名人やで。陣平も、気ぃつけんと抜かれてしまうで」

「もう、だいぶ抜かれとりますわ。はじめはわしが手ほどきしたんやが、あいつは身も軽いし、手際もええし、目も効くさかい、同じ釣り場に行ってもわしよりぎょうさん釣りよる。それに、いろいろ工夫も怠らんから、今ではわしも教えられることもおますわ」

「そやろそやろ。あの小僧はほんま、たいしたもんや。けど……わては三平を尊敬しとるのに、向こうがどうもわてを嫌《きろ》とるんとちゃうかなあ」

「そんなことおまへんやろ。よう菓子をくれるええにいちゃんや、ゆうて喜んどりますわ」

「それやったらええけど、それにしてはちかごろお見限りすぎるやないか。こないして毎日のように誘いに来てるのに、いっぺんぐらいは付き合《お》うてくれてもバチ当たらんのとちがうか」

「あんたもなあ、芝居小屋やら水茶屋やらお上の御用やら……いろいろ仕事が多いんやさかい、こんな朝っぱらから毎日毎日こどもを釣りに誘いに来とったらあきまへんやろ」

「暇やさかいしゃあない」

「暇ですのん？」

「暇やわー」

千三はため息をついた。

「芝居は、夏場は休みやねん」

「へええ、わしら行ったことないさかいなあ」

夏の炎天下、芝居小屋のなかは蒸し風呂のようになる。観《み》ている客もしんどいが、分厚い衣装を重ね着し、かつらをつけ、化粧をして長丁場を演じる役者は汗だくで死にそうになる。それで、暑い盛りは人気役者は休みを取り、若手の作者と若手の役者による「土用芝居」が行われることが多かった。札銭《ふだせん》もふだんよりは安くしているが、あまりの暑さに客の入りも見込めないので、木戸や裏方もかわるがわる休むのである。水茶屋は、芝居に来る客を当て込んでの商売なので、これも夏枯れである。

「お奉行所のほうはどないだすねん」

「これも暇やねん。どうやら夏場は悪党までが休み取ってるみたいや」

「そうとは言えまへんやろ。悪党ちゅうもんは、だれも見とらんとこでこそこそ悪事を進めとるもんだっせ」

「わてらがそれに気ぃついてないだけやちゅうんかいな」

「たぶんそうとちがいまっか。こんなとこで釣竿持って油売ってる暇があったら、市中を詮議して歩いたほうがよろしいで」

「そうしたいのはやまやまやけど、村越の旦那がなあ……」

「旦那がどないかしましたんか」

「どないもしてへんねん。それが困るのや。こういうときにあちこち嗅ぎまわって、なんぞ種を見つけて、悪いやつらを一網打尽……みたいな大手柄を立ててくれたらええんやけどなあ……」

「欲がおまへんのか」

「ないない。まるでない。きのうも会《お》うたけど、俺たちが暇なのはいいことだな、大坂が穏やかだという証拠みたいなもんだ……とか呑気《のんき》なことを言うてはったわ。おまえはんが今言うた、悪党はだれも見とらんとこでこそこそ悪事を進めとるもんや、ゆうのを旦那に直《じか》に言うたってほしいわ」

「ははは……そうだんなあ」

「とまあ、そういうわけで釣りでもせんと暇が潰せんのや。三平師匠に言うといてくれ。千三が教えを乞うとった、てな」

「わかりました。――ところでなあ千三さん、わしのほうからもひとつ、教えてほしいことがおまんのや」

「ほう、なんやねん」

「ほかならぬ、その三平のことですのやが……あいつ、友だちがいてまへんねん」

「そんなことないやろ。わてもそうやし、村越の旦那も、業突屋《ごうつくや》のおトキ婆《ばあ》さんも……お奉行さまかて友だちみたいなもんやろ」

「それはありがたいことでおますけどな……わしの言うとるのは、同い歳《どし》ぐらいのガキの友だちの話ですわ。あいつ、妙に大人っぽいというか生意気というか、こまっしゃくれたところがおますやろ」

「それが三平のええとこでもあるけどな」

「たぶん、おんなじぐらいの歳の連中が幼く見えるんやろなあ。あいつは早《はよ》うにふた親を亡くしたうえに、わしが寝付いてからはずっと釣り三昧《ざんまい》で銭を稼いでくれとった。遊んだり喧嘩《けんか》したりすることもなく、ずっとひとりで過ごしとったんだすわ」

「まあ、そうやろなあ」

「ようやくわしも塩梅《あんばい》が良うなって、あいつを寺子屋に通わせることもでけるようになりましたんやが……」

「ええことやないか。学問も身につくし、友だちもでけるやろ」

「それが……すぐにまわりと大喧嘩して、ぷいっと帰ってきよりまんねん。なんでそんなことするのや、てわしが言うても、あいつらアホばっかりや、あんなとこにおってもなんの役にも立たん、読み書きそろばん論語……銭にならんしょうもないことばっかり教えやがって、アホらしいから帰ってくるねん……そない言いよりまんねん」

「一理あるな。たしかに銭にはならんわ」

「とどのつまりは先生とまで喧嘩しくさって、通うのやめてしまいよった。困っとりまんのや」

「なるほどなあ……そう言われてみたら、わてら大人とばっかり付き合うとるわなあ」

「わしがあいつをそんな風にしてしもたんかと思うと、つろうてねえ。皆さんのおかげで身の回りも落ち着いて、ひと並みに暮らせるようになったらなったでの、ぜいたくな悩みではおますけどな」

「わかるわかる。——わても、あいつの気の合うようなこどもがどこかにおるか、気にかけとくわ」

「すんまへんなあ、変なことお頼みして」

「なんの。師匠を助けるのは弟子の務めやがな。——せやけど、今日はどないしょうかなあ。長堀でナマズでも釣ったろかしらん。陣平、ナマズはどないしたら釣れるのや」

「そうだんなあ……あんまり流れの速《はや》ないところがよろしいわ。大きな川より、池とか沼のほうがええんとちがいますか。川やったら、広いとこやのうて枝川《えだがわ》とかトロ場とか、小川のほうが釣れまっさ」

「ほほう……」

「餌は、魚の切り身でもミミズでもドジョウでも、なんでもいけまっせ。——あとね、ポカン釣りゆう面白《おもろ》い釣り方がおまんのや」

「名前からして面白そうやな」

「生きた蛙《かわず》に釣り針をつけてね、池を泳がせますねん。そしたらナマズが勝手に食いつきよりますわ。あんたみたいな下手くそにはちょうどええんとちがいますか」

「下手くそ言うな。——けど、まずは蛙を捕まえなあかんやろ。それちょっとむずかしいな」

「ああ、うっかりしてましたわ。あんた、下手人捕まえるのも不得手でしたなあ」

「アホ！　それは得意中の得意じゃ」

「それやったら、ええ餌がおまんねん……」

そう言うと、陣平は千三になにごとかを耳打ちした。

◇

「そこは危ないで。こっちから渡っといで。——あ、手ぇつないだるわ」

三平は、小川の真ん中にある平たい石のうえから手を伸ばした。

「おおきに、三平兄ちゃん、ありがとう」

おさげの娘がもみじのように小さな手を、三平が差し出した手にちょこんと重ねた。まだ五歳ぐらいだろうか。裸に下帯と穴の開いた半纏《はんてん》だけの三平と異なり、仕立てのよさそうな、丈の短い浴衣《ゆかた》を着ている。女児は裾を少したくし上げながら、石から石へ渡ろうとした。だが、石に苔《こけ》が生えていたのだろう、草履がつるりと滑り、川のなかに落ちた。引っ張られて三平も水に浸かった。

「うわあ、着物濡《ぬ》らしてしもた。またお父ちゃんに叱られるわ」

女の子が泣きそうになったのを見て、三平は大あわてで、

「だいじょうぶや。わてがお小夜《さよ》のおとんに謝ったる」

「ほんま？　ほんまにほんま？」

小夜と呼ばれた娘は涙を袖で拭き、岩へ上がって、濡れた裾を雑巾のように絞った。

「ああ、ほんまや。――けど、お小夜はどんくさいなあ。こんな石なんか……見ててみ」

三平は、小川のなかに敷石のように散らばっている石から石へ、ひょいひょいひょいひょいと飛び移った。

「わあ、すごい！　義経《よしつね》の八艘《はっそう》飛びみたいや」

「わてが本気出したらこんなもんやないで。つぎはあそこまで飛んだるわ」

三平は、かなり遠く離れた石を指差した。

「えっ？　二間《にけん》も離れてるよ。無理やて。やめとき」

「こんなもん軽い軽い」

「あ、あかんて。お願い、やめて！」

「よう見とけよ。——ほら！」

三平は跳んだ。小夜は、きゃっと悲鳴を上げて目をつむったが、水音がしないので、恐る恐る目を開けると、三平は楽々渡っていた。

「はははは……どや！」

三平が自慢げに鼻の下を人差し指でこすりながら小夜を見ると、小夜はまたしても川にはまっていた。

「もうっ！　三平兄ちゃんが怖がらせたから、落ちてしもたやん」

「一遍濡れるのも二遍濡れるのもいっしょや。今日は、川遊びしよか」

ふたりは、真田山《さなだやま》の東を南北に流れる猫間川《ねこまがわ》に、朝早くから遊びにきていたのだ。猫間川は阿倍野《あべの》から大坂城の東側を通って森ノ宮《もりのみや》で平野川《ひらのがわ》に流れ込む、千三百五十間ほどの長い川だ。川幅も広いところは六間ほどあるが、このあたりは三間ほどに狭くなっており、ときおり小舟が行き来するほかはあまりひとの姿を見かけない。

「暑いさかい、川でぱちゃぱちゃしてたら気持ちええで。お小夜も泳ぐか？」

小夜は、心斎橋《しんさいばし》にある絵草子《えぞうし》問屋東国屋《とうごくや》清兵衛《せいべえ》、通称東清の一番番頭佐助《さすけ》のひとり娘である。妻を一年まえに亡くした佐助は、南瓦屋町《みなみかわらやまち》の表通りに小夜とふたりで住んでいる「通い」の番頭である。東国屋は三平の長屋のすぐ近くなので、父親の迎えにたびたび店を訪れる小夜と三平は顔なじみになった。犬に追いかけられて泣いている小夜を三平が助けたことがきっかけでふたりは親しくなり、こうして毎日のように遊ぶ仲になったのだ。三平は、女の子と仲良くしていることがまわりにバレたら冷やかされると内緒にしているが、父親の佐助とも何度か会い、

「小夜と仲良うしたってや。こいつは母親がおらんさかい、昼間、家にひとりで残しておくのが気がかりでな。三平くんが遊んでくれてたら心丈夫や」

そう頼まれていたのだ。三平も、五歳下の小夜が兄ちゃん兄ちゃんと慕ってくれるのがうれしくて、まるで子分ができたような気分なのである。これまで雑喉場《ざこば》の若い衆や料理屋の板場など、大人とばかり接してきた三平にとっても、はじめてできた「仲間」なのだ。

「あかん、兄ちゃん。うち、聞いたことあるねん。猫間川には河童《かっぱ》がおるんやて」

「河童……？　あははは……そんなあほな」

「ほんまやて。近所のお爺《じ》やんが言うとった。昔からの言い伝えで、河童の一族がずっと棲《す》んでるらしいわ」

冗談かと三平が小夜の顔を見ると、いたって本気のようだ。

「おいおい、河童て、頭に皿のある……」

「そや」

「背中に甲羅のある……」

「そや」

「手足に水掻《みずか》きがある……」

「そや」

「くちばしの尖《とが》った、緑色でぬるぬるした、ひとの尻子玉《しりこだま》を抜く、相撲の好きな……」

「そやそやそやそや。とにかくこの川に棲んでるねん。怖いからよそで遊ぼ、な、な」

三平は腹を抱えて笑った。

「河童なんかいてるかいな。わてはな、自慢やないけど小さい時分から何百遍も川で釣りしとるけど、そんなもん見たことないわ」

「ひとが怖いさかい、隠れてるんとちがう？　もしかしたら今も、うちらの話を水草の下で立ち聞きしてるかもしらへんで」

「あっはっ……アホや！　こどもやなあ」

「兄ちゃんかてこどもやんか！」

「お小夜は河童がほんまにおると思てるさかい、こどもやて言うとんねん。それに、水のなかやったら立ち聞きやないやろ。泳ぎ聞きや」

「もう、三平兄ちゃん、好かん。小夜の言うことといっこもちゃんと聞いてくれへんもん」

「そんなことないけど……あははは、もし河童がおったら、わてが捕まえて、見世物小屋に売ってボロ儲《もう》けしたる。大金持ちになれるわ」

小夜は目を吊《つ》り上げてかぶりを振り、

「そんなんしたらあかん。河童がかわいそうや」

三平がぷっと噴き出したとき、なにか大きな黒いものが近くでばちゃんと跳ねた。びくっとして後ろに倒れそうになった小夜を、三平が支えた。

「に、兄ちゃん……まさか河童……」

さすがに三平は、それがなんであるかを見て取っていた。

「ナマズや。大きいなあ……」

三平のくりくりと大きな目が輝いた。二尺を超える大物だ。今日は、小夜と遊ぶだけのつもりだったので商売道具の竿は持ってきていない。だが、三平にとって釣りは生活《たつき》の術《すべ》でもあるが、この世で一番好きなことでもある。そこに魚がいるとわくわくし、釣りたくてたまらなくなるのだ。

「なんや、ナマズか」

河童でないとわかり、小夜はほっとした様子で岸に上がった。三平は、

「なあ、お小夜……わて、今のナマズ、釣ってみとうなったんや。釣りしてもかまへんか」

「ええよ。うち、兄ちゃんが釣りしてるとこ見るの好きやもん。――けど、竿もなにもないやん。どないして釣るのん?」

「まかしとけ」

猫間川は、近隣の百姓や町人が塵芥《じんかい》を捨てるため、昨今は少しばかり汚れが目立つ。川底が浅いので大雨が降るとすぐに流れが濁り、上流のゴミが川岸に流れ着いて「清流」とはお世辞にも言えぬが、魚影は濃い。鯉《こい》も鮒《ふな》もウナギもドジョウも棲んでいる。三平は岸辺に生える桜の木の、頃合いの枝を一本折り取ると、ふところからつねに持ち歩いているテグスを取り出して結びつけた。その先端に、土手に落ちていた折れ釘《くぎ》をつけた。

「これで、竿はできあがりや。あとは餌やけど……」

「ナマズってなにを食べるのん」

「ナマズは悪食《あくじき》やから、なんでも食いよる。虫でもミミズでも魚でも蛙でも、上手に動かしてやったらパクッと食いつくねん。けどな……」

三平は川岸の畑の畝《うね》を行きつ戻りつしながら、なにかを探していたが、

「あったあった」

彼は、畑のキュウリを一本失敬した。

「お百姓に悪いけど、折れて、下に落ちてたやつやから勘弁してもらお」

そう言うと、それをぽきり、ぽきりと四つに折った。瑞々《みずみず》しく、青臭い匂い。三平は、キュウリの一片を釘に刺し、川のなかに放り込んだ。

「キュウリなんかで釣れるの？　まだ青いやつやったけど……」

「まあ、見ててみ」

三平は、岸から巧みに竿を操り、餌を上下させた。まるで青いキュウリが生きた蛙のように川のなかを泳ぐ。

「ミミズとか魚の切り身やったら楽に釣れるけど、亀が食いついて餌持ってかれるさかいな……」

そんなことを言いながらしばらく水中を浮き沈みさせていると、餌のキュウリに少し重みがかかり、流れに逆らうように動いた。ぐいっとあわせると、黒い影が水面に浮かび上がり、激しくのたうった。長いヒゲ、ぬるりとした胴、大きな口……ナマズだ。それも、見込み通りかなりの大物である。

「兄ちゃん、すごいっ」

小夜に尊敬のまなざしで見つめられると、悪い気はしない。だが、ここからが肝心だ。

竿は、しなりのない桜の枝。針もたよりない。気を引き締めないとバラしてしまう。三平はナマズを十分暴れさせてから、一気に引き上げようとした。

そのとき。

大きな水音とともに、なにかが川のなかから飛び出した。陽光を浴びたそれは、濃い緑色にも群青色にも見えた。テグスに引っ張られて川から半ば胴を出したナマズのうえから覆いかぶさるようにして、ふたたび水中に引き戻し、ぐるり、とナマズごと一回転した。途端、竿が折れて吹き飛んだ。つぎの瞬間、そのなにかとナマズは、川底に消えていた。あとには、あぶくが二つ、三つ浮かんでいるだけだ。

三平は、手もとに残った折れ枝を呆然《ぼうぜん》と見つめるしかなかった。

「な、なんや今の……」

そうつぶやくと、

「か、か、か、河童や。やっぱりこの川には河童がおったんや！」

腰を抜かした小夜が震えながらそう叫んだ。

「ちがう。そんなはずない」

「ほな、なに？　あんな大きいナマズを一発でやっつける魚なんかおる？」

そう言われると返答のしようがない。

「今日はもう去《い》の。——行くで」

先に立って歩き出した三平は、おのれの脚も震えていることに気づいた。

◇

「化け物神社とな?」

大坂西町奉行大邉久右衛門は、廊下にまで響き渡るような雷声を出した。つねに「あたりはばからぬ」久右衛門だが、なにしろひとの三倍ほどの大声なので、慣れていればともかく、はじめて聞いたものはたいがい「怒っている」と思うらしい。しかも、熊を太らせたような巨体である。下腹が出ている、というのではなく、下腹も出ている。胸も肩も尻も四肢もまんべんなく太っている。上背もあり、座っていると奈良の大仏のようだが、立つと仁王のようである。顔も巨大で、スイカを肩に載せているみたいだ。狭いのは額だけで、あとは眉毛も耳も鼻も目玉も唇も太く大きく広く分厚くたくましい。そういう威容から発せられる大声なので、よけいに迫力があるのだ。

「はい、まことは『和気野之神社《わけののじんじゃ》』と申すそうでございますが、土地のものはみな、化け物神社と呼び慣わしておるようでございます」

定町廻り与力《じょうまちまわりよりき》の岩亀三郎兵衛が言った。

「面白そうではないか。どこにある」

時刻は昼まえ。勤めの真っ最中だというのに、だらしない寝間着姿の久右衛門は、胸毛を爪でばりばり掻きながら言った。

「天王寺《てんのうじ》村の外れでございます。三十年ばかりまえに宮司が死んでからはあとを継ぐものもなく、荒れ放題になっておりまして……」

ここは、西町奉行所の久右衛門の居間である。岩亀は、朝の町廻りを終えて、奉行に大坂の町の様子を申し上げているところだった。町廻りを受け持つ与力は四人おり、それぞれが同心、役木戸、長吏《ちょうり》、小頭《こがしら》など六、七名を従えて、別々の地域を見回っていた。つまり、四組で大坂の町すべてを扱っているのだ。今日はとりたてて至急に言上すべきこともなく、岩亀はさっき見てきたばかりの「化け物神社」のことを雑談として口にしたのである。

「鳥居は朽ち、社殿の柱は折れ、瓦は落ち、壁は崩れ、廊下にも穴が開いており、惨憺《さんたん》たるありさまでございますが、氏子もおらず、建て直しの費《つい》えを引き受けようという太っ腹な商人《あきんど》もなく、寺社方でもいかんともしがたく、そのままになっておるようでございます。あまりの怖《おそ》ろしげな様に、あれは和気野之神社ではない、化け物神社だ、と小児たちが言い出し、今ではそれが通り名になっているとか」

「取り壊してしもうたらよいではございませぬか」

用人の佐々木喜内が、絞った手ぬぐいを久右衛門に手渡しながらそう言った。いかめしい戦国風の髭《ひげ》を生やし、大邉家の家政の一切を仕切っている人物だが、夏場の主な仕事は、久右衛門に手ぬぐいを絞って渡すことである。なにしろ、なにもしないでも座っているだけで汗が滝のように出るのだ。

「由緒だけはあるらしく、そうも参らぬようでございます。——ところが、一年ほどまえ、この廃社に妖しげなるものが棲みついたとの噂《うわさ》が流れはじめ……」

「なに？」

久右衛門は汗を拭く手をとめて、身を乗り出した。

「化け物神社に化け物が棲みついたと申すか」

「はい。夜中に光りものがするとか、妙な物音がするとか、変な声が聞こえるとか言い出したものがおり、狐《きつね》じゃ、狸《たぬき》じゃ、貉《むじな》じゃ、妖怪じゃ……と怖がってだれも近づきませぬ。少しまえ、旅の山伏《やまぶし》が、化け物ならわしが退治してやるわい、どうせ取るに足らぬ下等な狐狸《こり》であろう、法力で折伏《しゃくぶく》してつかわす、うまくいったら金を出せよ、などと豪語して入っていったらしゅうございますが、だれも出てくるのを見ていないそうで……まあ、ただの噂話、与太話でございましょうが」

喜内がつまらなそうに、

「くだらぬことでございます。下々《しもじも》のものは、すぐに幽霊だ妖怪だもののけだと騒ぐが、この世に妖怪や変化《へんげ》などおるわけがない。どうせ怯懦《きょうだ》の心が、そこにないものを見せるのでしょう。枯れ尾花なんぞを幽霊と見誤るのは、よくあることでございます」

しかし、久右衛門は顎の下の汗を拭きながら、

「そうとはいえぬぞ。この世には人智の及ばぬことがまだまだ多い。それを奇と言い、怪と呼ぶのじゃ。天地開闢《てんちかいびゃく》の折は鳥獣草木岩や山や川に至るまでみな物言うたというではないか。森羅万象、人間の知恵に解き明かせぬものはひとつもなし、などと思うは、驕《おご》りであろうぞ。それにのう、なにもかも解明してしもうたら面白味がない。不可思議なるものがあったほうが愉快ではないか」

「うーむ、なるほど……」

岩亀はすっかり感心して、

「それがしもお頭《かしら》に同意でございます。——なれど、どうやらそれでは済まぬようで……」

「いかがいたした」

「町廻りより戻りまするると、大坂御城代より書き付けが参っておりました。寺社方から、無住の寺や神社が不逞《ふてい》の輩《やから》の棲み処《か》になっておらぬか検分せよ、との指図有之候《これありそうろう》故《ゆえ》町奉行所は取り締まりを怠らぬよう、とのことでございます」

寺社方というのは、寺社奉行のことである。たしかに、荒れ寺や廃社は破落戸《ごろつき》、無宿ものや無頼の浪人のたまり場、不法の賭場、盗人《ぬすっと》の隠れ家などには恰好《かっこう》の場所だ。

「断れ」

「――は？」

「神社仏閣は寺社方の支配じゃ。それに、大坂城代が指図を受けたなら、大坂城代がやればよかろう。われら町奉行所は日々の激務で、とてもそのようなゆとりはない。捨て置け」

今はどちらかというと暇ではないか、という言葉を岩亀はぐっとこらえ、

「そうは参りませぬ。寺社方には与力や同心などの手足がおらぬうえ、大坂市中にたむろする不逞の輩、無宿もの、不審ものの召し捕りはわれら町奉行所が責めを負うべきではありませぬか」

久右衛門はつまらなそうに、

「あいかわらず堅いやつじゃのう」

「しかも、大坂御城代には偽札《にせふだ》の件がございましょう」

「ああ、あれか……」

久右衛門は大欠伸《おおあくび》をした。近頃、岸和田《きしわだ》の岡部家や伯太《はかた》の渡辺家、麻田《あさだ》の青木家、尼崎《あまがさき》の松平家、三田《さんだ》の九鬼《くき》家、明石《あかし》の松平家、赤穂《あこう》の森家など、大坂周辺の大名家が発行した銀札などの「偽札」が出回っているらしいのだ。

公儀が公に認めている通貨は金・銀・銭の三種だが、各大名家では、おのれの領内においてのみ通用する私《わたくし》の紙幣を発行することが多かった。これは主に、財政逼迫《ひっぱく》によ

って領内の通貨が足らなくなるのを補うためのもので、流通を自国内に限ることと公の通貨との引き換えを受け合うことが原則だが、有力なものは他家でも通用した。大名家が発行するものと、領内の豪商や豪農が発行するものとがあり、金札、銀札、銭札、米札……など、なにと引き換えるかによって名前が異なる。発行には公儀の許しを受けねばならないが、その大名が改易になったり商家が没落したりすると紙屑《かみくず》同然の値打ちとなる。

紙幣なので、鋳造貨幣に比べると偽造も容易《たやす》くできる。それゆえ諸家では、色紙を使ったり、透かしを入れたり、図案のなかに小さな文字を隠したりして偽札造りを防ごうとしたが、根絶には至らなかった。

「あれは、わしらには縁のないこと。どうでもよいのじゃ」

大坂町奉行所の支配所は大坂三郷《さんごう》と摂津、河内《かわち》、和泉、播磨《はりま》の天領のみであって、大名家の領地のことはどうでもよいから、久右衛門には此度《こたび》の偽札一件はまさしく対岸の火事であった。大坂城代の主な務めは大坂城の守護であるが、西国大名への目付としての役割もあるから、多少は関わり合いがあるはずだが……。

「三日前、城代の青山《あおやま》と面談した折、その話になった。青山は、天下通用の小判や一分金の偽造ならば一大事だが、偽札がいくら出回っても困るのはその大名家だけで、われらは一向に構わぬと申しておったぞ」

「だからと申して、町奉行所が荒れた寺社をほったらかすわけには参りませぬ。なにか悪事の温床にでもなれば、迷惑するのは大坂の民でございますゆえ」

「わかったわかった。――それで？」

「それがしもさきほど、境内を見てまいりましたが、雑草が一面に生い茂り、また本殿、拝殿、庁舎《ちょうのや》などいずれも朽ち果て、たいそう物騒に見えました」

「建物のなかには入ったのか」

「いえ、町廻りの途上ゆえ、そこまでは……」

「妖怪が棲んでいそうであったか？」

「それはもう……」

　岩亀の声が大きくなった。

「昼間にもかかわらず蒼枯《そうこ》の趣あり、まえに立つだけでうすら寒く、なかは暗《くろ》うてどこからともなくかさかさという音が……」

「野良犬でもいたのでしょう」

　喜内はにべもなくそう言ったが、久右衛門は扇子をせわしなく動かしながら、

「行ってみたいのう！」

　喜内は鼻で笑い、

「馬鹿なことを……。町奉行ともあろうお方がわざわざ化け物見物に廃社に参るなど言

語道断。近隣の噂になれば、笑いものでござりますぞ」

「よいではないか。退屈で退屈でたまらぬのじゃ」

さっき「日々の激務」と言った口で久右衛門はそう言った。

「毎日こう暑うては溶けてしまうわい。妖怪退治ならば、暑気払いにちょうどよい。それに、亀が今申したるを聞いたか。まえに立つだけでうすら寒いのだぞ。こんなありがたい話はなかろう」

「御前《ごぜん》、まだ五月でございますぞ。これでそのように暑がっておられては、盛夏になったらいかがなさいます」

「申すでない」

久右衛門は不機嫌丸出しの顔つきになり、

「わしは、先のことは考えぬようにしておる。一足飛びに秋にならぬかのう」

「なりませぬ」

岩亀が、久右衛門と用人を半々に見ながら、

「あの……化け物神社の件はいかがいたしましょう。われら与力が参りますと大事《おおごと》になり、口さがないものどもは、まことに妖怪がいるのだと言い立てかねませぬ。と申して、長吏や若きものだけに任せるのも心もとなく、だれぞ気の利いた同心をひとり、向かわせたいと心得ますが……」

「ううむ、そうだのう……」

久右衛門が、剛毛の生えた丸太のように太い腕を組み替えたとき、廊下で声がした。

「同心の村越です。役木戸千三、お頭にお届けものがあると申して参っておりますゆえ、これに控えさせておりますが……」

◇

「これ、見とくなはれ！」

千三は得々として一同に今日の戦果を披露した。たらいには、魚籠から移されたばかりの三匹のナマズがぬるぬるともがいている。どれも、一尺半ほどもある立派なものだ。

「あっというまに三匹だっせ。どないだ、わての腕。捨てたもんやおまへんやろ」

自慢気に一同に見せびらかす手下《てか》に、村越勇太郎は言った。

「今朝は奉行所に出てこないと思っていたら、こんなことをしていたのか」

千三はたいてい、岩亀与力の組に加わって町廻りをする。もちろん木戸番が忙しいときは休むので、今日もそういうことかと思っていたら、

（釣りでずる休みとは、こいつめ……）

いくら市中が平穏とはいえ、遊びで勤めを休んだというのに、そのことをわざわざ触れにくるとは、

（よほど自慢したかったのだろうな……）

勇太郎自身は、釣りには関心がない。一度、大きなチヌを釣り上げたことがあるが、あれ以来、竿は握っていない。

（竿を握るなら、竹刀《しない》を握るほうがまだましだ）

勇太郎はそう思っていたが、

「ううむ……よう肥えておるのう。美味《うま》そうじゃ」

ナマズをじっと見つめていた久右衛門が舌なめずりをしたので、彼は驚いた。料理したあとならどうかは知らぬが、この真っ黒い、ぬめぬめした魚を見て、「美味そう」という言葉はなかなか出るものではない。

「さっそく源治郎《げんじろう》にさばかせ、昼餉《ひるげ》に出すように申しつけよ。まずは洗い、煮付け、天ぷら、それに……蒲焼《かばや》きじゃ。蒲焼きには木の芽をあしらうようにいたせ。あとは源治郎に任せるゆえ、存分に作ってくれるよう」

喜内は呆《あき》れ顔で、

「暑い暑いとおっしゃるので、本日の昼餉はさっぱりと冷麦を支度させておりまするが……」

「たわけっ！　猛暑を乗り切るには精をつけねばあいならぬ。冷麦や素麺《そうめん》を啜《すす》っておって精がつくか。こってりと脂の乗ったナマズを食ろうてこそ、炎天を闊歩《かっぽ》し、太陽をにらみつける力が湧いてくるというものじゃ」

　そのときの気分で、言うことがころころ変わる久右衛門の性質《たち》を勇太郎だけでなく、皆が知っていた。要するに、暑かろうと寒かろうと、食べたいものを食べたいというだけなのだ。

「あの……三匹とも料理いたしますので？」

「無論じゃ。——岩亀、村越、千三、その方らも相伴いたせ」

たらいを料理方に持っていこうとした喜内に、

「待て」

「まだなにか」

「アレもいるぞ」

久右衛門は、盃《さかずき》を傾ける仕草をした。

「昼間からアレでございますか。——冷やでございますな」

「言うまでもない」

　喜内が部屋を出ていったあと、久右衛門は千三に言った。

「千三、でかしたぞ。よう持ってきてくれた」

「ナマズの顔を見て、ふとお奉行さまのことを思い出しましたんや。それで、急いでお持ちいたしました」

失敬な言いようだが、このぐらいの冗談に目くじらを立てる奉行ではないと、千三も心得ているのだ。

「はっはっはっ……言うわい。なれど、朝から三匹とは、おまえの腕も上がったのう」

久右衛門の釣りは、勇太郎同様からきしである。

「それが……ナマズはキュウリで釣れますのや」

「キュウリ？　あのようなものをナマズが好むのか」

「へえ……陣平に教《おせ》てもらいましたんやが、あの長いやつをええかげんにポキポキ折って、針につけて放り込むだけで、あとは上下左右に動かしてたら、ナマズが食いつきますのや。わても、ほんまかいなと思てましたら、ナマズはアホでんなあ。あんなまずいもんを食いにきよるんだ。陣平の話では、ナマズは悪食やよってに、キュウリだろうがなんだろうが、目のまえに動くもんが来たらパクッといきよるそうでおます」

勇太郎もキュウリはあまり好きではなかった。歯応えのよいシロウリや汁気の多い真《ま》桑《くわ》ウリなどのほうがよほど美味いと思う。キュウリは甘苦くて、柔らかくて、食べたいとは思わない……そんなことを考えていると、

「キュウリは、初物じゃ。それが値打ちじゃ。味がどうのこうの言うべきものではない」

キュウリは、瓜《うり》のなかでもっとも早くに出回る。江戸で馬鹿な高値をつける初鰹《はつがつお》を

はじめ、初鮭《はつさけ》、初酒、初なすび、初蕎麦《そば》、初松茸《まつたけ》など、初物食いに命を賭けるような面々が、少しでも早いことを喜び、

「初物を食うと七十五日長生きできる」

などといって、金に糸目をつけずに初物を購《あがな》った。だから、初夏に出回るキュウリも、そのころは珍重されるが、なにしろあまり美味くない。黄色に熟したキュウリは甘くて、苦みがあり、歯触りも悪い。だから、シロウリなどほかの瓜が出始めると、だれも食べぬようになる。

江戸に比べて大坂はあまり初物を珍重せぬ。魚でも野菜でも、旬にもっとも美味くなるし、安価にもなるのだから、初物に目の色変えるのは愚の骨頂というわけだ。しかし、物好きはどこの地にもいる。大邉久右衛門はどちらかというと初物食いの方だった。もちろん旬のものを食べるに越したことはないが、初物はまたちがう意味合いを持つ。初物食いというのは、そのものの「勢い」を食べることなのだ、と久右衛門はつねづね力説していた。勇太郎には、わかるようでわからない理屈だった。

「わしは初物でなければ、キュウリなど食わぬ」

「それは、キュウリの切り口が葵《あおい》の御紋に似てるからだっか？」

千三が言った。

「なんじゃ、それは」

「キュウリを輪切りにしたら、徳川家の紋に似てるさかい、お武家はキュウリを食わん、て聞いたことがおます」

久右衛門は巨体を揺すって笑うと、

「馬鹿め。それは俗信じゃ。徳川家に追従するおべっか侍が、おのれの忠義ぶりを言い立てておるだけよ。上方《かみがた》では、そのようなことをするものはおらぬぞ。わしがキュウリを食わぬは、ほかに美味いものがたんとあるからじゃ。わしは美味いものならたとえ不敬だろうが不忠だろうが気にせず食うわい」

どうやら久右衛門も、それほどキュウリには執着がないらしい。

「キュウリは胡瓜と書くが、もともとは黄瓜と書いた。黄色に熟するからじゃ。水戸《みと》宰相徳川光圀《みつくに》公は、『毒多くして能無し。植えるべからず。食べるべからず』と申されたし、儒者貝原益軒《かいばらえきけん》は、『これ瓜類の下品なり。味良からず、かつ小毒あり』と書いておられる。毒があるとは言わぬまでも、身体に良いことはなかろうのう」

「河童はキュウリが好き、て聞きますなあ」

千三が言うと、

「そうじゃ。旬の来たキュウリは河童ぐらいしか食わぬ」

「どうして河童が好むのでしょう」

勇太郎がたずねると、

「キュウリはほとんどが水じゃ。河童は水が好きゆえ、キュウリも好むのであろう」

やがて、廊下から空腹を掻きまわすような良い香りが漂ってきた。皆が一斉にそちらに顔を向けると、襖《ふすま》が開き、女中たちがナマズ料理と酒を運び入れた。岩亀、勇太郎、千三のまえにも膳が据えられた。勇太郎は目を見張った。あの、お世辞にも美形とは言いがたいナマズが、かくも豪奢《ごうしゃ》で美味そうな料理に変ずるとは……。

「さあ、食うてくれ。まずは洗いからじゃ」

勇太郎は、ナマズを食するのははじめてだった。箸でつまむと、黒々とした皮の印象からはかけ離れた、美しい白身だった。口に入れると、思っているよりもずっとあっさりしており、こりんこりんとした食感だ。泥臭さなどは微塵《みじん》もなく、嚙《か》むと奥のほうから滋味が滲《にじ》み出てくる。

「美味い……！」

皆はほぼ同時に言った。久右衛門はにやりとして、

「美味かろう。オコゼにしても海鼠《なまこ》にしても、見かけの醜い魚ほど食うたら美味いものじゃ」

そう言うと箸の先で洗いを数枚引っかけて、一気に口に放り込んだ。勇太郎は、そのとおりだと思った。ウナギにしてもドジョウにしても、慣れてしまってなにも思わぬが、よく考えるとかなり気味の悪い魚ではないか。

つづいて小鉢ものが出た。

「これは、今の時期にしかない卵の煮付けじゃ。三匹のうちに子持ちがいたと見える」

こわごわ箸をつけると、薄味でさっと煮しめられており、鯛《たい》の子よりも粘りがあり、極上の珍味と言えた。

「ううむ、酒が進むのう。その方らも飲め……飲め！」

久右衛門はご機嫌で卵を食らい、茶碗《ちやわん》酒をあおっている。つぎはお待ちかねの蒲焼きの番である。見かけはウナギの蒲焼きとそっくりだが、味はどうだろう。口に入れると、

「おおっ……」

勇太郎の口から思わずため息が洩《も》れた。ウナギよりも肉厚で、しかも、歯を当てるとほろりと崩れる。ほどよい脂が乗り、じゅわっと舌のうえに旨味《うまみ》が広がる。久右衛門が指図した木の芽が、鮮烈な香りを付け加えている。

「なんとも……美味《おい》しゅうございますなあ」

岩亀与力も、顔をほころばせている。

「ナマズはウナギより身が柔らかいゆえ、うまく焼くのはむずかしい。さすがは源治郎だわい」

最後に、板場の源治郎がじきじきに天ぷらを運んできた。揚げたての熱々だ。

「熱いうちに、塩をつけてお召し上がりを……」

これはまた、無味に等しいほどの「味のなさ」だった。禅味というのか、これまでに食べたどの白身魚の天ぷらよりも淡白な味だ。ハゼに近いかもしれないが、あれはもう少し下手《げて》な風味がある。ナマズの天ぷらは……なんというかふんわりとしていて、はらはらと口のなかで散っていくような軽味が楽しく、また、さわやかだ。さわやかなどという言葉が、あのヒゲの生えた下卑た外観のどこから連想されただろう。しかし、さわやかとしか言いようがない。ウナギを天ぷらにしても、こうはならないだろうと思われた。おそらくもっと、脂っこいものになるのではないだろうか。

「今日のところはこれで打ち止めだすけど、ナマズ料理はまだまだおまっせ」

源治郎が言った。彼は、大坂一の料理屋「浮瀬《うかむせ》」の花板だったほどの名人である。

「味噌汁《みそしる》にしてもよし、素揚げにして醬油《しょうゆ》で食うもよし、魚すきや『ず鍋』と申しましてちり鍋にしても美味《うも》うございます。――千三さん、また釣ってきてや」

「任しとけ。キュウリさえあったら、なんぼでも釣ってきたるわ」

「キュウリ？　あんなもんでナマズが釣れるんか？」

久右衛門が思い出したように、

「源治郎、おまえはキュウリを美味く食する法をなにか存じておるか」

源治郎は苦笑いして、

「キュウリだっか？　堪忍しとくなはれ。マッカ（真桑ウリのこと）みたいな甘さならよろしいけど、甘苦いさかい……あればっかりは煮ても焼いても食えまへん。なんぼ熟したかて、あの苦みがなくならんかぎりは、ええ使い道はおまへんやろなあ」

稀代《きたい》の料理人源治郎でも、キュウリを美味く食う法はわからぬようだ。

「うーむ、堪能したぞ。でかした、源治郎」

ひたすら食べて飲んだあと、久右衛門は布袋《ほてい》のように膨らんだ腹をひとさすりすると、

「そうじゃ、亀よ」

「ははっ」

「さきほど申しておった化け物神社の探索だが……村越」

勇太郎は、突然話を振られて仰天した。

「おまえも今朝、同行して神社の様子を見たそうじゃの」

「は、はい……」

そう答えながらも内心、

（なんの話だ……？）

そう思っていると、

「村越、神社はどのような有様であったか」

「ええと……社殿は傾き、葎《むぐら》が生え、屋根は崩れかけて、正視に耐えぬ惨状でございました――

「このまま放置しておいてはいかぬ、無宿もの、盗人、無頼漢の宿替わりになりかねぬ、なかに入り、よう調べ上げたほうがよい……そう申すか」

「えっ？　それはその……」

「どちらじゃ。調べるべきか否か」

「調べるべきです」

「よう申した。——おまえにその役目申し付ける。存分に調べてみよ」

「——ええっ？　わ、私がですか」

「無論じゃ。おまえが今、調べたいと申したのではないか。ただちに神社に行き、不逞の輩の巣窟になっておらぬか、また、化け物がまことにおるやおらぬやを調べてまいれ。よいな」

　はめられた、と思ったが、もう遅い。勇太郎は頭を下げた。

2

「か、か、か、か、河童やねん、ほんまやねん、嘘《うそ》やないねん！　河童、河童、河童やねん」

　戸を開けた途端、三平がむしゃぶりついてきた。

「なにを言うとるんじゃ。雨合羽《あまがっぱ》がどないかしたんか」

「雨合羽やない。河童や。池とか川におる……」

「ああ、あっちか。頭に皿のある……」

「そや」

「背中に甲羅のある……」

「そや」

「手足に水搔きがある……」

「このやりとり、さっきもやったわ。とにかく猫間川で河童を見たんや。わてがキュウリを餌にナマズを釣ってたら……」

「わしが教えたやつやな。わしもさいぜん、千三さんにそれを伝授して……」

「おじい、頼むから話の腰を折らんとってくれ」

「すまんすまん。ほんでどないしたんや」

「でかいナマズが釣れた。それを取り込もうとしたとき、なんかが川のなかからそのナマズに飛びついて、水底に引きずり込みよった」

「それが河童か。皿は頭に乗ってたか?」

「いや……あんまり速《はよ》うて見えへんかった」

「甲羅は背負ってたか?　くちばしは?　水搔きは?」

三平はかぶりを振り続けた。考えてみたら、今の今まであれは河童だと思い込んでいたが、小夜が「この川には河童の一族がずっと棲んでいる」と言ったのと、キュウリを餌にしていたことで河童が食いついた！　と疑わなかったが、もしかしたらただの勘違いだったかもしれない……。

「そ、そやな……河童なんかおらんわなあ……」

三平は、照れ隠しに顔をつるりと撫《な》でた。大慌てで飛び込んできて騒いだのが恥ずかしかった。

「そんなことない！　河童はおる！」

表から声がした。小夜である。

「だれや、あの子」

陣平がきいた。

「そこの東国屋はんの番頭さんの子や」

「ああ、絵草子《はんこ》屋の……」

大坂では、絵草子屋のことを「はんこ屋」という。印鑑のことではない。「板行屋」と書き、木版刷りを商う店という意味だ。

「河童はいてる。小夜、見たもん」

小夜は、なかに入ってきて、陣平にそう言った。

「おもろい子やなあ。お嬢ちゃんは、三平の友だちか?」

「友だちやない。三平兄ちゃんの弟子や」

「あははは。そうか。なにを習《なろ》うとるんや。釣りか?」

「釣りはまだ、見せてもろとるだけやけど、ほかのこと、なんでもや。独楽《こま》とか鬼ごととか読み書きとか……」

「お小夜、もうええ」

顔を真っ赤にして三平は、後ろに下がっていろと手で合図したが、

「ほんまに兄ちゃん、河童を釣ったんや。ほんまやで」

「お小夜……河童を釣ったわけやない。ナマズを釣って、それを河童が……」

「どっちでも同じじゃ。とにかくあの川には河童がいてるねん!」

「いや……あれは河童やなかったかもしれん。そうや、河童やない。わての見間違いや。たぶん……野鯉かなにかや」

「三平兄ちゃん、野鯉やったらしょっちゅう釣ってるやん。見間違うはずない」

「ほたら、スッポンやったかも……」

「ああん、もうっ」

小夜は頬を膨らませ、

「うちは河童やて信じてるもん!」

「おまえ、しょっちゅう見間違いとか勘違いとかするやないか。あれが河童やったゆう証《あかし》はないねん」

「手足があった」

「ほんまかあ？　わてには見えんかったけど……」

小夜は涙を目に溜《た》め、唇を噛んで下を向いていたが、

「――ほな、こうしよ」

「どうするんや」

「もっぺん猫間川に釣りに行くねん。今度はナマズやのうて、河童釣りに」

「か、河童釣り？」

三平と陣平は顔を見合わせた。

「そや。あの河童はきっと、キュウリの匂いにつられて出てきよったんや。そこにナマズがおったさかい、かぷっ！　て食べたんや。せやから、キュウリを一本丸ごと餌にしたら、きっと河童が釣れるはずや」

「なるほど……一本丸ごとやったら、ナマズには大きすぎるもんな」

「そやろ？　今から行こ」

「あかん」

三平は首を横に振り、

「今日はもう遅い。おとんに叱られるで。――明日の朝、川で待ち合わせしよ。それでええやろ」

「うん、わかった。約束やで」

小夜の機嫌が直ったので、三平もホッとして、

「ほな、気ぃつけて帰りや」

小夜は、陣平にもぺこりと頭を下げ、長屋を出て行った。陣平はにやにや顔で三平を見つめた。

「な、なんや、わての顔になんかついてるか」

「そやないけどな……」

「にやにや笑《わろ》うて、気色悪いわ」

三平は顔をそむけると、明日の釣りに使う竿の支度をはじめた。それを横目で見ながら陣平は、

(寺子屋もちゃんと行ってないこいつが、ひとに読み書きを教えるとはな……)

そう思った。

◇

夕景に訪れた「和気野之神社」は、朝方よりいっそうその凄《すご》さを増して見えた。勇太

郎は、笠木と貫が外れて斜めに傾《かし》いでいる鳥居の下をくぐった。そのとき、なにやら背筋にぞくぞくするものが走ったように思ったが、

（気のせいだ……）

勇太郎は下腹に力を入れた。

（そもそも妖怪などこの世におらぬ……）

境内にある建物はどれもぼろぼろだったが、本殿はことにひどかった。柱が腐って折れているため、屋根の重みに耐えられなくなり、建物全体が倒壊しかかっているのだ。壁には大小の亀裂が走っており、外からでも内側がのぞける。

（いや……そんなことを考えていると、かえって妖怪を呼び寄せるのではないか。ここは……無心で行くしかない）

勇太郎は大きく息を吐いて心を鎮めた。

なぜ、彼が手下も連れず、ひとりでここにいるのか。それは、千三が土壇場で逃亡したからである。久右衛門に、この神社を調べよと命じられたとき、勇太郎は当然、千三とふたりで赴くつもりだった。千三も同席していたのだから話は早い。

「今から行くぞ」

「ちょ、ちょっと待っとくなはれ」

「なんだ。なにか用事か」

今の今まで、おのれが釣ってきたナマズをたらふく食べて酒まで飲んでいたのだ。用などあるはずがない。

「へえ……この竿と魚籠《びく》、借りもんですねん。返しに行かんと……」

「明日でもよいではないか」

「いや、今日の夕方までに返すゆう約束ですのや。すぐに戻ってきますよって、ちょっとだけ……ちょっとだけ待っといとくなはれ」

そう言うと、千三は右手に竿、左手に魚籠を持って、松屋町筋《まつやまちすじ》を南へ南へと走り去った。そして……。

戻ってこなかったのである。

(逃げたか……)

「化け物神社」の探索をする、と勇太郎が言ったときの千三の顔色が異様に青かったのに気づき、

(怖がってるな……)

とは思ったのだが、まさか逃亡するとまでは思わなかった。おそらく家か水茶屋「蛸壺屋」かなじみの居酒屋「芝右衛門《しばえもん》」のどれかにいるだろうとは思うが、今から連れ戻しに行っていては間に合わぬ。

(しかたない。ひとりで行くか……)

勇太郎とて、お化けや妖怪、幽霊は好きではない。だいたいこの世にそういったものが好きな人間がいるだろうか。断りたかったが、お頭直々《じきじき》の指名では断るわけにいかぬではないか……。

そんなわけで彼は、たったひとりで本殿に向かっているのだ。

「勇太郎さま……！」

いきなり後ろから声を掛けられて、勇太郎は跳び上がりそうになった。気持ちを鎮めつつゆっくり振り返ると、そこには、

「小糸殿……！」

勇太郎は仰天した。鳥居の外に立って境内を覗《のぞ》き込んでいたのは、勇太郎の剣術の師である一刀流岩坂三之助のひとり娘小糸だったのだ。小糸は鳥居をくぐり、いそいそと走り寄ってきた。

「勇太郎さま、どうしてこんなところに……」

身体を擦《こす》りつけんばかりに小糸は勇太郎に寄り添った。

「小糸殿こそ、どうして……」

そこまで言い掛けて、勇太郎はハッとした。

（もしや……）

彼は、小糸の尻のあたりを穴が開くほどじっと見つめた。その視線に気づいた小糸は

身体を離し、

「い、嫌な勇太郎さま……」

「ち、ちがうのだ。これにはわけがあって……」

そう言いながらも勇太郎は小糸の尻から目を離さなかったが、

(ない……)

尻尾《しっぽ》はないようだ。だが、まだ信じてよいかどうかはわからない。

「父の使いで、すぐそこの国恩寺《こくおんじ》まで参りまして、その帰りです」

言いながら小糸は、数珠と供物のお下がりの落雁《らくがん》を取り出し、勇太郎に見せた。

(そう言えば、国恩寺は岩坂家の菩提寺《ぼだいじ》だと聞いたことがある……)

小糸は怪訝《けげん》そうに、

「どうしたのです。こんな薄気味の悪い神社におひとりで……それにさっきから様子がおかしいのは……」

「そ、それが……」

問い詰められて勇太郎は、この神社に化け物が出るという噂があり、それを調べにきたのだ、と答えた。

「千三は、怖がって逃げ出してしまったのです。しかたなくひとりでなかに入ろうとしていたら、小糸殿の声を聞いたので、こんなところに小糸殿がいるはずがないと思い……その……つまり……」

「えっ？　まさか……私を狐かなにかだと……」

勇太郎は平謝りに謝ったが、小糸の目は吊り上がったままだった。

（どちらにしても狐みたいだ……）

勇太郎がそんなことを思っていると、

「狐と申すはただの禽獣《きんじゅう》。ひとを化かすというのは迷信に過ぎませぬ。勇太郎さまともあろうお方が、そのようなことを信じなさるとは呆れました」

「いや、それはまあ、そうですが、この社殿の怖ろしいさまを見ていると、なんだかそんな気になっただけで、俺も妖怪変化など信じているわけでは……」

「異国では、湯気の力で動く船や水の底を潜る船が造られているそうです。それなのに、狐狸だの化け物だの……いるのかいないのか、こどもでもわかります」

小糸にしてはやけにきつい口調だ。

「それはちょうどよかった。小糸殿、一緒にこの神社を検分しませんか。千三がいなくなってしまったので、ひとりでは行き届かぬと途方に暮れていたところです。こういう廃社は、盗賊や無頼漢が集っているかもしれません。岩坂道場の師範代を務める小糸殿とふたりならば、心丈夫ですから」

「――え？　わ、私がですか」

小糸の声はなぜか上ずっていた。

「ええ、お願いできますか」

「それは……その……ほかならぬ勇太郎さまのお頼みですからぜひともお手伝いしたいところですが、あいにくとこれから父の使いで国恩寺へ行かねばなりません」

「その用はもう済ませて、帰られるところだったのでは」

「あ……！　そうでした。忘れておりました。でも、用事が済んだことを急いで父に報《しら》せねばなりませんので……」

「落雁をもらったことをですか？　そう言わずに、少しだけおつきあいください。ここでばったりお会いしたのもなにかのご縁ではありませぬか」

なにかのご縁、という言葉に小糸は頰を赤く染め、

「わかりました。――それでは、少しだけ……」

「ありがたい！　では、参りましょう」

勇太郎は先に立ち、今にも崩れそうな本殿の階《きざはし》を上がると、扉を開けた。なかは暗く、黴《かび》と埃《ほこり》の匂いがぷん……と立ち込めて、むせそうなほどだ。蜘蛛《くも》の巣が幾重にも張られて、重みで垂れ、天井からぶら下がっているのを暖簾《のれん》のように掻き分けて、まえに進む。廊下の板が縦割れしており、踏むと前後が浮き上がって身体が沈みそうになる。獣《けもの》の糞《ふん》とおぼしきものがあちこちに転がっており、勇太郎はそれらを踏まぬように気

をつけながらなおも進んだ。次第に暗さが増していき、目を凝らさないと前方に壁があってもわからないほどになってきた。そこからは手探りで行くしかない。その旨を告げようと後ろを向くと、

「ひっ……！」

　小糸が小さく叫んだ。

「あの、暗いので気をつけてください」

「わ、わかっています」

　そう言った途端、小糸の背後でがたんという音がした。

「きゃっ！」

　小糸は、勇太郎にしがみついた。ふくよかなものが勇太郎の胸板に押し付けられた。汗の匂いとともに、やたらと良い香りがした。勇太郎の鼓動が高まり、頭にカッと血が上った。

「す、す、すいません。失礼なことを……」

　小糸は弾《はじ》かれたように身体を離した。ふたりは無言でしばらく下を向いていたが、今は御用の最中である。

「行きましょうか」

　小糸の返事はほとんど聞き取れなかった。

ひとつめの部屋の襖を開ける。きしっ、きしきしきし……という音がした。小糸が、勇太郎のたもとを摑《つか》んだのがわかった。

「ただの軋《きし》みの音ですよ」

「わかっています」

そう言ったものの、小糸は握ったたもとを放そうとはしなかった。部屋に踏み込み、暗がりに目が慣れるまで待つ。なかはがらんとしていて、なにもなかった。

「なにもないようです」

「わかっています」

ふたりは部屋を出て、また廊下を進んだ。

「化け物はいませんね」

「わかっています。いるわけがありません。この世には怪異などないのです。そもそも異国では、湯気の力で動く船や……」

小糸は棒読み口調でつぶやくように言う。ようやく勇太郎にもわかってきた。どうやら小糸はかなりの怖がりらしい。勇太郎は少しからかってみたくなった。

「小糸殿、俺が聞いた話では、妙な物音がしたり、怪しい声が聞こえたり、光りものがしたりするらしいです……」

そう言いながら勇太郎はふたつめの部屋の襖に手をかけ、

「なかから声がします」

小糸の顔がひきつった。

「嘘……わ、私にはなにも聞こえませぬが……」

「そうですか？」

勇太郎は襖に耳を押し付けていた。小糸がおそるおそる耳を近づけてくるのを待って、

「もんがーっ！」

振り返りざま大声を出した。小糸は、きゃあああっと叫ぶと、すとんとまっすぐに尻餅をついた。無防備に「へたり込んだ」というやつで、武芸の達人とは思えなかった。勇太郎はあわてて手を差し伸べ、

「すみません。ほんの冗談の……」

つもりで、と言おうとしたとき、小糸の目からポロッと大きな真珠のような涙の珠《たま》がこぼれ落ちた。小糸は勇太郎の手を払いのけると、

「ひどい……勇太郎さま……私、小さいころからお化けや妖怪が死ぬほど怖いのです！」

「申し訳ない。つい、その……」

「もう嫌っ」

小糸は、恨みがましい目で勇太郎をにらんだ。これはひとえにこちらが悪い。勇太郎は、なだめたりすかしたりして小糸の機嫌を取り結んだ。ようよう小糸は立ち上がり、

みずから襖を開けて部屋に入った。まばゆい光が勇太郎の目を射た。

「うわっ……！」

「光りものがした」という言葉が頭をよぎり、勇太郎は思わず悲鳴をあげた。小糸が笑って、天井を指差している。見ると、屋根が陥没して、そこから外の光が降ってきているのだ。

「これでおあいこです」

小糸がそう言ったので勇太郎は救われた気持ちになったが、考えてみたら、小糸が泣いたのは勇太郎がわざと驚かせたため、勇太郎が悲鳴をあげたのは彼が勝手に驚いたからで、まるで「あいこ」ではないのだ。

その部屋は、三方の土壁が無惨に崩れ、ばらばらになった障子の桟が散らばり、錆《さ》びた神具があたりに転がっていたが、

（おや……？）

床に積もった埃のうえに足跡らしきものがついている。まだ新しいものだった。

（だれかがこの部屋に出入りしているのか……？）

そう思ったとき、勇太郎は部屋の一角に長四角の紙のようなものが十枚ほど並べられていることに気づいた。勇太郎はしゃがみこみ、その一枚を手に取った。

「それはなんでしょうか」

顔を近づけた小糸を振り返って、勇太郎は言った。

「大名家が出している銀札です。しかも……どれも偽札だ」

◇

翌朝早く、三平は猫間川を訪れた。頑丈な延べ竿と魚籠、それにキュウリを十本ほど携えている。キュウリはすっかり熟れて黄色くなったものもあるが、まだ緑色のものや白っぽいものも混じっている。どうせ人間さまが食べるのではないから、熟れきっていなくてもかまうまい、と三平は思っていた。

小夜はすでに着いていた。浅葱《あさぎ》色の着物に黄色い帯を締め、腕組みしてこちらを向いている。

「遅い。待ちくたびれたで」

「ごめんごめん」

三平は足早に土手に向かうと、さっそく支度にとりかかった。鯉釣り用の太いテグスの先にキュウリを一本丸ごと結びつける。針は使わない。河童は妖怪とはいえ人間に似ているから傷付けるのはかわいそう……と小夜が言ったのだ。河童を釣り上げるためではなく、河童がいるのかいないのかをたしかめられればそれでよい。三平はキュウリを川の真ん中に放り込むと、小夜と並んで岸に腰を下ろした。あとはなにもすることがない。三平は、川の流れにもてあそばれて水車のように回っているキュウリをぼんやりと見つめた。

（よう見たら、汚い川やなあ……）

棒杭《ぼうぐい》に、腐った筵《むしろ》が引っかかって揺れている。岸辺には壊れた農具や折詰、千切れた草鞋《わらじ》、ネズミの死骸などがたくさん捨てられている。水が濁っているのは、近所のものが米のとぎ汁やへっついの灰などを流すからだろう。川底には折れた包丁、魚の骨、野菜屑、茶殻……といった台所のゴミがたくさん堆積している。

「ナマズはこういう川にもおるけど、河童には暮らしにくいんとちがうかな……」

三平がそう言うと、小夜はがっかりした顔で、

「そやなあ。うちもそう思うわ。けど……きっと河童はいてる」

「お小夜かて、家のなかがこんなに汚かったら住まれへんやろ。河童、もうよその川に引っ越したかもしらんで」

「そんなことない。だって、きのう見たとこやもん。きっといてる」

「あのなあ……お小夜は河童、河童て言うてるけど、河童のことどれだけ知ってるねん」

「知ってるって。えーと……えーと、頭に皿を乗せててな、背中に甲羅があって、手足に水掻きがあって、くちばしが尖ってて、緑色でぬるぬるしてて、ひとの尻子玉を抜く

ねん」

「それはみな、きのうわてが言うたやつやないか。——尻子玉てなんや？」

「し、尻子にある玉のことに決まってるやん」

「ほな、尻子てなんや？」

「もう、わからんっ」

「ははは……アホやなあ」

「兄ちゃん、うちのこと馬鹿にして！」

「けど、小夜、河童のことなんも知らんやないか。それでよう河童捕まえるて言うたなあ。——河童ゆうのは、青臭い匂いがするんやて」

「ふーん……」

「相撲が好きでな、だれかれなしに『相撲《すもん》取ろ相撲取ろ』ゆうて勝負したがるねん。たいがいは勝つけど、それは身体がぬるぬるやさかいや」

「ずっこいなあ」

「けど、負けたら、秘伝の薬の作り方を教えてくれるんやて」

「教えてもろたひと、聞いたことないな」

「両腕の骨がつながってて、片一方《かたいっぽ》を引っ張ったら、もう片一方が引っ込むねん」

「案山子《かかし》みたいやなあ」

「尻子玉ゆうのは、お尻のなかにあるんや。泳いでるときにそれを引っこ抜かれたら、人間は死んでしまうんやて」

「うわあ……河童て怖いなあ……」

「そうやで。急に川のなかから飛び出してきて、お小夜に食いついたらどうする？」

「ああん……そんなん言わんといて」

「あっはははは……お小夜はあかんたれやなあ」

小夜が、かき餅のように膨れるのが、三平には面白くて仕方がないのだ。

しかし。

河童は釣れなかった。

（あたりまえやがな……）

三平はだんだん馬鹿馬鹿しくなってきた。河童なんているわけがない。しかも、それをキュウリで釣ろうだなんて……。彼の今やっていることを傍《はた》から見たら、なんと滑稽な姿に映るだろう。河童釣り……この世でこれほどアホなことがあるだろうか。

「どうせ釣れへん。もう帰ろや」

「あかん。せめて昼まではがんばろ。でないと、なんのために来たのかわからへん」

どうあっても当分は帰りそうにない。三平はため息をつき、川面に揺れるキュウリを見つめた。だが、半刻《はんとき》が経《た》ち、一刻が経ってもなにも起こらない。ときどき小さな魚が

「なんやこれ」という風にキュウリをつついては去っていく……それだけだ。

向こう岸から通りすがりの隠居らしい老人が声をかけてきた。

「坊《ぼん》、なにしとるんや」

「え……ああ、ちょっと……」

三平が言葉を濁すと、脇から小夜が、

「河童釣ってるねん」

あちゃー……。

「河童を？　釣る？　ほんまかいな。うふふ……こら面白そうや。なるほど、キュウリを餌にしとるんやな」

「この川には河童が棲んでるねん」

「はは……こどもらしいなあ。夢あるなあ。わしもこんなころがあったわい。お嬢ちゃん、河童、ほんまにおったらええなあ」

「ほんまにおるんやで。きのう見てんもん」

その返答に隠居はやや当惑したように、

「お嬢ちゃん、おとなに嘘ついたらあかんなあ。夢はええけど嘘はあかん。あのな、わしが教えたろ。物の本によると河童というものは零落した川の神で、昔のひとがやなあ……」

「見た、て言うたやろ。信じてないもんはあっち行って」

「お、おい、お小夜」

三平が止めに入ったが、

「ええねん、このひと、うちらを嘘つきや言うてるねんで。ひやかしで見てほしくないもん」

「お嬢ちゃん、いてほしいゆう気持ちとほんまにおるかどうかはまた別や。おらんもんはおらんねん。なんぼこどもでも、それはわきまえとかなあかん。おとなの言うことはちゃんときかないかんで」

「河童はいてる」

「おらん。わしは見たことない。それが証拠や」

「けど、おっちゃんは神さんも仏さんも見たことないやろ。せやからゆうて神さんも仏さんもおらんて言うんか」

「口の減らんガキやで。おとなに屁理屈《へりくつ》言うもんやない。いっぺんげんこつでゴーンといったろか」

隠居が拳を振り上げたとき、三平が竿を頭のうえで半回転させた。濡れた黄色いキュウリが川のなかから飛んで、隠居の顔面に当たった。キュウリは砕けて、隠居の額や頬に貼りついた。

「くそガキめ！」

隠居はキュウリのかけらを顔から払い落としながら逃げて行った。

「おもろかったなあ」

小夜がそう言ったので、

「おもろいことあるかい。お小夜も言いすぎやで。もしひとりやったら、ほんまにどつかれてるかもしらんで」

「わかってる。三平兄ちゃんがいてるさかい、あんなこと言うたんや。兄ちゃんが守ってくれるさかい大丈夫や、て思てな」

三平は、新しいキュウリを糸に縛り付けて川に投げ入れた。しかし、待てど暮らせど河童は釣れない。太陽はしだいに真上に場所を変え、それにつれて暑さも増してきた。

「たまらんなあ……」

竹の水筒に入れてきた茶はとうに底をついている。この川の水を飲むのはちょっと嫌だ。しかも、腹も鳴りはじめた。無理もない。朝、茶漬けを食べたきりなのだ。三平は、残りのキュウリをちらと見た。河童の餌として持ってきたものだが、一本ぐらいええやろ。まだ黄色く熟していないやつならかまうまい……と勝手な理屈をつけて、三平は緑色のキュウリを半分に折り、片方を食べた。

ガリッ。

（——あれ？）

いつもとちがう食感だ。キュウリというのは、柔らかくぶよぶよしたものだと思っていたが、これは硬くて歯応えがある。嚙むとざっくりして、心地よい歯触りだ。しかも、瑞々しい清涼な汁があふれ出し、水気を欲していた三平の喉をうるおした。しかし……。

「苦っ……！」

熟したものに比べると、青臭くて、めちゃくちゃ苦かった。黄色くなったキュウリは甘苦いが、これはただただ苦いだけだ。よほど喉が渇いているときのほかは食べないほうがよかろう……。

「まずいん？」

小夜がきいたので三平はかぶりを振り、

「美味いわあ。まるで羊羹《ようかん》みたいに甘いで」

「えっ？　ほんま？」

小夜は、三平の握っているもう半分のキュウリにかぶりつき、

「うわっ、ぺっぺっ……苦いやんか！」

「あーははは、引っかかった！」

「もうっ」

小夜は食べかけの青いキュウリを川に放り込み、

「青臭いし、苦いし……どこが羊羹やのん。うち、キュウリ好かん。――そや！」

小夜はふところに手を入れた。

「うち、今日、三平兄ちゃんと猫間川に釣りに行く、てお父ちゃんに言うたら、三平くんとふたりで団子でも食べ、ゆうてお小遣いくれはってん。あっちの土手に茶店があったやろ。あそこでお団子食べへん？」

「団子か。ええなあ」

キュウリの口直しをしたい気分だった。三平と小夜は、竿をそのままにして茶店に行き、一皿の団子を分け合って食べ、茶を飲んだ。

「美味しい！　団子って美味しいなあ、兄ちゃん。やっぱりキュウリより団子のほうがずっと美味しいわ」

「お、おい、茶店のひとが聞いてるねん。変なこと言うな」

「だって、ほんまやもん。このアンコ……うち、ずっと舐《な》めてたいわ」

いちびっているのか、皿を持っていつまでもぺろぺろ舐めている小夜に、

「ええ加減にせえ。――俺、先行ってるから銭払《はろ》てから来いよ」

呆れた三平は、ひと足早く竿のところに戻った。

「――えっ？」

浮かんでいたはずのキュウリが見えない。あわてて竿を上げてみると、テグスだけになっていた。しかも、魚籠の横に置いてあったはずの残りのキュウリもないのだ。

（あんなもん、だれかが盗んで持っていくようなことないやろし……野犬かな。いや……けど……もしかしたら……）

三平は、足の裏から冷たいものが背骨を通って上がってくるような気がした。

（そんなアホな……おるわけない……おるわけないねん……ないねん……ない……はず……）

後ろで、激しい水音がした。振り返った三平が見たものは、川のなかに前屈《まえかが》みに立っている、幼児のように小柄な生きものだった。

濃い緑色の身体。

おかっぱの髪。

頭頂には皿のようなものが乗っている。

背中には小さな甲羅がある。

そして……青臭い匂いが鼻をついた。

「びゃあああああああ……っっっ！」

三平は、仰向けに倒れて後頭部を打ち、そのまま気を失った。

◇

「兄ちゃん……三平兄ちゃん！」

　だれかが顔のうえで叫んでいる。身体を揺り動かしている。額を小さな手でぺちゃぺちゃ叩《たた》いている。茜《あかね》色の着物……その声……その顔……。

「お小夜……？」

　三平がそう言うと、小夜は抱きついてきた。

「よかったああ。兄ちゃん、目ぇ覚まさへんさかい、うち……うち……」

「だいじょぶや。心配いらん。わてはその……ちょっと気が遠くなっただけ……」

　そこまで言って、三平はがばと跳ね起きた。

「そんなことどうでもええ。――お小夜、わては見たんや。おまえも見たやろ？」

「え？　なにを？」

「河童や。河童はほんまにおったんや。この川には……うん、間違いない、河童がおる。おまえが言うとったとおりや！」

「そ、そやろ！　河童、おったやろ。うちも見た。この目でしっかり見たで」

「びっくりしたわ。わて、恥ずかしい話やけど、あんまりびっくりしすぎて気ぃ失《うしの》うてしもた。――もうこのとおり元気や」

そう言ったあと、三平は小夜に頭を下げた。

「え？　どしたん？」

「お小夜、ごめんな。わて、この川に河童がおるゆうこと、半分しか信じてなかったんや。おまえはずっと信じてたもんな。たいしたもんや。昔の言い伝えは馬鹿にしたらあかんな」

「え……？　そんなたいそうなことないけどなあ……」

「で、河童はどやった？」

「どやった、て……すぐに沈んでしもたさかい、あとはわからへん」

「そうか……とにかく、すぐに行こ」

「行こ、てどこへ？」

「決まってるやないか。お奉行所や」

「なんで？」

「この川に河童がおるてはっきりわかったんや。お奉行所に取り締まってもらわなあかんやろ」

「けど、河童はなにも悪させえへんで」

「そんなことわかるかい。川遊びに来たこどもの尻子玉を抜きよるかもしれんし、馬を引きずり込むかもしれんやろ。近所のひとがここに近づかんようにしてもらお。——

な？」

「でも、急に行ったかて、なかに入れてくれへんやろ。門前払いされるんとちがう？」

「心配いらん。わてはな、お小夜、西町のおっさ……お奉行さんと友だちやねん」

「あの、みんなが大鍋食う衛門ゆうてはるひと？　ほんま？」

「嘘やないで。わてが行ったらかならず会うてくれはるはずや。――あ、言うとくで。お奉行さん、見かけは熊みたいでごっつうおとろしいけど、気立てのええ、優しい、おもろいお方やからな、怖がらんかて大丈夫」

「うん……わかった」

「行こ行こ。大坂の町のみんなのためになることや」

「そ、そやな。うん……行こ」

ふたりはその足で西町奉行所に向かった。

◇

「河童、とな……？」

用人の佐々木喜内は聞き間違いかと首を突き出した。

「お奉行さんの耳に入れといたほうがええと思うてな。ちょっと部屋に入れてんか」

「そうはいかぬわ。御前は今、御用繁多で多忙の身じゃ。そのようなわけのわからぬ話をいちいち聞いているゆとりはない」

「ゴヨウハンタてなんや」

「町奉行としての務めが忙しい、ということだ」

「そんなはずない。あのおっさ……お奉行さんの務めて、飯食うて酒飲むだけやがな」

図星を言い当てられて、喜内は髭をひくひくさせた。

「それにこれは大坂の町のみんなのためになることやで。わてをお奉行さんに会わさんかったら、あとでご用人がえらいお叱りを受けるで」

「わしの心配までしてくれてありがたいが、とにかく河童の話はお断りだ」

「ええやんか。ちょこっとだけや」

「いいや、ならぬ」

「頼むわ、喜内ちゃん」

「だれが喜内ちゃんだ。入れられぬ」

「入れてえなあ」

奉行所の廊下で用人と三平が押し問答をしていると、襖の向こうから、

「入れてやれ！」

おなじみの大声が轟《とどろ》き渡った。後ろにいた小夜が、きゅっと首をすくめた。

「よろしいので？」

「かまわぬ。大坂の町の皆のためになる、と聞けば、会わぬわけにはいかぬ」

喜内は不承不承襖を開けた。三平は得意げに喜内を見ると、部屋に入った。小夜もそのすぐ後ろに座った。

「やっぱり思てたとおりや！　喜内さんがゴヨウハンタや言うさかい、ほんまかいなと思うたけど……ほら見てみい」

久右衛門は、だらしなく寝そべっており、喜内は天井を仰いだ。久右衛門は扇子で浴衣の胸もとにせわしなく風を入れながら、バリバリと派手な音を立てて、大きな煎餅《せんべい》をかじっている。

「三平、よう参った。煎餅でも食え」

「呑気に菓子食うてるどころやないで。猫間川に河童が出たんや！」

「――なに？」

大邉久右衛門は眠そうに半開きにしていた目をぱっちりと開けた。

「ほんまやねん、お奉行さん。わてとこのお小夜とふたりではっきり見たんや」

久右衛門は座り直すと、後ろにちょこんと控えている小夜に目をやった。小夜はかしこまって正座し、頭を下げている。久右衛門は面白そうに小夜の様子を見ていたが、

「それがまことなら一大事じゃのう。猫間川には近づかぬよう大坂市中に触れを出さねばならぬ」

「そやねん。大坂の町のみんなのためになることやさかい、こないして汗掻いて走ってきたんや」

「だが、もしもその方らの冗談《てんご》であったら、わしはおまえたちを罰せねばならぬ」

「なにを言うとんねん。わての目を見てみ。このつぶらな目が嘘をつくような目かどうか……」

「ははは……どんぐりのような目だのう。では、わしがおまえたちの申すことまことかどうか吟味してつかわす」

「そんなことするひまがあったら、とっとと与力や同心を猫間川に走らせたほうがええと思うけどな。だれぞが尻子玉抜かれてからでは遅いで」

「まあ、そう急ぐな。まずは、ことのはじまりから申してみよ」

三平は、きのう小夜とふたりで猫間川に行き、大きなナマズを見て、キュウリを餌にして釣り上げたら、それを河童に横取りされたことや、今朝からのできごとを順を追って話した。

「ほほう……茶店で団子を食べて戻ってくると、餌のキュウリがなくなっていた。背後で水音が聞こえ、振り返ったときに河童がいたと申すのじゃな」

「そやねん」

「その河童は、幼児のように小柄で、緑色をしておったのじゃな」

「そや」

「髪はおかっぱで、頭に皿が乗り、背中には甲羅があった、と」

「そや」

「青臭い匂いもしたのじゃな」

「そや」

「うむ」

久右衛門は膝を大きく叩き、

「それは間違いなく河童である！」

「そやろそやろ。早う与力・同心を猫間川に……」

「そこの娘」

久右衛門は小夜に顎をしゃくった。小夜はびくりとした。

「そちも河童を見たのであろう。三平の話だけでは心もとない。そちの目から見て、河童の様子はいかがであった」

「え？　うち……？」

「そうじゃ。そちもその生き物が河童であったと思うか」

「え、えーと……うち……うち……」

いくら三平が友だちのように話しているとはいえ、小夜にとって「お奉行さん」といえばとんでもなくえらいひとだ。そのえらいひとにいきなり問いただされて、小夜は返答ができないようだった。

「落ち着いてゆっくりと申せばよい。それは河童だったのだな」

「は、はい。――河童でした」

「そちは、その河童が危ない生き物だと思ったか。つまり、ひとに害をなすようなものに見えたか」

「そんなことありません。河童は優しい生き物です。――そう見えました」

「外見だけではわからぬ。かわいらしい仔犬《こいぬ》でも、ひとたび牙を剝《む》けば猛獣のようにひとに嚙みつく。河童が優しいかどうか、だれにもわからぬ」

「大丈夫です。河童はなにもしまへん。――たぶん」

「いや、なにかあってからでは遅い。大坂の町を預かる身として、川に妖怪が出るとは見過ごしにできぬ。奉行はあの川を堰《せ》き止めて、河童がおれば残らず捕まえ、鉄砲隊に撃ち殺させるつもりじゃ」

「そ、そ、そんなことしたらあきまへん。河童は優しい生き物です。そう言うてましたさかい」

「言うてた……？　河童がそう申した、と言うのか」

「へ、へえ……」

「ということは、河童は人語をしゃべるのじゃな」

「そういう……ことに……なりますね……」

三平が、

「河童てしゃべるんか。すごいなあ。けど、お小夜、わてにはなんも言うてなかったやないか」

久右衛門はにこにこ顔で、

「小夜、河童が申した言葉、覚えておろう。奉行に、聞かせてくれい。河童は、なんと言うたのじゃ」

小夜は真っ青になり、しばらく下を向いて考えている様子だった。

「えーと……えーと……あの……うち、あんまりびっくりして忘れてしまいました」

「急がずともよい。ゆっくりと思い出せ。それまで奉行もゆるりと待つとしよう」

そう言って、久右衛門は煎餅の残りを食べ、濃い茶を飲んだ。小夜は今にも泣き出しそうな顔で畳の目を見つめている。三平が、

「お小夜、ほんまに忘れてしもたんか？ ちょっとぐらい思い出せへんか？」

「うるさいなあ！ やいやいやいやい言われたら思い出されへん！」

三平は小夜の権幕に驚き、

「お奉行さん、今度、思い出したときに報せにくる、ゆうのではあかんか。それで堪忍したってえな」

「三平、控えよ。わしは急《せ》かしてはおらぬのじゃ。大事なことゆえ、今聞きたいと申しておる」

小夜は顔を上げ、

「思い出しました」

「ほう、河童はなんと申しておった」

「『我々河童は、昔からこの猫間川にひっそりと棲んでます。ひとを襲ったり、迷惑かけたことは一遍もおまへん。せやさかいそっとしといてくなはれ』と言うてはりました」

「なるほど。そちが河童は優しい生き物だというのも無理はないのう。――それだけか」

「――え？」

「これまで隠れていた河童が、急にひと前に現れて話しかけたのだから、なにか言いたいことや頼みごとなぞがあるのではないかと思うてな。たとえば、毎年キュウリを供えてくれ、とか……」

「あっ、思い出しました。えーと……『川を汚さんとってほしい』て言うてました」

「なるほど……三平、猫間川は汚れておるのか」

「そやねん。みんなが、いらんもんをぎょうさんほかすんやろな。それが上手《かみて》からずーっと流れてきて、岸辺はゴミだらけやし、水も汚れてる。底にもいろんなゴミがつもってて、かなりババチイわ」

喜内があとを引き取って、

「猫間川は、近隣のものが不法に塵芥《じんかい》を投棄するゆえ、それが田畑を汚す、と下流の百姓からも苦情が多数寄せられております。大川や堀川ならば川幅も広く、底も深いゆえ多少のゴミがあっても目立ちませぬが、猫間川は狭く浅く、あっというまにゴミで埋まってしまいまする」

「なるほど、河童には暮らしにくかろう。申し分ももっともじゃな」

久右衛門はうなずくと、

「その方どもの話、ようわかった。河童は心優しき生き物で、ひとには害をなさぬゆえ、かまいなしといたす。また、近々、町奉行所から人手を出し、町役どもとも相計《あいはか》って猫間川河畔の清掃と川ざらえを行い、ゴミをことごとく撤去したうえ、猫間川にゴミを投棄するものには厳罰を与えるよういたそう」

三平は手を叩いてはしゃいだ声を出し、

「うわあ、河童たち、喜びよるわあ。さすがおっさん、名奉行やな」

「おだてててもなにも出ぬぞ。——喜内、残りの煎餅をふたりに包んでやれ。羊羹とどら焼きもあったな。あれも持たせてやれい」

「かしこまりました」

たくさんお菓子をみやげにもらった三平と小夜が出ていったあと、喜内が久右衛門に言った。

「化け物神社のつぎは河童でございますか。妖怪のかかわることばかりですな」

「ふふふ……いつもいつも切った張ったの出入り沙汰ばかりではつまらぬ。よい暑気払いじゃ」

「あの小夜という娘、なかなかしっかりとした、良き子かと」

「三平に似合いじゃな」

「河童の話は嘘でございましょう」

「であろうな。三平に、冗談のつもりで河童の真似《まね》をしてみせ、三平が気を失ってしもうたので、あとに引けなくなったのであろう」

「そんなところでしょうな」

「可愛《かわい》らしいのう。わしにも、あのように可愛い孫がおればのう」

「いても、曾孫《ひまご》でございましょう」

喜内が憎まれ口を叩いたとき、廊下から岩亀与力の声がした。

「申し上げます。化け物神社探索から戻りましたる村越より沙汰有之《これあり》……」

入ってきた岩亀の顔は血相が変わっていた。

「うむ、入れ」

「お頭、瓢箪《ひょうたん》から駒が出たようでございます。――村越」

「どうした」

後ろに控えていた勇太郎は、手ぬぐいを開いてみせた。そこには長四角の紙が一枚あった。

「銀札か……」

久右衛門はそれを手に取った。「銀五匁《もんめ》　絹佐屋信太朗」とある。岸和田の岡部家が領内の豪商に引き請けさせた札である。

「荒れ果てた本殿の奥の部屋に、数多くの金札、銀札、銭札がございました」

「ふむ……妖怪かと思うたら、とんだ化け物であったな。偽札遣いが根城にしておったわけか」

「そのようでございます。部屋の主が戻るのを待っておりましたが、一刻経っても戻らぬゆえ、一枚だけ札を失敬して、ただちに立ち戻りました」

「おまえが入り込んだことを悟られてはおらぬか」

「札一枚持ってきただけですので、おそらく露見はしておらぬかと」

「相手がなにものであるかを知らねばならぬ。村越、おまえは夜半、神社にもう一度赴いて銀札遣いの化け物が帰るのを待ち、その正体をつきとめよ。相手の人数や備えを調べたうえで、万全の手配りで召し捕るのじゃ。偽札造りは天下の大罪。逃すわけにはいかぬ。あるいは東町にも通達し、東西奉行所の大捕り物とせねばならぬやもしれぬぞ」

「たしか、どうでもよい、と申されていたような……風向きが変わりましたかな」

「金札、銀札などは大名家が出すものゆえ、大坂の地には関わりないと思うておったが、ここでこしらえてよそにばらまかれてはたまらぬ。ひとり残らず召し捕って、ぐしゃぐしゃのぼろぼろにしてやらん！」

「気合い十分でございますな」

「これもまた、ひとつの暑気払いじゃ」

久右衛門は悪びれることなくそう言い放った。派手な捕り物は久右衛門の大いに好むところなのである。

「それではこれにて……」

岩亀と勇太郎が一礼して去ろうとすると、

「待て。昼飯を食うて行け。今日はナマズじゃ」

「昨日もでございましたが……」

「美味いものは幾日食うてもよい」

久右衛門は、美味いと思えば同じ料理が何十日続いてもへっちゃらなのだ。

「ただ、昨日とは献立が違う。源治郎がいろいろこさえてくれておる」

偽札のことも気になるが、昨日のナマズの美味さが舌のうえに残っている。ごくりと唾の音を立てそうになってあわててこらえたが、その「ごくり」という音が隣から聞こえてきた。岩亀が唾を呑《の》んだらしい。

「せっかくの心づくしゆえ、いただいていこうか。――のう、村越」

「え？　あ、はい」

まずは、味噌汁が出た。黒い皮がついたままの身をぶつ切りにして入れてあるが、ただそれだけだ。しかし、深い出汁《だし》が出て、身もつるりと口に入ったかと思うとほろりとほどける。とろとろした味わいで、なんとも美味い。

「この味噌汁だけでも酒が飲めるのう。――喜内」

「また昼酒ですか。世間はこの炎天の下で汗水垂らして働いているというのに……」

「美味い料理が出たときは、それをとことん美味く食うのが礼儀である。酒があったほうがより美味く思うならば、昼だろうが朝だろうが酒を飲まねばならぬ」

「はいはい、わかりました」

喜内は酒の支度をはじめた。

味噌汁のつぎは、丸い団子のようなものが出た。持ってきた源治郎がどういう料理か話そうとするまえに、久右衛門はそのひとつを箸で口に放り込み、その熱さにはふはふ

しながら、

「熱《あ》つつつつ……美味い！　これは『叩き揚げ』じゃな」

「さすが御前、ようご存知で……」

「ナマズの肝や頭、骨なぞを包丁で細《こま》こうに叩き、野菜を加えて丸め、揚げたものじゃ。すましに入れて、つみれ汁にしてもよいのう」

いつもながら勇太郎は、久右衛門の食の薀蓄《うんちく》の深さに舌を巻いた。食い物にいちいち能書きを垂れるのはいかがなものかと思うが、ここまで徹底すれば尊敬するほかない。しかも、いわゆる「通人」のように、高価な材料の美味いところだけをちょっとつまんでは悦に入るのではなく、とにかく半端ではない量を食べるのだ。今も、みるみるうちに目のまえの叩き揚げが口のなかに消えていくさまを見ていると、すがすがしいほどだった。

「ううむ、酒に合うわい」

酒量もまた、半端ではない。酒呑みのなかには、飲み出すと肴《さかな》を食わぬのが粋と思ってか、枡《ます》の縁に塩を載せて、とか、小指をなめて一升酒とか、たくあん一切れあったらほかはなにもいらぬ、とか、「食わずに飲む」ことを競うものがいるが、久右衛門はそうではない。飲み、かつ、食うのだ。酒を飲めば料理が美味くなり、料理を食えば酒が美味くなる……そうあるべきだと久右衛門はつねづね口にしており、その考えには勇太郎も大いに共感するところがあった。しかし、久右衛門とともに酒食していると、つられてどうしても食べ過ぎてしまう。

「これがしまいでございます」

　最後に源治郎が出したのは、しゅんしゅんと音を立てる鍋だった。蓋をあけると、褐色のとろりとした汁のなかに皮つきの切り身が煮えたぎっている。源治郎はそれをひとりずつの椀《わん》に取り分けると、まずは久右衛門にすすめた。

「すっぽん煮じゃな。生姜《しょうが》のよい香りじゃ」

　そう言うと、久右衛門は箸をつけた。

「たっぷりの酒と醤油に少々の砂糖、それにたっぷりの生姜を入れて煮込み、葛《くず》でとろみをつけてある。酒と醤油の塩梅が良いし、煮込み加減も上出来じゃ」

　などと言いながら何杯もおかわりをする。勇太郎も、そのすっぽん煮の美味さには感心するしかなかった。これから御用があるので控えめにはしたが、ついつい酒を飲んでしまう……そんな味わいだった。酒をたくさん使っているせいか、泥臭さなど微塵もない。これは、ナマズの手柄なのか源治郎の手柄なのか……。

（両方だろうな……）

　勇太郎はそう思った。

「喜内、おまえも食え。美味いぞ」

「いえ……私は……」

用人はかぶりを振った。

「なにゆえじゃ。このような美味きもの、食い逃すと二度と食えぬかもしれぬぞ」

「それがその……暑さのせいか昨夜よりいささか胃の腑《ふ》がもたれておりましてな、食が細うございますゆえ、ナマズのようなこってりしたものは少々……」

「なに？　食が細い？　たわけもの！」

久右衛門は怒鳴った。

「夏痩せというやつじゃ。そのようなときは食べるのが一番の療治。わしを見よ。この暑いなか、こうして食うて食うて食いまくっておる。暑いときこそ、脂ののったナマズやウナギを食い、酒を飲めば、夏痩せなどにならぬわ！　この軟弱ものめ！」

「申し訳ございませぬ」

そんなことでなにも怒らなくても、と勇太郎は思った。

「料理を食べぬというのは、こさえてくれたものに失礼じゃ。やむをえぬ。喜内、おまえの分はわしが食うてやる。ありがたく思うがよい」

久右衛門は汗を拭き拭き、おかわりの椀を差し出した。

3

「な、なんやと！　猫間川で河童を見たやと！」

　小夜の父で、はんこ屋東清の一番番頭佐助は、まわりに客がいるにもかかわらず、帳場から身を乗り出して大声を上げた。三十歳を少し超えたぐらいで、顔の丸い、体つきも丸い、目の細い人物だった。

「そやねん。ほんまやで。――なあ、お小夜」

　三平は得意そうに鼻の下を擦った。彼は、小夜をこの店まで送ってきたところなのだ。東国屋清兵衛は、大坂でも五本の指に入る大きな絵草子問屋である。店先には、役者絵、相撲絵、名所絵……といった浮世絵・江戸錦絵の類が客寄せに吊るしてあり、その下には草双紙《くさぞうし》、人情本、浄瑠璃本、狂歌本、滑稽本、往来物、字引き、こども向けの絵本、かるた、道中記、地図などが整然と並べられている。店のなかには、土間にそれらを束ねたものがうずたかく積み上げられ、丁稚《でっち》と手代が忙しそうに仕分けをしている。問屋といっても、板木屋から本を仕入れて小売り商に卸す、というだけでなく、彫り師、摺《す》り師を抱える版元としてみずから本をこしらえ、それらの小売りも行っていた。また、掛け紙や引き札、扇、団扇《うちわ》や千代紙などの刷り物の注文も引き受ける、なんでもありの大店《おおだな》なのである。そんな店の一番番頭なのだから、小夜の父はたいしたものである。

じつは長年勤めていた一番番頭が身体を壊し、つい先日亡くなってしまったので、二番番頭だった彼が昇格したのだ。まえの一番番頭は絵筆も持てたので、店で刊行する草双紙の挿絵などは達者に描いた。佐助は絵心はないが文章が上手く、ちょっとした書き入れなどなら戯作者に頼まなくても間に合ってしまうので重宝がられている。

「う、うん……うちも見た」

「うわあ、えらいこっちゃ。今朝、おまえが三平くんと猫間川に河童釣りに行く、て言うたときは、冗談やとばっかり思たけど、まさかほんまにおったとはなあ……」

三平は身を乗り出して、

「嘘やないで。嘘やない証拠に、あの西町奉行の大邉久右衛門のおっさんも、わてらの話を聞いて、『それは間違いなく河童である』て言うたんや」

「それはすごい。——小夜、その河童、どんな恰好やった？」

「そ、それは……」

小夜が口ごもると、

「おお、そうかそうか。ここは店先やさかいな。あまりぺらぺらとはしゃべりにくいやろ。旦《だん》さんに言うて、なかで話を聞こか。三平くんも上がっとくれ」

ふたりは佐助の先導で、帳場の横から土間を上がり、奥へと続く廊下を入っていった。

途中、三平が左へ曲がろうとすると、佐助はあわてた様子で、

「そっちは行ったらあかん。こっちや」

　女中がひとり、空の盆を持って廊下を歩いてきたので、佐助は言った。

「下座敷におるさかい、茶持ってきてくれるか。それとな、旦さんに、今度のお化け本についてええお話がおますので、手ぇあいたらちょっと……て言うてくれ」

「旦さんは奥でお客さんと話をしてはります」

「ほう、だれやったかな」

「絵師の鳩好《きゆうこう》さんでおます」

「ああ、そやったそやった」

　それを聞いて、三平が言った。

「鳩好さんやったら、わても知ってるで。鳩《はと》みたいに目がまん丸で口が突き出したひとやろ。まえに一遍会うたことあるわ」

「ほほう、三平くんはほんまに顔が広いな」

　小夜が自慢そうに、

「そやろ。三平兄ちゃんはすごいねん。えらいひとともも友だちやねんで」

　三平は照れくさくなり、

「もうええって」

ふたりは座敷に案内され、座布団のうえに座った。

「ほな、さっそくやけど、三平くんと小夜が見たゆう河童はどんな様子やったか、詳しゅうに教えてもらおか」

そう言って帳面と筆を取り出した佐助に、小夜は不思議そうに、

「なんでお父ちゃん、そんなん聞きたいのん」

「あ、まだ言うてなかったか。近頃、化け物の絵本がえらい人気でな、今度、うちも出すことになったんや」

二十年ほどまえに鳥山石燕《とりやませきえん》という浮世絵師が「画図百鬼夜行《がずひやっきやぎょう》」という妖怪変化を集めた画集を著し、これが大評判となった。石燕は続けて「今昔画図続百鬼《こんじゃく》」「今昔百鬼拾遺《しゅうい》」などを出して、大人からこどもにまで広く読まれたのである。それがきっかけとなり、どこの版元も争って妖怪本を出したが、低俗なものや質の悪いものも、流行《はやり》に乗ってそれなりに売れた。このままではみすみす商機を逃してしまう……というわけで、ついに東国屋でも化け物本を出すことになったのだが、これまでの二番煎《せん》じではすぐに飽きられる。なにか新しい工夫を付け加えなければならない。

「そこで、旦さんと私が考えたんが、『ほんまにおる妖怪』ゆうやつやねん。おるはずのないみょうちきりんな化け物の話よりも、私はほんまに妖怪を見た、物《もの》の怪《け》に会うた、というひとの話をきちんと聞いて、それに絵をつけるほうが真に迫るやろ。——そんな

ことを思て、こないだから『化け物を見た』てゆうひとに会うては話を聞き、種を拾ってたとこなんや。そんな矢先に、おまえが河童を見たやなんて、こらもう『もろた！』てなもんやで。さあ、細こう教えてんか」

　筆を持った父親にじっと見つめられ、小夜は目を伏せ、

「う、うち……口下手やさかい、お兄ちゃん、言うて」

「ほな、三平くんに聞こか。そもそものはじめから、皆しゃべってくれ」

「えーと、そもそものはじめはわてとお小夜が……」

　三平は、町奉行所でも語った河童との出会いを、ナマズ釣りのところから語りはじめた。佐助は熱心に書き留めている。団子を食べ終えて、川に戻ってみたら……という場面に差し掛かったとき、

「ちょちょちょちょっと待ってくれ。私にも聞かせてんか」

　そう言いながら部屋に入ってきたのは、絵師の鳩好だった。

「女中のお仲《なか》から話は聞いた。どうせなら鳩好先生も同席して聞いてもろたほうがええやろ、と思てな」

　鳩好の後ろからそう言ったのは、暑いさなかだというのに、律儀にきちんと着物を重ね着した恰幅のいい人物だ。彼は、こどもである三平に向かって頭を下げ、

「当家の主、東国屋清兵衛でおます。よろしゅうお願いいたしまする」

三平は驚いて、

「わ、わ、わては三平でございまする」

そんなやりとりをよそに、さっそく鳩好は美濃紙《みのがみ》を広げた。彼は、役者の大首絵や芝居絵、美人画などで人気の高い浮世絵師松好斎半兵衛《しょうこうさいはんべえ》の弟子である。あまりに見たまそのとおりを描く、つまり、「実」を写しすぎるため、描かれる役者からも買い手からも好かれない。大の菓子好きを生かして菓子屋の玄徳堂《げんとくどう》と組み、菓子の目録画を描いたりといろいろな仕事をこなしているが、肝心の浮世絵の注文はからきしなのである。

「まずは、河童の大きさはどうでした」

「こどもぐらいやなあ」

「こどもゆうてもいろいろです。何歳ぐらいのこどもでした？　あ、いやいや、寸法で言うとくなはれ。何尺何寸でした？」

「そこまではわからへん。パッと見ただけやし、前屈みになってたし、脚は川に浸かってたし……」

「うーん……頭はどうなってました」

「おかっぱやった。河童だけに……」

そう言って三平は笑ったが、鳩好は笑わず、絵筆を走らせている。

「長さはどのあたりまでおました？　肩までか耳の下ぐらいか……」

「どやったかなあ……」

「頭に皿は乗ってましたか」

「乗ってた」

「どんな皿です。大きさは？　色は？　分厚さは？」

「そこらにようある、小さいお皿や。色は白やったと思う。ほら……茶店で団子とか出てくるときの皿みたいなやつ……」

　小夜の身体がびくんと震えた。

「身体の色は？」

「濃い緑色やった」

「つるつるしてたか、ぬるぬるしてたか、それとも……」

「触ってないからわからん！」

「触らんでも、見た目でだいたいわかりますやろ」

「そんなこと言われても……まあ、ぬめぬめ、ゆう感じかなあ」

「手に水掻きはおましたか」

「うーん……わからん」

「わからんはずおまへんやろ」

「わからんもんはわからん。言うたやろ、パッと見ただけやねん」

「ちゃんと見とかんかいな」

「そんなん言われても……」

「甲羅はおましたか」

「あった」

「どんな甲羅です。つるっとしてたか、それとも……」

「知らんて！　ちらっと見えただけや。亀の甲羅みたいなやつや」

小夜の身体がまたびくんとした。

「尻尾はどうです。長いか短いか、なかったか……」

鳩好のしつこい問いただしに三平は音《ね》を上げた。

「もう堪忍して……。こんなに事細かくきかれると思てへんさかい、あんまり覚えてないねん。とにかく『河童を見た！』てゆうことでくらくらっとなって、そのまま気が遠くなってしもたんや」

「ほな、お小夜さんにきこう。お小夜さんは覚えてるやろ」

小夜はかぶりを振り、

「うちも三平兄ちゃんがひっくりかえったさかいおろが来てしもて……気ぃついたらおらんようになってた」

「うーん……」

鳩好は細い腕を組み、

「これでは絵が描けまへん。今から、猫間川に河童を見にいってまいります。――三平くんもつきおうてくれますわな」

「え？　わても？　ひとりで行ったらええがな」

「あんたに釣ってもらわんと、河童が出てこん」

「もうくたくたやから、明日か明後日に……」

「そうはいきまへん。さ、早う行きまひょ、すぐ行きまひょ、ただちに行きまひょ」

鳩好は三平の両肩をつかんで揺すぶった。絵のことになるとまわりが見えなくなる性質《たち》なのである。

「まあまあ、先生」

東国屋清兵衛がとりなした。

「河童を釣るのは後日にしてもろて、まずはほかの化け物絵から取りかかっていただくというのではいかがでしょう」

鳩好は、憑《つ》き物が落ちたように三平から離れ、

「そ、そうだすな。わかりました……」

三平は胸を撫でた。小夜も安堵《あんど》したようだった。

ふたりが店を出たところに、菰《こも》を持った物乞いがうろついており、

「店のまえで邪魔じゃ。あっち行け」

と丁稚に追い払われていた。

◇

夕暮れが影の足のようにひたひたと迫るなか、勇太郎と小糸が歩いていた。行先はもちろん、あの神社だ。

「それにしても驚きました。世の中にあのようにたくさんの妖怪がいようとは……」

「私は、世の中にあのようにたくさんの妖怪好きがいることに驚きました」

勇太郎はうなずいた。ふたりはさきほど、御用の参考になるかと、道修町《どしょうまち》の書店文《ぶん》翔堂《しょうどう》に行き、並べられている化け物本を片っ端から読んでみたのだ。鳥山石燕の「画図百鬼夜行」はもちろんあったが、それを下手くそに模写しただけのいかがわしいものもあった。粗悪な紙に摺られており、値も安い。ほかの画家が描いた本も多数出されており、こどもの落書きのような稚拙なものから、錦絵のような豪奢なものまでその種類は数えられないほどだが、中身は似たり寄ったりだ。石燕が生み出した妖怪の焼き直しが多く、しかも絵につけられた書き入れは、ありきたりの短いものばかりで、読み応えはない。絵と化け物の名前しかないものも多い。

なんとか新しみを出そうと、思いつきででっちあげた妖怪をどんどん加え、新作と称して刊行しているが、それがまた売れているのだ。さっきも、売り出したばかりの妖怪草子を大勢の丁稚たちが風呂敷に包んで背に担い、足早に出かけていく光景を見たばかりだ。店で作った本を他店に卸すのである。また、店先に新作を買いに来る客が引きも切らぬ。その多くは小遣いを握りしめたこどもである。

「ぬらりひょん、牛鬼《うしおに》、網切《あみぎり》、しょうけら、かまいたち、海座頭《うみざとう》、野寺坊《のでらぼう》、手の目、おとろし、目目蓮《もくもくれん》……よくもまああれだけの化け物を思いつくものですね」

小糸が感心したように言った。

「まったくです。ぬっぺふほふとかいうやつもいたな。肉の塊みたいな……」

「けらけら女というのもおりました」

そう言って小糸は笑った。

「あの……小糸殿はお化けや妖怪が死ぬほど怖いのではなかったのですか」

「はい。本物は怖いのですが、あのような絵草子なら楽しいです」

「それと、あの神社にもう一度ご一緒してもらうことになって申し訳ない。どうせなら、勝手のわかった方にご同道いただきたかったのです」

「私も、先刻の恥をすすぎたい気持ちでしたので、勇太郎さまにお誘いいただいたときはうれしかったです。神社にいるのが物の怪ではなく悪人であることがわかった今となっては、なにも怖いことはありません。――私も、武芸者の端くれですから」

その言葉を聞いて勇太郎は、昨日の夕刻、「もう嫌っ」と言いながら泣いていた姿を思い出したが、もちろんなにも言わなかった。

「着きました」

勇太郎が、崩れた鳥居を指差して言った。

「はい」

「こちらの姿を見せずに、相手がなにもので何人ぐらいかを探るのが此度のお役目です。できれば、向こうに覚《さと》られたくはありませんが、もし見つかったときには斬り合いになるかもしれません。偽札造りという大それたことをしでかすやつらです。よほどの覚悟があると思われます。死にもの狂いで抗《あらが》ってきたら、そのときは……」

小糸は赤い縮緬《ちりめん》で作った袋を叩いた。脇差《わきざし》が入っているのだ。その凜《りん》としたさまは、昨日とは別人のようで、勇太郎は思わず立ち止まって見惚《みと》れてしまった。

「なにか……？」

横目でちらりと勇太郎を見ると、小糸は彼を追い越して鳥居をくぐり、境内へと入っていった。

（颯爽《さっそう》としてるなあ……）

勇太郎がその後ろ姿を見つめていると、小糸が振り返り、

「お急ぎください」

勇太郎はあわてであとを追った。すでに日は落ちている。なるべく影が出来ぬよう、月を背負わぬよう歩く。足音を立てぬのは武芸者のたしなみだが、それでも多少は音はする。かさ……かさ……と落ち葉を踏みしめる音がするたびに、脚がぴくりとなる。本殿の裏手に回って、偽札が置かれていた部屋を外から見る。明かりは灯《とも》されていない。勇太郎と小糸は目配せをしてうなずきあった。まだ、だれも戻っていないということだ。

「ここでしばらく待ちましょう」

勇太郎は小糸の耳もとに口を寄せて、そう言った。ふたりは茂みに身を潜めた。身体を寄せ合ってじっとしていると、相手の息遣いが聞こえてきて、妙に生々しかった。くっつきすぎているかもしれない。嫌がっているのではないのか。少し身体を離すべきだろうか。いや、それこそかえって変に思われるのではないか……。

「あの……」

ちょっとくっつきすぎでしょうか、と言おうとしたとき、

「叱《し》っ……!」

小糸が彼を制した。鳥居のほうから足音が聞こえてきたのだ。

◇

ぽちゃん、という水音に鳩好ははっと振り返った。そこにはただ、ねっとりと黒い川

があるだけだ。提灯《ちょうちん》の細い明かりが照らす水面《みなも》は、昼間とちがって、流れているのか澱《よど》んでいるのかすらわからない。水の匂いと草いきれが鼻をつく。鳩好はそろそろと川べりを進んだ。手には、キュウリを数本持っている。三平に聞いたとおり、これで河童をおびき出そうというのだ。まだ熟していない青いものだが、それしか手に入らなかったのだ。

ようようつかんだ浮世絵の仕事である。鳩好は全身全霊をかけて打ち込むつもりだった。もともとひとつことに凝る気性である。東国屋清兵衛はほかの妖怪から取りかかれと言ってくれたが、鳩好はとっかかりである河童の件を片付けないと先へ進めない思いだったのだ。紙のうえに真を写すのが彼の身上である。そのためには、できればこの目で河童を見たい。鳩好は、妖怪変化の類を信じていない。だから、頭でこしらえて描くしかないと思っていた。しかし、もしいるものならば、万難を排してでも細部まで見たうえで描きたい……。

いないならいないでもよい。とにかく、できうるかぎりの努力をして、気持ちに区切りをつけたかったのだ。

また、ぼちゃんという音がした。蛙が飛び込んだのかもしれない。そういえばさっきからずっと、蛙の声がうるさいぐらいに聞こえている。

（ここらあたりがええやろ）

鳩好は、キュウリに紐を結び付け、川に投げ込んだ。紐のもう一端を手でつかんでいる。竿は使わない。月の光を浴びたキュウリは生き物のようにひくひくと動いている。

（これでよし。あとは河童が……）

かかるのを待つだけや、と鳩好は紐を持ったまま石に腰を下ろし、煙管《キセル》と煙草《たばこ》入れを取り出した。一服しながら、流れに躍るキュウリを見つめる。煙管を叩いて、吸い殻を川に捨てる。またキュウリを見つめ、煙草を吸う。その繰り返しだ。遠くで会所守《かいしょもり》が拍子木《ひょうしぎ》を打つ音が聞こえてくる。もう五つ半ぐらいか。大きなあくびをしながら、また灰を川に落としたとき、ふと……今の今まであれほど騒がしかった蛙の声がまるで聞こえなくなっていることに気づいた。そして……彼のすぐ右横……身体が触れるほど近くにだれかが立っている。いつからそこにいたのだろう、近づいてくるのもまるで気づかなかった。いささか気味悪く思いながらそちらに顔を向けた鳩好は、息がとまりそうになるほど驚いた。そこに立っていたのは、こども……いや、こどものように小柄な人間だった。全身が濡れていて、長い髪の毛も顔に貼りついている。暗くて、衣服を着ているのかどうかはよく見えない。皿やくちばしや甲羅があるのかどうか、手に水搔きがあるかどうかはさだかではない。しかし、鳩好には近くに置いた提灯を掲げるような根性はなかった。

「あんた……河童ですか」

相手は答えなかった。くるりと向きを変えて、川のほうにすたすた歩いていく。そして、一言、

「川……汚さんとって……」

「は、はい」

「キュウリ……ありがとう。キュウリは……青いうちに……食べたほうがええよ」

つづいて、小さな水音がして、あとは静寂が訪れた。ふたたび土手を覆わんばかりの蛙の合唱がはじまって、ふと川面を見ると、紐をつけてあったキュウリはどこにもなく、おのれが持っていた分もいつのまにかなくなっていた。鳩好は震えがとまらなかった。急に怖くなってきたのだ。

(こ、これや……この怖さを……絵にするんや……)

提灯をひっつかむと、足をがくがくさせながら鳩好は夜道を走った。

◇

足音は、ざくざくと枯葉を踏みしめて近づいてきたが、本殿の手前でぴたりと止まった。そのまま動かぬ。

(気づかれたか……)

勇太郎は腰の十手を握りしめた。息を殺して待ち構えていると、たっぷり百ほど数え

る間をあけて、足音の主はもういちど歩き出した。さっきと異なる、そろそろとした歩き方である。本殿正面の階段を上っていく音。つづいて廊下を歩く足音。飛び出していきそうになるのをこらえていると、やがて奥の部屋に明かりが灯った。

（どうやらひとりしかいないようだな……）

偽札造りというものは、もっと大勢で行われているだろうと思っていた勇太郎には拍子抜けだった。あれだけ多種の銀札を扱っているのだから、板木を彫るもの、摺るもの、それをさばくものなど、少なくとも三、四人、もしかすると七、八人かと覚悟していたが、ひとりで間に合うとは……。だが、今夜はほかのものはどこかで飲んでいるのかもしれぬゆえ、油断はできない。燭台《しょくだい》の明かりがじじじ……と音を立てている。もういいだろう、と勇太郎は小糸に合図をして、中腰で窓のすぐ下まで進んだ。なかの様子をうかがおうと、壁に開いた穴からのぞき込もうとしたとき、

「しええい！」

いきなり障子が開き、気合いとともに頭上から白刃が降ってきた。その太刀風《たちかぜ》の鋭さに勇太郎は衝撃を受けた。浴びただけで顔が爛《ただ》れるかと思うほどの凄《すさ》まじいものだったのだ。勇太郎は中腰のまま間一髪飛びのき、そのままの姿勢で十手を抜いた。立ち上がろうとすると、その隙を狙われるかもしれぬと思ったのだ。おっとっと、と後ろに倒れそうになるのをかろうじてこらえ、脚の力だけで立つ。相手は窓を蹴破り、外へまろび

出た。雑草を踏みしめて大刀を構えるそのさまは明らかに武士のものだ。しかもかなりの遣い手だ。こうなったらもう、こちらの素性を隠し続けるわけにはいかぬ。十手を右手でまっすぐその男の眉間に向けて構え、

「西町奉行所同心村越勇太郎である。おとなしく縛《ばく》につけ」

「なに……？」

相手はあわてたようだ。月明かりで見たかぎりでは、三十過ぎぐらいの中肉中背の侍である。

（侍が、偽札を作っていたとは……これはなかなかの大事《おおごと》かもしれない……）

勇太郎は、十手を構え直し、

「小糸殿、油断召されるな」

「はい……！」

小糸も脇差を抜き、正眼《せいがん》に構えた。勇太郎と小糸は左右から侍への間をじりじり詰めていった。まだ、相手の腕はわからぬが、どうやらかなりのもののようだ。小糸のほうをちらと見ると、勇太郎に向かって軽くうなずいた。小糸も、相手が「強い」ということを察したらしい。

侍は、品定めをするように勇太郎と小糸の両方を交互に見ていたが、勇太郎のほうがくみしやすしとみたのか、

「ええいっ！」

大上段に振りかぶり、大股の踏み込みで突進してきた。その凄まじい剣風は蒸し暑い夜気が冷やっとするほどだった。これは真っ向から受け止めるのは無理、と勇太郎は身体を開いたが、かわしきれず、十手の根もとでかろうじて受けた。ガガッ、という重い音がして勇太郎は手首がしびれ、十手を取り落とした。

（しまった……！）

咄嗟《とっさ》に刀を抜こうと柄《つか》に手をかけたが、相手が近すぎて抜けない。泡を食ってよろけ、二、三歩とんとんと横歩きしてしまった。そして、松の木にぶつかって転倒し、腰をしたたか打った。

（やられる……）

勇太郎は覚悟したが、侍はくるりと半転して逃げ出した。そこを横合いから小糸が、

「ええいっ」

と斬りつけた。さすが岩坂道場の師範代の打ち込みだ。その切っ先からは炎が噴き出しそうなほどの鋭さだったが、瞬時に侍は刀で軽々と受けた。小糸はうえから力任せに押し破ろうとしたが、侍は逆に押し返してくる。腕力では侍のほうが上回る。ついには小糸にのしかかる体勢になった。勇太郎は必死で起き上がって抜刀し、よろめきながらふたりに近づこうとした。もう少しで侍の刃が小糸の白い首筋に触れそうになったとき、

侍は急に身を翻し、ふたたび逃げ出した。

「勇太郎さま、私は右から追いかけます。勇太郎さまは左側から回り込んでください」

　小糸に言われるがまま、勇太郎は腰をさすりつつ本殿の左側を走った。ちょうど本殿を半周したあたりで、侍は立ち止まると勇太郎を振り返り、剣を構えた。勇太郎は、腹が立ってきた。小糸よりおのれのほうが弱いと思われているようだ。

（くそっ……！）

　勇太郎も正眼に構えた。息を整え、落ち着いてよく見ると、その侍は月代《さかやき》もきれいに剃《そ》り上げ、髭もない。身なりも立派で、とても浪人とは思えぬ、人品《じんぴん》卑しからぬ人物に見えた。

（いずれかの家中の侍か。とすれば、大名家ぐるみで偽札を造っているのか……）

　だとすれば、由々しきことである。勇太郎は一命を賭してでもこの侍を召し捕らねば、と決意を固めた。

「偽札造りめ、逃がさぬぞ」

　侍は驚いたような顔つきになり、

「ちがう。これはちがうのだ」

「なにがちがう」

　そう言った瞬間、

「えやあっ！」

侍は大声で叫ぶと、刀を槍《やり》のように構えて突っ込んできた。——と見せかけ、途中でやめると、鳥居のほうに向かって駆け出した。そこへ小糸が追いついた。ふたりで挟むようにすると、侍は突然、

「わ、わかった。抗いはいたさぬ。私の話を聞いてくれ」

「言い訳か。往生際が悪いぞ。偽札造りがどれだけの罪になるかわかっているのか」

「言い訳ではない。釈明したいのだ。ただ……私が今から申すことはよそに漏れぬようにしてほしい」

「虫が良すぎるぞ。それは受け合えぬ」

勇太郎と小糸が、ともに息を合わせてぐいと寄ると、

「と、ともかく話を聞いてくれ。剣を収めてくれ」

「図々しい。それならまず、おまえから剣を収めろ」

侍はハッと気づき、おのれの刀をしまうと、大小を鞘《さや》ごと抜いて、勇太郎に差し出した。

「これでよいか」

勇太郎は小糸と顔を見合わせ、ふたりとも剣を下ろした。

「まずは、姓名から承ろうか」

勇太郎が言うと、その侍は堂々たる声音で名乗った。それを聞いて、勇太郎は腰を抜かしそうになった。

◇

世間はもう寝静まっていたが、鳩好はかまわず東国屋の戸を叩いた。何度もしつこく叩いているうちに、

「すんまへん。今日はもう終わりました」

丁稚らしき声がした。

「絵師の鳩好だす。河童の絵をお持ちしましたんや。ぜひご主人に見ていただきたいんです。お手間は取らせまへん」

「主はもう寝ております」

「すんまへんなあ、丁稚さん。ちょっとだけ……ほんのちょっとだけ起きてもらうわけにはいきまへんか。大事なことですねん」

鳩好という男は、絵のことになると無我夢中で、他人の迷惑など頭から消えてしまうのだ。

「夜は、どんなことがあってもだれも取り次ぐな、と主からきつう言いつけられとります。すんまへんけど……」

「そこをなんとか……」

「明日にしとくなはれ。ほな、お休みやす」

鳩好はしばらく大戸のまえにたたずんでいたが、また叩きはじめた。

「頼んます。ひと目だけでもよろしいのや。河童の絵を……河童、河童、河童」

丁稚も根負けしたらしく、

「うるさいなあ。近所迷惑でうちが叱られます。——しばらくお待ちください」

かなり待たされたが、ようようくぐり戸が開き、鳩好はなかに通された。まだ、店のものは大半起きているようだ。あちこちの部屋に明かりがついている。鳩好は、主清兵衛の部屋に入ると、清兵衛は眠っていた様子もなく、昼間同様、きちんとした着物姿でそこに座っていた。

「すんまへん。河童の絵ができたんで、一刻も早うお見せしとうて夜分をもかえりみず、持ってまいりました。なかなかの出来やと思いますのやが……」

差し出された鳩好の絵を見て、東国屋清兵衛は露骨に顔をしかめた。

「これが……河童でおますか」

「そうです。ついさっき、猫間川でこの目で見たのです。忘れぬうちに急いで描き上げて持ってまいりました。仕上げはまだですが……」

「うーん……」

清兵衛は首をひねった。

「怖すぎる」

「——え？」

「化け物本の主な買い手はお子たちですのや。これはほんまに怖いやつやがな。こんな怖い絵見たら、夜中に小便に行かれへん、ゆうて親から文句がさんざん来ますわ」

「で、でも、私が見た河童はこのまんまでした」

「まんますぎます。これでは売れまへん。もうちょっと柔らかい絵にしてもらわんと、うちでは扱えまへんな。それに、河童ゆうたら頭に皿があって、口が尖ってて、背中に甲羅があるもんだす。この河童は、そういうもんがおまへんがな」

「私に嘘を描けと……？」

「嘘やない。ちょっと柔らかくしてもろたらよろしいのや。皿やくちばしがなかったら、世間は河童やと思いまへんやろ。——けど、鳩好先生、あんたほんまに河童を見はりましたんか」

「ええ、はっきりと」

「近所の悪ガキの冗談《てんご》やった、ゆうことはおまへんか。そうやったとしたら、あとでうちが恥を掻きます」

「いやいや、あれは……河童だったと思います」

「思います、では困りまんなあ。間違いのう河童でおましたか」

そう言われて、鳩好はぐっと言葉に詰まった。今の今まで、すっかり河童だと信じ込んでいたが、たしかにこどもがそういう恰好をして川に入っていたと思えぬこともない。暗くて皿もくちばしも見えなかったので、そのとおりに描いたのだが、よく考えると、ただの「ずぶ濡れになった女の子」だったのかもしれない。鳩好は急に弱気になってきた。

「この河童の髪の毛が顔に貼りついているところや、腕の持ち上げ方、ひとでもなく獣でもないような顔の様子、ぬめぬめした肌合い、滴っている水……いやあ、先生の絵の腕は間違いないと思います。まわりの草むらやら水面の波紋なんぞも、ここまで見たままを描けるゆうのはたいしたもんや」

鳩好は憮然《ぶぜん》として、

「褒められているような気がしまへんな」

「いえ、褒めておりますとも。——絵師の仕事というのもなかなか苦しいようですな。うちで抱えている先生方も、皆、ぼやいておられます」

「私は、そもそも絵師としての仕事がほとんどおまへんのや。苦しいどころか、干上がっております。河童やったら、とうに死んでるとこや」

「ははは……化け物草子は引き続き描いていただくとして、もうひとつお願いしたい仕事がおますのやが……」

「えっ？　それはありがたい。ぜひ、やらしとくなはれ」

「目の色が変わりましたな」

「へえ……今、借銭《しゃくせん》で首が回りませんのや。家賃も半年溜めてますし、米屋や八百屋なんぞの支払いも滞って、近頃は掛けでは売ってくれまへん。恥ずかしながら、商売道具の紙や絵具を買う金にも事欠くありさまで……」

清兵衛がうっすらと笑った。

「で、どんな絵を描きますねん。絵草子か浮世絵かそれとも……」

「引き札みたいなものを描いたことはございますか」

「やったことはないけど……できんことはないと思います」

「ここにもし、一枚の引き札があって、それとそっくりそのままの引き札を描いてくれ、て言われたらできますやろか」

「模写ですか。師匠のもとでさんざんやらされましたから得意中の得意です」

「それはよかった。ほな、お願いしまひょか。じつは、まえに受け持っていた男が亡くなりましてなあ、後釜を探しとったとこですのや。——先生は口は堅いほうだすかいな」

「はあ……たぶん……」

「このことは、くれぐれも口外してもろたら困りますねん。そのかわり手当てははずみまっさ」

「ありがたい。——で、どんな仕事ですか」

「まずはこちらに来ていただけますか」

そう言うと、清兵衛は立ち上がり、別室に鳩好を連れて行った。そこは、本を摺るための部屋らしく、多くの板木が積み上げられ、束ねた紙、墨や水干《すいひ》絵具などが所狭しと置かれていた。摺りかけの本が乾かしてあり、きちんと紐で四つ目綴《と》じされたもの、まだ綴じられていないものなどに分けられていた。だが、清兵衛が案内したのは、その部屋のまだ奥にある小さな部屋だ。ほとんど物置のような狭さである。暑いのに閉め切って、男がふたり汗だくでなにやら摺っている。ひとりは二番番頭で、もうひとりは手代だろう。ふたりはきっとこちらを見たが、主だとわかって顔をゆるめた。

部屋の隅には、長方形の紙札が積まれていた。清兵衛はその一枚を手に取ると、鳩好に示した。

「これは……？」

「銀札だす」

鳩好は、金札や銀札などの板木は各大名家が大坂や京の板木屋に彫らせているが、摺ることだけはかならず領内で、役人の厳重な立ち会いのもとで行うのだ、と聞いたことがあった。

「もうわかりましたやろ。先生に描いてほしいのは、札の絵だす。近頃は、偽札を防ぐために細かい絵を入れたり、阿蘭陀《オランダ》文字を使《つこ》うたりしとるさかい、こっちも苦労しますのや。前に絵を受け持ってた一番番頭が死によりましてな、どうしても先生に後釜をお願いしとおますねん」

鳩好はぶるぶる震え出した。

「もちろん、話を聞いてしもたからには、断っていただいたら困ります。どうしてもお引き受けいただかんとねえ……」

「お、お、お断りします。貧乏はしていてもこの鳩好、悪事に手を染めるまでは落ちぶれとりまへん。そんなことをしたら私の絵が死にます。絵というのは真を写すもの。描くものの悪心はかならず絵に出ると師匠に教わりました」

「ほほう……お断りなさる。絵師としてその心掛け、お見事だすなあ。けど、私どもも、断られて、はい、そうだすかとは申せません。ここでなにが行われているか知られたうえからは、先生を帰すわけにはいきまへんのや」

「ほ、ほな、どうせよと……」

清兵衛はかたわらにいた二番番頭に顎をしゃくると、二番番頭は手ぬぐいを取り出してそれをねじると、両端を持った。清兵衛はドスの効いた声で、

「絵が死ぬまえに、あんたが死ぬことになりますなあ。まあ、しかたないことやけど……」

「ひ、ひ、ひ、人殺しっ」

「騒がれるとまずい。はよ殺《や》ってしまえ」

二番番頭はねじって縄のようにした手ぬぐいを手に、鳩好に近づいてきた。蛇ににらまれた蛙のように動けずにいる鳩好の首にそれを巻きつけようとしたとき、店の戸を激しく叩く音が聞こえてきた。

「なんや、今時分……」

清兵衛は顔を歪《ゆが》めると、手代に向かって、

「だれかしらんが帰ってもらえ。店に一歩も入れることならんぞ」

そう言い掛けたとき、

「西町奉行所である。東国屋清兵衛、ここを開けよ！」

清兵衛と二番番頭、手代の三人は一瞬呆然としたが、

「いかん……なんでバレたんや！」

「捕まったら獄門やで」

「せやから、こんなことせんほうがええて、わてがあれほど……」

口々に叫びながら、棒立ちになっていた鳩好を突き飛ばすと、われ先に部屋から出て

行こうとした。店のほうに向かうと、すでに大戸が叩き壊されており、御用提灯がひしめいていた。岩亀与力と勇太郎の姿もある。

「それ、召し捕れい!」

「くそったれ!」

三人は踵《きびす》を返し、店の奥から中庭へ出た。左右に蔵が並ぶなかを突っ切って走る。裏口もどうせ、手が回っているだろう。燈籠《とうろう》を押し倒すと、そこにひとがひとり潜《くぐ》れるような穴が開いた。三人は順にその穴に飛び込んだ。店の横手の狭い路地に出られる抜け穴なのだ。三人がモグラのように穴から出ると、そこにはだれも手配りされていない。

「しめた……!」

「こっちは手薄や。このまま長堀に出て舟で逃げよ。夜船で京へ上がったらなんとかなる」

「金はどないしますのや」

「そんなもんほっとけ。また、どこぞで偽札摺ったらなんぼでも取り戻せる。命あっての物種や」

路地から路地へと移りながらなんとか逃げ延びようとしている三人のまえに、地面から浮き上がったかのようにひとつの影が立ちはだかった。

「どけ、邪魔じゃ!」

押しのけて通ろうとすると、その影はいきなり刀を抜いた。三人は知らなかったが、その男は「化け物神社」に出入りしていたあの侍なのだ。

「ぶ、奉行所の役人か」

清兵衛の問いに、侍は答えた。

「私は、勘定吟味役　改役《あらためやく》神崎《かんざき》　小右衛門《しょうえもん》だ」

「ななななんやと……！」

勇太郎たちがやっとその路地にたどりついたとき、すでに三人は神崎の峰打ちを見舞われ、その場に伸びていた。

「お見事です」

思わず勇太郎がそう言うと、神崎は照れたように小鬢《こびん》を掻き、

「勘定所にこもって帳面付けばかりしておりますと、たまにこうして散じてみたくなるのです」

そう言って笑った。

◇

勘定吟味役はまえまえから、関西の大名領内にはびこる偽札に目を光らせていたのだそうだ。そして、その摺りもとが大坂にあることにも気づいていた。改役である神崎は

大坂に潜入して、偽札を造っているものがだれかをつきとめ、それを勘定所に報告する役目を負っていた。大坂城代や町奉行所に素性を明かさず、たったひとりで荒れ果てた神社にいたのは、

「偽札の数や種類がことのほか多く、大坂城代や町奉行、もしくはその配下が黒幕、ということも考えられたため」

だそうである。勇太郎は、なるほどと思った。

「代官や家老などが、財政窮迫を補うためにひそかに偽札を摺る、ということも多いのです」

召し捕りから数日経ち、大坂城代への報告も済ませた一夕《いっせき》、西町奉行所の小書院で行われたささやかな宴席において神崎小右衛門は、久右衛門にそう言った。

「はじめのうちは慣れぬ土地での探索、雲を摑むような心もとなさでございましたが、調べを進めていくうちに、どうやら心斎橋の東国屋が偽札の大もととわかってまいりました」

ときには、東国屋のまわりを物乞いや飴《あめ》売りに化けて嗅ぎ回り、ようよう尻尾をつかんだのだという。

「勘定所に書面にて報せ、ご老中を通じて召し捕りの人数を手配りしてもらおうと思うていたところを、こちらの村越殿に見つかりましてな……」

そのことで、どうやら町奉行所は加担していないと見極めがついたため、勘定所からの指図を気長に待つより、いっそのこと町奉行所の捕り方の手を借りて一気に召し捕ってしまったほうがよい、と思ったのだ。

「私の一存で決めたこと。あとでご老中からお叱りを受けるかもしれませぬが……」

「ふん、老中など屁でもないわい。放っておけばよい」

「ははは……お奉行は聞いていたとおりのお人柄です。我々はとてもそうは参りませぬ。すまじきものは宮仕えで……」

「聞いていた……？　どのように聞いておられたのじゃ」

神崎はそれには答えず、美味そうに酒杯を干した。

列席しているのは、久右衛門、神崎のほか、岩亀与力、勇太郎、小糸、鳩好、千三、そして、三平だった。目のまえに並べられているのは、源治郎が腕に縒《よ》りをかけたものばかりである。もちろんナマズの料理もある。小鉢に盛られた美しい刺身に大根の細切りと茗荷《みようが》をあしらい、三杯酢をかけたものが、勇太郎にはことのほか美味に感じられた。それを肴に酒を飲んでいると、小糸がしきりに肘でつついてくる。

「どうされたのです」

「わかりませぬか。この料理」

「なんのことです」

「ナマズを膾にしたものです。ナマズの膾……」

あっ、と思った。源治郎の遊び心なのである。それにしても美味い。

「此度は、お奉行をはじめ、西町奉行所の皆々さまにひとかたならぬお世話になりました。偽札を作っていた悪人たちも一網打尽にできました。お礼を申し上げます」

神崎は、そう言って頭を下げた。東国屋は、十年ほどまえから偽札造りに手を染めた。本を作る技があれば、銀札などいくらでもできるという。紙もまったく同じものが使えるし、すかしや細かい彫り、阿蘭陀文字なども朝飯まえである。主の東国屋清兵衛と、亡くなったまえの一番番頭のふたりがはじめたことだが、その後二番番頭と手代を仲間に引き入れ、三人で行っていたらしい。老中の指図を仰がねばならないが、ことがことだけに、清兵衛は打ち首獄門、あとのふたりも死罪になるのではないかと思われた。もちろん東国屋は闕所《けっしょ》になった。

「とんだ化け物神社騒ぎであったが、終わってみれば万々歳ではないか。さあ、皆、飲め、食え。今宵は無礼講じゃ」

久右衛門は上機嫌だったが、一座のなかでふたりだけ浮かぬ顔のものがいた。鳩好と三平である。

「いかがいたした、鳩好。顔色がすぐれぬぞ」

鳩好は、清兵衛たちに口封じのために殺されようとしているところを、間一髪救われ

たのだ。本来、喜ぶべきはずなのだが、

「それがその……東国屋が闕所になったので、私の化け物草子が出なくなりました」

「よその書肆《しょし》に持ち込めばよいではないか」

「いや、もう持ち込んだのですが、どこでも絵が怖すぎると断られまして……」

「うはははは。化け物の絵が怖すぎるというのは、最上の褒め言葉ではないか」

「笑いごとではございません。これでは干上がってしまいます」

「まあ、今日はそういう憂《う》さを忘れて飲むがよい。飲め飲め」

「言われなくても飲ませていただきます！」

そう言って、鳩好は酒を立て続けにあおった。

「三平も浮かぬ顔だのう。いかがした」

「うん……その……」

そう言ったまま三平は箸も動かさず、下を向いた。勇太郎が見かねて、

「お奉行さまに申し上げます。三平は、東国屋一番番頭の佐助の一人娘小夜と仲良しでございました」

「おう、あの可愛げな娘か！」

久右衛門は虚を突かれたような顔になった。佐助は、偽札造りに関わってはいなかったが、店を預かる一番番頭としての責めは免れず、所払いになるだろう、とのことで、

すでに姫路《ひめじ》にいる親類のもとに小夜とともに旅立っていた。生まれてはじめてできた同年代の友との別れが、三平の身に痛いほど染みていたのだ。

「三平、わしを恨むな。これはやむをえぬことなのじゃ」

「わかってる……けど……」

いろいろな思い出がよみがえってきたのか、三平は少し鼻を啜った。

「可愛らしいだけでなく、知恵もあったのう。三平、おまえをまんまとたばかったではないか」

「わてをたばかった？　なんのことや」

「ははは……まだ気づいておらぬのか。河童のことじゃ」

「ああ、お小夜といっしょに見た河童やろ。あれがどないしたん？」

「あの河童の正体はだれだと思う」

「正体もなにも……わてとお小夜が茶店で団子食べたあと、川に戻ったときにふたりで見たんや」

「小夜は、おまえより遅れて戻ったのではないか？」

「お奉行さん、千里眼《せんりがん》か？　あいつがいちびって皿についたアンコをいつまでも舐めてるから、あとから来いゆうて、わては先に帰ったんや。そのとき、水音がして振り返ってみたら……」

「なるほど。おまえは今、小夜とふたりで見たと申したが、小夜はどこにいたのじゃ」

「——え？　たぶんわての後ろに……まさか……」

「小夜はおそらく、大急ぎで戻ってきて、足を滑らせ、川に落ちたのだろう。そのとき、ふと思いついて皿を頭に乗せて、おまえをおどかしたのじゃ。皿は、あまりにあわてていたので茶店からうっかり持ってきたのであろう」

「え？　けど……そんなアホな……」

幼児のような身体つきだったのは、まさしく幼児だったからだ。おかっぱ頭も小夜の髪型と同じだ。濃い緑色だったのは、浅葱色の着物が水に濡れたからだ。頭の皿は、本物の皿だったのだ。

「で、でも、背中に小さい亀の甲羅みたいなもんがあったで」

「川に落ちたのだから、亀が乗っても不思議はなかろう」

「青臭い匂いがしたけど……」

「おまえはキュウリを餌にしていたのだろう。その匂いではないのか」

「う……」

「そのあとすぐにおまえは気を失うた。小夜と会うたのは、目を覚ましてからではないのか」

「あ……」

そうだった。それに、今思い出したが、気がついたときに介抱してくれた小夜は、茜色の着物を着ていた。着替えを持ってきていて、濡れたからそれに着替えたのだろう。キュウリがなくなっていたのも、通りすがりの誰かがいちびって盗《と》っただけかもしれない。

「なんで今まで気ぃつかんかったんやろ。ほな、河童がしゃべったゆうのは……」

「わしが厳しく問いただしたために、そんなことを口にしてしもうたのじゃ。『川を汚すな』というのは、まことに河童らしいが、ひとにあらざるものが人語を話すのはおかしかろう」

「猫間川、えろう汚れてたもんな。——ほな、お奉行さんはあのときもう、河童がお小夜やてわかってたんか」

「そういうことになるのう」

「くっそー、腹立つ。あいつ、わてをだましよったんやな。けど……なんでそんなことしたんやろ」

「三平、おまえはあの娘をすぐにからかったり、馬鹿にしたりしておらなんだか」

「そ、それは……」

「あの娘もおまえに仕返しをしてやろうと思うたまでじゃ。薬が効きすぎて、引っかかったおまえが気を失ったのであの娘もさぞあわてたことであろう。男なら許してやれ」

「許すも許さんも……」

三平は、また下を向いた。すると鳩好が、

「ということは、私が見た河童も小夜やったんでおますかいなあ」

「そういうことじゃ。おまえが河童を見るために猫間川に行くと聞いて、先回りしていたのであろう」

「そういえば、私にも、川を汚すなと言うとりました。けど、おかしな具合ですなあ。私はあのとき、河童は後回しにする、て言うたのに……」

「まあ、細かいことはよいではないか。万事うまくいったのじゃ。小夜がそう言うてくれたおかげで、猫間川の大浚《おおさら》いもできたのじゃ」

久右衛門は、三平に約束していたとおり昨日町役たちに触れを出し、猫間川流域に住むものたちに川浚いを命じた。もちろん川役与力を筆頭に西町奉行所の与力・同心衆も総出で手伝った。いつもの着流しではなく、濡れてもいいような浴衣を着た役人たちが、溜まったゴミを汗みずくで運び出すのを見て、近隣の住人も心を合わせて働いた。日暮れにはあれほど汚かった猫間川はすっかりきれいになっていた。水も澄んだ。

「これで、猫間川もまことの河童が棲めるような川へと戻るであろう」

そこへ源治郎がやってきた。

「お料理のほうはどないだす」

皆は口々に美味しいと褒めそやした。

「ナマズの膾も洒落《しゃれ》ているぞ」

勇太郎が言うと、

「へっへっ……わかってもらえましたか」

鳩好がまだ怪訝そうな顔をして、

「けど、あの河童が小夜だとすると、なぜにあのようなことを言うたのやろ」

「なんのことじゃ」

久右衛門が聞きとがめた。

「はい。キュウリは青いうちに食べたほうがええ、などと……」

「——なに？」

久右衛門は片方の眉を上げた。三平が、

「そうそう、わてもこないだ、あんまり喉が渇いたんで、青いままのキュウリを齧《かじ》ってみたんや。そうしたらびっくりや。キュウリて、柔らこうてぶよぶよしてるやろ。それが、硬《かと》うて、ガリッとした歯触りやねん。水気がたっぷりあるけど……苦いわ。やっぱりキュウリはよう熟したほうが……」

「待て。——源治郎」

久右衛門は源治郎を呼び寄せ、なにやらささやいた。

「そんなことして大事おまへんか」

「かまわぬ。料理も、挑む気持ちがなければ新しいものは生まれぬ。やってみよ」

「へ……」

台所へ下がった源治郎は、ほどなく小鉢を並べた盆を持ってきた。

「これは……？」

岩亀与力がきくと、

「これは、まだ青いキユウリを薄切りにして、水気をぎゅっと絞って、三杯酢をかけてみたもんに、ナマズの蒲焼きを細う切ったものを合わせてみました。こっちは、同じキユウリをざく切りにして、塩をまぶし、水気を切ってからごま油をちょろっと垂らしたもんだす。どちらも御前の指図で、即席にこしらえたもんだすけど……」

「ふーむ……」

岩亀はおそるおそる箸をつけたが、

「なるほど。しゃくしゃく、ぱりぱりとして歯応えがよいのう。たしかにかなり苦いが、蒲焼きの甘さに消されてちょうどよい」

神崎もひと口食べて、

「ごま油であえたほうは、ガリガリとした強い歯触りで、苦みもきつうござるが……酒がすすみますな。江戸にもこういうものはありませせぬ」

千三も、

「苦みがなんともいえんな。これからキュウリはこないして食うにかぎるわ」

小糸も、

「夏場にはさっぱりしてよろしいです。帰って、父にもすすめてみます」

喜内も、

「ここのところ夏痩せで胃の腑が重かったのが嘘のように治りましたわい。これこそ、河童のくれた妙薬……」

案外の好評に源治郎は気を良くして、

「チリメンジャコや塩昆布《しおこんぶ》、梅肉なんぞも合いそうやな……」

とつぶやいた。だが、三平だけは、

「苦いわあ……なんでこんなもんが美味いのん？　歯応えはええけど、わての口には合わん。ああ、苦い……」

久右衛門が豪快に笑いながら、

「わははは。この苦みがよいのじゃ。苦みが清涼感を呼び、また食欲を増す」

そう言ったあと、真顔になって、

「三平、この苦さをよう味わえ。苦みのわからぬうちはまだまだじゃ。この苦みが美味く思うようになって、はじめておとなになれるのじゃ」

三平は少し考えていたが、

「はい」

素直にうなずくと、大ぶりのざく切りを口に放り込んだ。

「うう、苦い……けど……美味い」

「わははは。でかしたぞ、三平、よう言うた。此度の一の手柄はおまえだのう。天晴《あっぱ》れ……天晴れじゃ！」

そう言って、久右衛門は扇を広げた。そこには、「化け物も河童も住む大坂の町」と書かれていた。それを見た千三が、腕組みをしてなにやら考えはじめた。彼は、勇太郎の隣に来ると、

「旦那……『化け物神社』に入るのは怖ろしかっただすか」

「そりゃまあ……はじめは化け物がいるかもしれぬ、と思うていたからな。なかに入ると、ぞーっと寒かったよ。だが、俺より小糸殿のほうが怖が……痛っ」

膝を思い切りつねられて勇太郎は声を上げたが、小糸を見ると、素知らぬ顔で茶を飲んでいる。

「ふーむ……これはいけるかもしれんなあ」

「なんのことだ」

「夏場は、暑うて芝居は休みで役者も暇だすやろ。それをなんとかでけんかと思うて考

えてましたんや」

「それで?」

「化け物や幽霊を見たら、ぞーっとして寒うなりますやろ。気分だけでも涼しいなるんとちがいますか」

「なるほど。――で、なにをする」

「それは、まだ……これから考えまんねんけど、こしらえもんの化け物がおる『化け物屋敷』みたいなもんを作ったらどないだすやろ」

「ほほう……それは面白いかもしれんな」

「鳩好さんに、真に迫った怖い化け物の絵を描いてもろて、荒れ果てた屋敷のなかに並べますねん。そこに客に入ってもろて、びくびくしてるところに化け物の扮装《ふんそう》した役者が脅かす、ゆう趣向で……」

「うん、それは流行りそうだ。――どうです、小糸殿」

小糸はかぶりを振り、

「私は入りません」

即座に答えた。

やがて、宴たけなわとなり、泥酔した久右衛門が座敷の真ん中で大の字になって寝てしまったのをきっかけにお開きとなった。

◇

深夜、皆が寝静まっているなか、久右衛門の鼾《いびき》が吹きすさぶ野分けのようにごうごうと聞こえている。廊下を、ひた、ひた、と足音が近づいてきて、久右衛門が寝ている小書院のまえで止まった。

「奉行……奉行……」

だが、久右衛門は目を覚まさない。

「奉行……奉行……起きろ……」

「む……だれじゃ……」

久右衛門は目を開けずにそう言った。

「河童……です……」

「なんじゃ、小夜か……」

寝ぼけているのだ。

「あり……がとう……」

「礼などいらぬ。お休み」

「お休み」

足音は遠ざかっていった。

夜更けに佐々木喜内が、久右衛門の様子を見に訪れたとき、廊下に点々とついている水に濡れた小さな足跡のようなものに気づいてぎょっとした。

「まさかな……」

そうつぶやくと、喜内はその足跡を雑巾ですべて拭き取ってしまった。

◇

同じころ、三平は布団のなかで考えていた。小夜が河童だったことはやっと合点がいった。だが、おかしいではないか。一番はじめにナマズを釣ったとき、そのナマズを奪い去ったあれはなんだったのだ。河童ではないとしたらいったい……。

「三平、眠れんのか」

横で寝ている陣平が言った。

「うん……」

「小夜ゆう子のことか」

「ちがう……それはもうええ。キュウリ食うたから」

「なんのこっちゃ」

「おじい、猫間川には河童がおらんとしたら、でかいナマズを一匹かっさらうような魚がおるやろか」

「さあなあ……」

陣平はしばらく考えたあと、

「カワウソかもしれん」

「カワウソ？」

「そうや。なかには四尺もあるようなやつがおるらしい。歯が丈夫で、魚の骨まで噛み砕いてしまう。ひとを化かすこともあるようやな」

「ははは。そんなアホな……」

「なあ、三平。おまえ、ほんまに小夜のことで……」

「お休み」

「え？　ああ……お休み」

三平はひっかぶった布団のなかで、おとなの苦みを噛みしめていた。

（注一）キュウリはもともと「黄瓜」と書いていたように、江戸時代は黄色く熟してから食べるのが一般的で、甘くてかなりの苦みもあり、不人気で食べるものは少なかった。毒があると主張する学者もいた。江戸時代末期、品種改良の結果、江戸の砂《すな》村で苦みの少ないキュウリができるようになり、青いうちに収穫してその歯触りを楽しむという食べ方が広まって、一気に普遍的な野菜となった。

（注二）日本におけるお化け屋敷は、天保《てんぽう》元年（一八三〇年）、江戸の大森《おおもり》在の瓢仙《ひょうせん》という医師が、庭に作った「大森の化け物茶屋」をもって嚆矢《こうし》とする。これは、小屋のなかに百鬼夜行図を壁一面に描き、さまざまな化け物の人形を飾りつけたものだったという。また、天保九年には、両国回向院《りょうごくえこういん》の境内で「変死人形競《くらべ》」という見世物が客を集めた。これは、土左衛門や晒《さら》し首などを人形師泉目吉《いずみめきち》が細工したもので、お化け屋敷の原型とも言うべきものだった。

また、鶴屋南北《つるやなんぼく》による「東海道四谷《よつや》怪談」をはじめ、夏には少しでも客が涼しく感じるような怪談ものの芝居を上演する習慣も江戸後期からのものである。

左記の資料を参考にさせていただきました。著者・編者・出版元に御礼申し上げます。

『大坂町奉行所異聞』渡邊忠司（東方出版）
『武士の町　大坂　「天下の台所」の侍たち』藪田貫（中央公論新社）
『町人の都　大坂物語　南都の風俗と歴史』渡邊忠司（中央公論社）
『歴史読本　昭和五十一年七月号　特集　江戸大坂捕り物百科』（新人物往来社）
『江戸のファーストフード　町人の食卓、将軍の食卓』大久保洋子（講談社）
『なにわ味噺　口福耳福』上野修三（柴田書店）
『大阪食文化大全』笹井良隆（西日本出版社）
『都市大坂と非人』塚田孝（山川出版社）
『江戸物価事典』小野武雄（展望社）
『江戸グルメ誕生　時代考証で見る江戸の味』山田順子（講談社）
『上方庶民の朝から晩まで　江戸の時代のオモロい〝関西〟』歴史の謎を探る会編（河出書房新社）
『江戸時代役職事典』川口謙二・池田孝・池田政弘（東京美術）
『江戸料理読本』松下幸子（筑摩書房）
『花の下影　幕末浪花のくいだおれ』岡本良一監修、朝日新聞阪神支局執筆（清文堂出版）

『大阪の橋』松村博（松籟社）
『料理百珍集』原田信男校註・解説（八坂書房）
『江戸の食文化　和食の発展とその背景』原田信男編（小学館）
『居酒屋の誕生　江戸の呑みだおれ文化』飯野亮一（筑摩書房）
『大阪の町名―大阪三郷から東西南北四区へ―』大阪町名研究会編（清文堂出版）
『図解　日本の装束』池上良太（新紀元社）
『江戸商売図絵』三谷一馬（中央公論新社）
『彩色江戸物売図絵』三谷一馬（中央公論新社）
『清文堂史料叢書第119刊　大坂西町奉行　新見正路日記』藪田貫編著（清文堂出版）
『たべもの起源事典　日本編』岡田哲（筑摩書房）
『愛知大学綜合郷土研究所ブックレット22　藩札　江戸時代の紙幣と生活』橘敏夫（あるむ）
『化物屋敷―遊戯化される恐怖』橋爪紳也（中央公論社）
『平凡社選書230　絵草紙屋　江戸の浮世絵ショップ』鈴木俊幸（平凡社）
『日経プレミアシリーズ　昆布と日本人』奥井隆（日本経済新聞出版社）

解説

旭堂南海

「何を書いてもろてもエエんです。本の中身とは全然違うことをパーッと……」

突然の電話で田中さんに早口で言われたので、

「解説なんて書いたことないですけど、そんなんでエエのならやりまひょか」

と、前向きな返事をしたと思う。が、それを待っていたかのように
「南海さんが口演してる『浪花《なにわ》五人男』も入れさしてもろてるし……」

ときた。田中さんといえば、これまでは大阪の落語ネタをこれでもかっというほどちりばめたメチャ面白い小説を次々出して、落語家はさぞかし臍噛《ほぞか》んでいるに違いない。へへッいい気味だわぃ……などと対岸の火事よろしく居たが、「なんじゃてっ⁉ 遂《つい》に講釈畑へと来たかっ。これは挑戦かっ？ イヤ、もはや侵略かっ⁉」と、思った時にはすでに遅し。

「ほなお願いしますわ」

と電話は切れた。

何を書いてもエエという訳にはいかなくなった。読まねばならぬのである。講釈師としては。ちなみに講談師は講釈師とも言い、江戸時代までは講釈師と言うのが主流だったので、田中さんの小説の時代に合わせてそう言ったまでで他意はない。

数日後、分厚い文庫本五冊とプリントアウトされた新刊掲載用の大枚三題が集英社から送られてきた。

まず第一巻『鍋奉行犯科帳』の第一話（オイオイ、六巻目の解説なのにそこからかいっ！　というお叱りの声は聞き流して）、大邉久右衛門《おおなべきゅうえもん》が西町奉行として着任する場面、「用人も佐々木喜内《ささききない》しかいないらしい……公私両方を佐々木喜内ひとりだけでこなすつもりなのか」と書いてあるのを読んだ時、JR環状線車内ドア付近に立っていた拙者は、はしたなくも「オオッ」と一人声をあげてしまった。

「こっこれは……講釈の『大久保武蔵鐙《おおくぼむさしあぶみ》』ぢゃないかっ！」

ココで少し解説をすると、講釈『大久保武蔵鐙』の主人公は徳川の旗本・大久保彦左《ひこざ》衛門《えもん》。史実としては彦左衛門には生前に『三河《みかわ》物語』という大久保家の来歴を記した書物がある（なんと、この『三河物語』からも田中さんは引用していたっ……油断がならぬとはこういうこった）。

ただ、講釈は直接『三河物語』の筋を拝借したものではなく、著者の大久保彦左衛門個人にこれでもかっというほど光を当てて、主人公に仕立て上げた。すなわち、徳川三代将軍家光《いえみつ》の頃（江戸時代の初め）、駿河台《するがだい》のご意見番として〝好き放題〟をやらせたのである。たとえば、盥《たらい》に乗って千代田（江戸）城へ登城するなど……。でも、その横紙破りな行動も実は意味があってのことであり、最後には大名家のみならず将軍家までもが大久保の意見に従うことになるのである。

江戸時代半ば頃（一七五〇年以前）には講釈師によって各地で口演されたと言われる。そのタイトルが『大久保武蔵鐙』なのだ。拙者が思わず車中にて言葉を漏らしたのは、大邉久右衛門という名前が大久保彦左衛門と少しだけ似ているからというような薄いものではない。佐々木喜内という用人を一人だけ連れているという設定を知ったからであるっ。これは第六巻までズーッと変わらぬ「鍋奉行犯科帳」シリーズの根幹中の根幹をなすものであるっ！

講釈『大久保武蔵鐙』では大久保彦左衛門に用人の「笹尾《ささお》喜内」というのが必ずセットで付く。名コンビなのだ。何かあれば、

「喜内……喜内はおらんかっ」

「ハイハイ、また何の騒ぎでございますか？」

というようなやりとりから大概騒動が始まるのだ。そっそれを……つっ使ったか。とすれば、これは容易ならざる事態出来《しゅったい》であるっ！

イヤ、待てよ……ご丁寧と言うか、潔いと言おうか、はたまた挑戦的と言うべきか、

巻末に参考文献が列記してある。かの司馬遼太郎《しばりょうたろう》でさえ、文中に書名を明記することはあっても、巻末の一括掲載など絶対にしなかった。マッ、文献を並べられても大半が読む機会すら与えられないような資料だったのだろうが……。第一巻の参考文献を調べたが、その中には講釈関係のモノは見当たらぬ。すれば……さてはっ（何だか講釈探偵のようになってきた）、『旗本退屈男』かっ⁉

また少し解説を入れるが、時代小説『旗本退屈男』の主人公は早乙女主水之介《さおとめもんどのすけ》。彼には用人が一人いて、名前がなんと「笹尾喜内」。『大久保武蔵鐙』と同じ設定だ。

『旗本退屈男』は佐々木味津三《みつぞう》が昭和四年に「文藝倶楽部《ぶんげいくらぶ》」（明治後半から昭和八年まで続いた月刊誌で、最初の頃は講釈ネタを必ず入れていた）に載せたもの。当時の時代小説家が講釈ネタ（本）を参考にしたという例は実に枚挙にいとまがないほどで、覆面作家として講釈を雑誌に連載し、小説技法と小銭をモノにして、後に大物作家となった人もいたほどだ。余談だが文豪の芥川龍之介《あくたがわりゅうのすけ》は大正時代に流行《はや》った講釈本シリーズの「長篇講談」（博文館刊）を参考にしていたらしい（これは大阪市立大学の奥野久美子先生の玉稿で知った）。

『旗本退屈男』は映画にも度々なったし、テレビでも放送された。それは大久保彦左衛門のそれらよりも時代が新しい。かつて漫才ブームの頃、のりおよしおの西川のりお師が、

「パッ！　天下御免の向こう傷……」

と、早乙女主水之介の物真似《ものまね》をテレビでよくやっていた。田中さんはこっちを取ったか？　そして、笹尾喜内をそのまま使うのでは面白くないので、著者の佐々木味津三の苗字《みょうじ》を付けて、大邉の用人の名を佐々木喜内とした……。

イヤ、やめておこう。こういう憶測は。だから講釈師は性格が悪く、落語「くっしゃみ講釈」の後藤一山《ごとういっさん》はトンガラシを客席で火鉢にくべられ、その煙が鼻に入りくっしゃみが止まらなくなってしくじるのだと言われるのがオチだ。ハナシをもどす！

田中さんが電話で言った『浪花五人男』は第三巻『浪花の太公望』所載の「釣り馬鹿に死」の中に登場していた。と言っても主要登場人物でも何でもない。単なるきっかけのようなものだ。

そもそも時代が違う。『浪花五人男』とは、実在の五人の悪漢ども（頭目は雁金文七《かりがねぶんしち》）で、悪行の果てに元禄《げんろく》十五年八月に千日《せんにち》の刑場で三尺高い所に晒《さら》された）を、講釈や芝居がピカレスクロマンよろしく仕立て上げたのである。今の戦隊モノ（なんちゃらレンジャー）が五人なのは『浪花五人男』から来ている……というのは他所《よそ》では言わない方がよいかも知れぬ。

その他に、講釈モノとしてあげられるのは、第四巻『京へ上った鍋奉行』所載「ご落胤波乱盤上《いんはらんばんじょう》」であろう。これは大岡《おおおか》裁きの中にある「天一坊《てんいちぼう》事件」を、時代を変えて「天六坊《てんろくぼう》」とパロった作品だ。作中にも「天一坊ゆう名前聞いたことないか」と書いてあるので、読者にもそれはすぐ知れる。

が、その後の展開は講釈の「大岡越前《えちぜん》と天一坊との直接対決」の場面とかなり似通っておるっ……と勘ぐるのは講釈師の良くない性格であるから止《や》めよう。と言ってもすでに書いているが。

もう一つ、講釈関係であげるとすると第五巻『お奉行様の土俵入り』の「なんきん忠臣蔵」か。もちろん、「忠臣蔵」というからには、講釈ではなく人形浄瑠璃《じようるり》・歌舞伎の筋を意識してのことであろうが、その中で、居酒屋「あかがき」で、与力・岩亀三郎兵衛《いわがめさぶろべえ》に弥五郎《やごろう》という男が因縁をふっかける件《くだ》りは、講釈の「神崎与五郎《かんざきよごろう》の東下《あずまくだ》り〜仮名書きの詫《わ》び証文〜」（『赤穂義士銘々傳《あこうぎしめいめいでん》』）の一節に良く似ておるっ……と、思うのはヒネた講釈師の邪推であるか。どうじゃ？　アァもうトンガラシと火鉢が用意されてもおかしくないな。ハナシを変える！

オホンッ！　サテ、全体を通して絶妙であると感心をしてしまったのが、時代を一八〇〇年頃（寛政《かんせい》年間後半）に設定したことである。江戸時代の大坂で有名な時代はやはり元禄時代ではなかろうか。でも田中さんはそうしなかった。何故か？

井原西鶴《いはらさいかく》や近松門左衛門《ちかまつもんざえもん》と大還を絡ませればオモロイではないかと思うのは浅はかである。西鶴や近松に関しては色々と時代考証や人物評などヤカマシイ御仁が多いのだ。話の中身以前にそこを論《あげつら》われてはかなわない。また、落語にも登場してくる大坂の名奉行・松野河内守《まつのかわちのかみ》という人が元禄時代には実在していた。そんな人がいたら大邉があれこれと旨《うま》いモンを喰《く》うのが制限されてしまうだろうし、主役を奪われかねない。

ならば、元禄の後、一七〇〇年代真ん中辺りはどうか？　これもダメだ。江戸ではあるが大岡越前が立ちはだかるのだ。大岡は一七四〇年過ぎまで活躍している。大邉は天下の名奉行と比較されちゃ堪らんだろう。

それならば、いっそ幕末にすれば？　というのも的を外している。幕末には元禄を上回るような熱烈なレキオタが多数存在する。それに薩摩《さつま》や長州《ちょうしゅう》の勤王《きんのう》の志士達が闊歩《かっぽ》し始めるきな臭い大坂では美食は合わないだろう。また、大坂の元与力・大塩平八郎《おおしおへいはちろう》が天保《てんぽう》八年（一八三七）に乱を起こす。天保年間は飢饉《ききん》の連続であったから乱が起きたのであるが、飢饉と料理は同居出来ぬし、何より、大塩が大邉の配下に居たという設定はマズイ。大塩に真っ先に襲われるのが大邉ということにも成りかねない。

ちなみに、大塩は大邉が赴任してきた時にはまだ数えで七つか八つ。でも、与力は世襲なので大塩の父は大邉の配下に居たということになる。が、マァ、ギリギリセーフというところ。また、大塩のすぐ後には、江戸の町奉行だが、遠山の金さんが登場してくる。これも比較されると困るだろう。大邉の太鼓腹にタヌキの彫り物があるなどはイタダケヌ。

江戸時代は長いとはいえ、この小説に限れば実に制約が多い。田中さん風に言えば

「制約の多い犯科帳」。こんな下らぬことは言わぬか。その中で、自由にそして楽天的に物語を展開出来る時代、それが一八〇〇年頃という訳だっ！　それを考え抜いて見つけたアンタはエライッ!!　勝手に断定してしまった。

サァいよいよ第六巻の解説(今からかいっ！)と思ったら、第一話「ニシンを磨け」の中に、またまたあるではないかっ講釈ネタが！　宮本武蔵と塚原卜伝《つかはらぼくでん》の「鍋蓋試合」がっ!!

ウーム、見え隠れする講釈ネタ……それが気になって素直に読めぬ。悪い読者に解説を頼んだものだ。そろそろハナシをしめる！

イヤ待て暫《しば》しっ。そういえば思い出した。田中さんの今年の年賀状に直筆で文章が添えられていた。「教えてもらいたいことがいっぱいある」と。

そうかっ、そういうことだったのか！　年賀状を読んだ時には何のことだかさっぱり解《わか》らなかったが、今、歴然とした。御身《おんみ》は講釈畑へ踏み込もうと企《たく》んでおるのだな？　そうだな？　そうに違いあるまい！　『鍋奉行犯科帳』の中に講釈師が登場する、或《ある》いは講釈ネタを題材にして物語を展開……さなくば、大邉久右衛門自身が講釈をする。

あぁ……そんな続編……読んでみたい。心底そう思う。是非に踏み込んで下され！

アッ、でも、拙者の知識は田中さんの参考文献より確実に下ですよ。これだけは先に断っときます。

（きょくどう・なんかい　講談師）

本書は「ｗｅｂ集英社文庫」で二〇一五年九月から一二月まで連載された作品に、
書き下ろしの第二話を加えたオリジナル文庫です。

田中啓文の本――鍋奉行犯科帳シリーズ

鍋奉行犯科帳

大坂西町奉行所に型破りな奉行が赴任してきた。名は大邉久右衛門。大食漢で美食家で、ついたあだ名が「大鍋食う衛門」。三度の御膳が最優先で、やる気なしの奉行に、与力や同心たちはてんてこ舞い。ところが事件が起こるや、意外なヒラメキをみせたりする。ズボラなのか有能なのか、果たしてその裁きは⁉ 食いだおれ時代小説。

集英社文庫

田中啓文の本――鍋奉行犯科帳シリーズ

道頓堀の大ダコ

道頓堀に巨大タコが現れた。対処に大わらわの大坂西町奉行所の面々をよそに、大食漢の名物奉行・大邉久右衛門が用人・佐々木喜内に命じたのは――(「蛸芝居」)。連日連夜、豆腐ばかりの献立に、久右衛門は爆発寸前。どうやら財政難のせいばかりではないようで――(「地獄で豆腐」)。垂涎必至の四編を収録した、食いだおれ時代小説第二弾。

集英社文庫

田中啓文の本――鍋奉行犯科帳シリーズ

浪花の太公望

大坂庶民の夏の楽しみといえば、天神祭と鱧《はも》料理。だがこのところ、刀ばかりを狙う賊徒が横行し、東西町奉行所の与力や同心たちは祭どころではない。能天気なのは食い道楽の奉行・大邉久右衛門のみで、騒ぎをよそに料理方の源治郎に鱧の骨切り修業を言い渡す始末。その目的が噴飯もので――。極上の献立が彩る三編を収録した第三弾。

集英社文庫

田中啓文の本——鍋奉行犯科帳シリーズ

京へ上った鍋奉行

大坂の町に、将軍家治のご落胤「天六坊」なる者が現れた。すわ天下を揺るがす一大事！　のはずが、こんな時でも久右衛門の頭の中は美食の探究一辺倒。貧乏飯屋「業突屋」のトキ婆さんにもらったハゼを天ぷらにしたのだが、どうにも口に合わない。実は大坂と江戸の天ぷらには大きな違いが⁉　シリーズ最大級の事件が続発する第四弾。

田中啓文の本——鍋奉行犯科帳シリーズ

お奉行様の土俵入り

町奉行職をほったらかして、稽古後の飲み食い目当てで相撲部屋に入りびたる久右衛門。力士もあきれるほどの食べっぷりを披露している最中、食うや食わずの弱小部屋の関取が侍に襲われたという報を耳にする。折しも難波新地では花相撲興行を控えており、なにか裏があるようなのだが——。豪快に食べまくる三編収録の第五弾。

集英社文庫

S 集英社文庫

鍋奉行犯科帳《なべぶぎょうはんかちょう》　お奉行様《ぶぎょうさま》のフカ退治《たいじ》

2015年12月25日　第1刷　　定価はカバーに表示してあります。

著　者　田中啓文《たなかひろふみ》

発行者　村田登志江

発行所　株式会社　集英社
東京都千代田区一ツ橋2-5-10　〒101-8050
電話　【編集部】03-3230-6095
【読者係】03-3230-6080
【販売部】03-3230-6393（書店専用）

印　刷　図書印刷株式会社

製　本　図書印刷株式会社

フォーマットデザイン　アリヤマデザインストア　　マークデザイン　居山浩二

ISBN978-4-08-745398-0 C0193